目次

Witch and Hound

– Gluttonous hands –

魔女と猟犬

Witch and Hound

–Gluttonous hands–

IV

カミツキレイニー

Illust LAM

CHARACTER
登場人物

リオ・ロンド	宮廷詩人
エイミー	見習い異端尋問官
カルル	異端尋問官
アビゲイル・クーパー	異端尋問官
ザミオ・ペン	異端尋問官
フランツィスカ	処刑された“お菓子の魔女”
アントン	村の若い神父
ジャック	教会で暮らしていた孤児
ロロ・デュベル	“黒犬”。キャンパスフェローの暗殺者
テレサリサ・メイデン	“鏡の魔女”。鏡の魔法を使う魔女

< CAMPUSFELLOW >
CAMPUSFELLOW
キャンパスフェロー城
BLOODY RIVER
ブラッディ・リバー（血塗れ川）
< PRINCIPALITY OF LOWE >
LOWNSTEIN CASTLE
レーヴェン
シュテイン城
ガリカの水門
騎士の国
レーヴェ
LADY AMELIA'S CASTLE
< KINGDOM OF AMELIA >
KINGDOM OF AMELIA
レディ・アメリア城
煉瓦の町 リッカ＝ミランダ
RIKKA=MIRANDA
竜と魔法の国
アメリア
SANDY MOUNTAINS
砂山脈
EIDLHORN
灰の村 エイドルホルン
TREMOLO
FOREST OF ADORNER
首飾りの森
SAUL
SEA OF INATELLA
イナテラ海峡
< REPUBLIC OF INATELLA >
海と太陽の国 イナテラ
WORLD
Witch and Hound

序章

農婦エイダと魔女の晩餐

1

あの夜、私はヤギの潰れた鳴き声を聞いて目を覚ましました。それはまるで難産に喘《あえ》ぐ悲鳴のような、あるいは無理やりに首を引かれていくような、そんな苦しそうな叫び声でした。

初めは聞き間違いか何かかと思い、目を開いたままじっと耳を澄ませていたのです。すると遠くから、メェ、メエェ……と叫ぶ声は確かに聞こえて、私は身体《からだ》を起こしました。

暗い寝室は、暖炉《だんろ》の火に赤く照らされていました。静かな夜です。ヤギの声の他に聞こえるのは、パチパチッと爆《は》ぜる薪《まき》の音と、こちらに背を向けて眠る夫のいびきだけ。

私は夫の肩を揺すりました。

「あなた起きて。家畜小屋の様子が変よ」

飢饉《ききん》の前ならば寝酒の欠かせない夫でしたが、この頃は手に入る酒もなく、しらふのままやっと眠りについたところを起こされて、不機嫌な髭面《ひげづら》をこちらへと向けます。

「……あん、小屋が何だって?」

「ヤギが変な鳴き方してるの。野犬が森から出てきたのかもしれない」

飢饉は辺り一帯に及んでいました。この貧しい村エイドルホルンにも、哀れな餓死者が出始めていた頃です。干ばつは森の実りをも減少させ、そのせいで森に暮らす野犬の群れが、村の外れや田畑にまで姿を見せるようになっていたのです。

ただし腹を空かせて家畜を狙う輩《やから》は、野犬だけとは限りません。

「そうじゃなかったとしたら、もしかして……村の誰かが忍び込んだのかも」

小屋に残っている家畜はもう、痩せ細ったヤギの親子が一組と小さな卵を産む雌鶏《めんどり》が四羽だけ。他は潰して親戚やご近所さんに分け与え、すでに食べてしまっていたのでした。

けれど空腹に苛《さいな》まれるあの人たちの欲求には、際限がありません。彼らは残る家畜たちの肉もわけてくれないかと、何度もうちを訪れました。ただ残る家畜は私たちにとっても命綱です。親ヤギだってまだ乳を出します。だから頑なに断ってはいましたが、私は日中、家畜小屋に注がれる彼らの探るような視線を感じ取っていました。

「きっと私たちのヤギたちを盗みに来たんだわ」

「……滅多《めった》なことを言うもんじゃない」

助け合わなくては生きていけない小さな集落にとって、隣人との諍《いさか》いは大きな火種となりかねません。和を乱せば弾かれる。同調こそが、村で平穏に暮らし続けるためのコツです。人の家畜を盗むなど、もっての外。小さな村で悪事を働けば、すぐに噂が立って居られなくなりましょう。だからこそ夫は首を横に振ったのでした。そんなこと、あり得ないと。

ですが当時は飢饉の真っ只中です。耐えがたい空腹は、人々に理性を失わせる。この時の村人たちに秩序を守るような余裕がないのもまた、事実なのでした。

「野犬か泥棒か……。どちらにせよ追い払わねえと、か」

夫は大きなため息をついて、干し草のベッドから足を下ろしました。暖炉《だんろ》から火種を取って
ランタンに火を灯《とも》します。それから先の尖《とが》った火かき棒を手に握りました。私もストールを羽織り、夫の後に続いたのでした。

外の空気は刺すように冷たくて、自然とあごが震えました。

私たちは裏戸から家畜小屋へと向かいました。夫の提げるランタンの灯火はぼんやりと頼りないものでしたが、その夜は月が出ていました。小屋のすぐそばには、私が産まれた時からあるナラの樹が一本だけ佇《たたず》んでいて、広げた枝葉に月光を浴びながら、音もなく紅葉を散らしています。

小屋に近づいていくに連れ、苦しそうに潰れたヤギの声は大きく聞こえてきました。それからカラン、カランと暴れる鈴の音。これはヤギの首輪に付いていたものです。鳴り止まない音が何だか怖くて、私は無意識のうちに夫の肩に手を触れていました。

「……おい。確かアントンさんがジャックを捜してたろ」

夫が歩みを止めることなく尋ねます。村の教会で暮らす孤児が、いなくなっていたことを思い出したのです。夕方、神父のアントンさんが「見掛けませんでしたか」と、家々を尋ね廻っていました。

「そうね、見つかったたって話は聞いてないけど」

「ならジャックが小屋に隠れているんじゃないのか？　外が寒いから忍び込んだんだ」

「嫌だわ、どうしてわざわざうちの小屋に？　教会に帰ったらいいじゃないの」

「そりゃあお前、おおかたアントンさんとケンカして家出したんだろ。簡単には帰れないさ」

家畜小屋の正面入り口の扉は両開きとなっていて、その片方だけがわずかに開いていました。夫が先に立ってその隙間《すきま》から中を覗《のぞ》き込みます。一寸先も見えない暗がりの中から、バタバタと雌鶏《めんどり》の羽ばたく音が聞こえました。それからコッココッコと鳴く声も。木箱に入れていたはずの雌鶏が、外に出て歩き回っているようです。

「おおい、ジャックなのか？　返事をしろ」

口元に白い吐息を散らしながら、夫が暗がりの中に尋ねました。忍び込んだのが野犬でも泥棒でもなく、教会の孤児ジャックであれば、何も恐れることはありません。けれどその姿を確認しようとランタンを扉の隙間から差し込んでみても、小屋の中はやはり暗くて、よく見えないのでした。

――エエエエッ！　エエエエエエッ……！

ただ確かに、ヤギの鳴き声は聞こえてくるのです。やはり尋常ではない、苦しそうな声が。

夫は顔をしかめました。それから、すんすんと鼻を鳴らします。

「……何だ？　このニオイは」

普段から出入りしているものですから、家畜小屋特有の飼料や糞尿の混じった臭いには慣れっこの私たちです。ですがこの時に嗅《か》いだニオイには——家畜小屋から漂うはずのないニオイには、戸惑いました。それはまるで砂糖菓子のような、甘ったるい香りだったからです。

——エエエエエエエエッ……！

雌鶏《めんどり》たちが暴れ回っているのか、騒ぎ立つ羽の音がやけにうるさく感じられました。

「……ねえ。誰かいるの？」

私は夫の肩越しに両開きの扉の隙間《すきま》を覗《のぞ》き込み、暗がりに目を凝らしました。

すると扉の下の隙間から、一羽の雌鶏が飛び出してきました。夫に気付かれぬまま私たちの足元を通り過ぎ、よちよちと向こうへ駆けていく後ろ姿を、私は慌《あわ》てて追い掛けました。

「あ、ちょっと。逃げちゃう」

その雌鶏を背中から抱き上げようと、腰を曲げて手を伸ばした——次の瞬間。目の前でポロリと雌鶏の頭部が取れて、土の上に転がり落ちたのです。

「えっ……」

頭部を失った首ナシの雌鶏は、その胴体のみで走り去っていきました。

土の上に落ちた頭を見てみれば、何だか妙な質感を覚えます。羽毛もトサカもクチバシも、すべてがカサカサの焦げ茶色。目玉は生気を失っていて、まるで木の彫刻のようでした。そのトサカは落ちた拍子に尖端《せんたん》が欠けて、茶色の欠片《かけら》が散らばっています。

「……あなた。これ、何？」

　気持ちが悪くて手を触れられず、私は夫へと振り返りました。扉の前で立ち竦《すく》む夫は顔だけをこちらへ向けて、びっくりして動かない猫みたいに固まっています。ぽかんと口を開けたまま。彼も雌鶏の首が落ちるのを目撃したのでしょう。

　カラン、カランと鳴る鈴の音に、悲鳴みたいなヤギの声。夫は小屋のやかましさに急《せ》き立てられるように扉へと向き直り、手を掛けました。

「待って、あなた！」と、不安に駆られた私は思わず叫んだのです。

　しかし夫は、えいとひと思いに小屋の両扉を開いてしまったのでした。

　差し込んだ月明かりが、小屋の中を照らしました。吹き込む夜風に雌鶏の羽が舞い上がります。こちらに背を向けたその女性は、小屋のほとんど中央に立っていました。

　つばの広いとんがり帽子に、腰まで伸びた赤い髪。後ろ姿であってさえ、特徴的なそのシルエットには思い当たる人物がいます――〝とんがり帽子のフランツィスカ〟。彼女はいつものワンピースを着ていて、そしていつものように裸足《はだし》でした。

　ただ私たちはそこにフランツィスカがいたことよりも、小屋内部の惨状を見て驚き、言葉を失いました。まず真っ先に目に飛び込んできたのは、ピンク色です。

　床にはいくつかの水たまりがあって、それらもピンク色ならば、壁や天井にまで跳ねた液体もまたピンクなのです。天井からつうーっと垂れるその液体は、まるで水飴のようにネバネバとしていて、月明かりを受けて艶《つや》めき光っているのでした。

床に広がるその液体の上に、頭のない仔ヤギが横たわっています。そのお腹はゆっくりと上下していて、まだ生きていました。千切られたような首の断面からは、やはりネバネバとしたピンク色の液体が流れ続けていて、私はやっと、これがヤギの血液なのだと気が付いたのです。

干し草の散らばる床の上では、雌鶏《めんどり》が二羽、バタバタともがいていました。茶色い雌鶏です。よく見るとその半身はパサパサに乾いて固まっており、そのためにバランスが取れず、床で転げ回っていたのです。あまりにも暴れるものだから片翼が砕け、もげていました。取れたその翼を見れば、まるでビスケットやレープクーヘンのよう。それを見て初めて私は理解したのです。この雌鶏は、半身が焼き菓子に変化してしまっているのだと。先ほど見た雌鶏の頭部がそうであったように。

小屋には四羽の雌鶏がいたはずです。一羽は先ほど小屋から逃げ出し、二羽は床でもがいていて、最後の一羽は小屋の奥の方でひっくり返った状態のまま、動かなくなっていました。一見して丸焼きにされたかのような焦げ茶色。けれどそれは、身体《からだ》の全部が焼き菓子に変えられた姿でした。

そして……——エエエエエエエエエッ！

鳴き続ける親ヤギは、立ち尽くすフランツィスカの奥に横たわっていました。

その前脚は、片方だけが黄土色に変色しています。けれど雌鶏の身体のように、乾燥して固くなったのとはまた違う質感です。私にはそれが、表面をこんがりと焼いた細長いバゲットに見えました。ヤギはその前脚だけを、パンに変えられていたのです。

──ゲェェェエエエエッ……！

涎《よだれ》をまき散らして鳴き続けるヤギの下半身は、ありませんでした。ぶつ切りに断たれたような胴の断面からは、臓腑《ぞうふ》がぶちまけられていたのです。

ピンク色の血だまりに転がる内臓の一つ一つもまた、異様でした。捻《ねじ》れた腸は褐色で光沢を放ち、まるで塩を塗《まぶ》したプレッツェルのよう。ヤギが身体をよじるたびにコロコロと、体内からこぼれ落ちる手のひらサイズの臓器には、ワッフルみたいな編み目があります。体内に覗《のぞ》く大きな胃の断面はミルフィーユ状になっていて、その層の隙間《すきま》からは、アップルパイの中身のような液体がドロリと垂れていました。

小屋に漂う甘ったるいニオイの正体は、生きたままお菓子に変えられた親ヤギの発するものだったのです。

そんな生物らしからぬ姿に変貌しながらも、ヤギは懸命に立ち上がろうと足を踏ん張っています。バケットと化した前脚を動かし、首を持ち上げる。けど下半身がないものだから、そのまま蹄《ひづめ》を滑らせて倒れるのです。その拍子に、首から提げた鈴が激しく鳴りました。カランカラン、カランカランと。

「ンゲぇぇぇぇえええええええええっ！」

耳をつんざくヤギの悲鳴は辺りに響き続けていました。乱暴に頭を振り、床に頭部を打ちつけた衝撃で、ヤギの目玉が弾けるようにしてこぼれ落ちます。トントンと目玉は床を跳ねて、思わず後退《あとずさ》りした私たちの足元まで転がってきました。ヤギ特有の細長い瞳孔。無感情に私たちを見上げるそれは、目玉にしては固く、艶《つや》やかで、夫の持つランタンの灯火を受けて光っています。それはとても口に頬張《ほおば》ることのできないくらいに大きなキャンディ玉でした。

「ひっ……!」

私の悲鳴にフランツィスカが振り返ります。

雌鶏《めんどり》の羽根が舞い散る中、フランツィスカは赤茶色の瞳で私たちを見ていました。きょとんとして無感情に。何を考えているのかもわからないような顔で。彼女の頬は、べったりとピンク色に染まっていて、甘い血液に濡れたその唇を、フランツィスカは舌で舐《な》め取りました。

「フラン……ツィスカ、お前まさか」

夫が声を震わせました。

彼女は子供を胸に抱きかかえていました。少年ジャックです。だらりと力なく垂らした手。その指先から、粘り気のあるピンク色の血が垂れ落ちるのを私は見ました。

ジャックの首元からは大量の血が溢《あふ》れ、フランツィスカの白いワンピースをピンク色に染め上げています。雌鶏を焼き菓子にして砕いたように、仔ヤギの首をむしり取ったように、そして親ヤギを甘いお菓子に変えてしまったように——。

「……食べちまったのか。お前、ジャックを」

フランツィスカは村の孤児をもお菓子に変えて、その首に齧《かじ》り付いていたのです。

「……ひっぃぃぃいいいっ！」

あまりに恐ろしい光景を目の当たりにして、私は絶叫しました。

とんがり帽子のフランツィスカ。あの子は村一番の変わり者でした。親無しで学もなく、村で唯一の赤髪はよく目立った。いつもニコニコと笑うばかりで何を考えているのかわからず、靴を履きなさいと叱ったたって聞きやしない。やっぱり彼女は普通じゃなかった。あまりの空腹に、孤児や家畜をお菓子に変えて食べてしまうなんて。

フランツィスカは、魔女だったのです。一切の悪びれる仕草も見せず、むしろ震える私たちが可笑《おか》しくて堪《たま》らないといったふうに、フランツィスカは目を細めました。そして――。

「……見っかっちゃった」

欠けた歯を覗《のぞ》かせて、魔女はにんまりと笑ったのでした。

第一章

ひもじい村

1

ドン、ドンと床を踏み鳴らす荒々しいリズムが、燭台《しょくだい》の火を揺らしている。

夜の酒場『熊の一撃《ベア・パンチ》』は喧噪《けんそう》に満ちていた。弦楽器はジャカジャカと乱暴に掻《か》き鳴らされ、笛の音が店内に響き渡る。

フロアの中央辺りではテーブルがどかされ、スペースが設けられていた。踊っているのは、色鮮やかなスカートをはためかせた女たちだ。胸を揺らして躍動的に。腰をくねらせ扇情的に。厚化粧をして胸元を大きく開けた女たちが、リズムに合わせてドン、ドンと床を踏み鳴らしている。

「ねえ、何なの？　あの下品なダンスは」

燭台の置かれた丸テーブルを前にして、背中を丸めた女が不機嫌さたっぷりにつぶやく。女は数センチ四方の薄紙の上に、細かく刻まれた枯れ葉を均《なら》していた。年の頃は三十代半ば。旅人らしい擦《す》り切れたローブを羽織っているが、覗《のぞ》く首筋や手を見ればその肌はよく手入れがされていて、まるで宮廷で暮らす貴婦人のように白く滑らかだ。

片方の目は、うねる長い黒髪で隠れている。名をアビゲイル・クーパーという。刻まれた枯れ葉を薄紙でくるくると巻きながら、アビゲイルは目尻の鋭い意地悪な目つきを、対面の男へと向けた。

「あたしたち、いつまでこの退屈な店にいなきゃなんないわけ？」

丸テーブルには三人が着席している。アビゲイルはうんざりしていたが、同席するもう一人の女は夢中になってダンスを観賞していた。アビゲイルに問われた男が、ライ麦パンを千切りながら肩を竦《すく》める。

「さあ、僕に言われても。もう少しじゃない？」

中肉中背の短髪で、眉尻《まゆじり》の下がった穏やかそうな顔立ちをしている。長旅のためにぽつぽつと不揃《ぞろ》いなヒゲが生えていたが、ワイルドさよりも不潔感が勝り、それが何とも不格好であった。頭髪のてっぺんが薄いせいか、あるいは落ち着いた口調のせいか——三十代や四十代に間違われることがしばしばあって、それは彼の数多い悩みの一つだった。実年齢はまだ二十代半ば。擦り切れたローブを羽織り、蔓《つる》の細い眼鏡を掛けている。名をザミオ・ペンという。

「あんたさあ、待ち合わせの場所、間違えてないでしょうね」

アビゲイルは両肘《りようひじ》をテーブルについたまま舌先を覗かせて、筒上に巻いた紙の端を舐《な》める。

ザミオはパンの欠片《かけら》を木皿に押し付けて、残ったソースを染み込ませる。そうしながら上目遣いのような仕草で、対面に座るアビゲイルを見た。まるで相手を威嚇《いかく》しているかのような三白眼だが、それが彼の悪癖であって、睨《にら》んでいるわけではないということを、付き合いの長いアビゲイルは知っている。

「間違えてはいないはずだよ。この辺りじゃあ、酒場って言えばここくらいだし」

アビゲイルはイスに背をもたれ、改めて周囲を見渡した。店内のあちこちには丸テーブルが置かれ、たくさんの人で賑わっている。客の多くは遠くからやって来た旅人や行商人たちだ。中央フロアで踊る女たちに手拍子を送ったり、エールビールを掲げたり、並ぶ料理に舌鼓《したつづみ》を打ったりと、思い思いに旅先の夜を楽しんでいた。

持ち寄った楽器を奏で、チップを稼ぐ楽団がいる。どこからか店内に入ってきた野良犬が、床につけた鼻をひくひくとさせながらフロアを徘徊《はいかい》している。また地元の少女なのか、バスケットを腕に提げた花売りが各席を回っていて、客たちからは「あっちへ行け」と疎《うと》ましがられていた。

フロアの端にあるアビゲイルたちのテーブルへ、店の女が早歩きでやってきた。「お待ちどおさま！」と丸テーブルに置かれたのは、木製のジョッキになみなみと注がれたエールビールと、ブドウ酒である。ザミオは女にチップを渡した。二つともザミオが注文したものだった。

フロアの中央で繰り広げられるダンスの音楽は耳障りで、アビゲイルの目つきを鋭くさせる。加えて、待ち合わせ相手がなかなか姿を現さないことが、彼女の機嫌を損なわせていた。

「舐《な》められてんのね、あたしたち。そいつが来たら嚙《か》み殺してやろうかしら」

アビゲイルは、今しがた巻いた煙草《たばこ》を唇に咥《くわ》えた。燭台《しょくだい》を手に取り、その尖端《せんたん》に火を灯《とも》す。それから深く背をもたれて脚を組み、ふうっと大きく紫煙を散らした。気だるげで、どこか妖《よう》艶《えん》な仕草だった。

「いやダメでしょ、殺しちゃ。相手は女王アメリアお抱えの〝宮廷詩人〟なんだから」

ザミオはエールビールのジョッキに赤ワインを注ぎ入れた。アビゲイルは、美食家を自称して自分勝手に酒を混ぜる、ザミオのこのような気取った酒の飲み方がキライだった。コップを傾けてノドを鳴らすザミオを苦い顔で見つめる。

「その麗《うるわ》しき〝宮廷詩人〟様がさ、ホントにこんな薄汚い大衆酒場に現れるわけ？」

「あ、でもでもっ」

踊る女たちからようやく視線を移し、会話に加わったのは同席する最後の一人である。

「エイミーは楽しいですよ？　こういう賑やかなお店も。何だか一緒に踊りたくなっちゃう」

言って両手の拳《こぶし》を握り、リズムに合わせて身体《からだ》を揺らす。エイミーは二人と違ってローブではなく、シックな黒い修道服を着用している。純真無垢《むく》に煌《きら》めく瞳の虹彩は、鮮やかなオレンジ色だ。その頭部は修道女《シスター》らしく、ウィンプルと呼ばれる頭巾で覆われていた。ぽっちゃりとした丸い頰《ほお》の幼顔で若く見られがちではあるが、年齢は二十歳を超えている。

「こんな辺鄙《へんぴ》な宿駅に併設されてる酒場って、もっと寂しい感じかなって思ってました。偏見でしたね。こんなにガヤガヤしてるなんて意外。料理もすごく美味《おい》しいし！」

「この先の集落はもう、森の中になっちゃうからね」

ザミオはジョッキをテーブルに置き、薄い唇を舐める。

「森に入る前に、旅人や行商人たちは必ずこの宿駅に立ち寄って、体力を回復させるんだ。だから自然と人が集まって来るのさ」

この酒場『熊の一撃《ベア・パンチ》』は、〈首飾りの森〉へと続く街道沿いに建っていた。街道を往来する旅人たちを対象にした宿駅としての営業がメインで、外には馬を繋《つな》いでおける小屋があり、二階から上が宿泊施設となっている。

食物を扱う行商人も多く立ち寄るため、辺境の地にぽつんと建つ宿駅ながら食材に困ることはない。各テーブルを見れば、この地方のものではないパンやチーズから、貴重な香辛料の振られた肉料理など、大衆酒場にしては豪勢な料理の数々が並んでいる。

そして人の集まる宿駅とは、地元の者たちにとって貴重な金の儲け所でもあった。

「お花、要《い》りませんか？　可愛《かわい》いお花です」

花売りの少女がテーブルのそばへやって来たので、ザミオは野良犬を追い払うかのように手を振った。「要らないよ。あっちへ行きなさい」と。しかしアビゲイルが小さな銀貨を一枚、テーブルの上に置く。

「これで一本ちょうだいな。一番綺麗《きれい》に咲いているやつね」

「えっ。あ……はい」

少女が腕に提げるバスケットの中には、萎《しな》びた白い花が束になっている。一見してどこにでも生えていそうな野草だ。銀貨を使って買うような代物ではない。差し出された大金に、少女も戸惑っている様子だった。慌《あわ》てて前掛けのポケットを確認する。

「あっ……でも今、おつりが……」

「そう。じゃあおつりは要らない」

アビゲイルは気だるげに紫煙を散らし、少女のバスケットから無造作《むぞうさ》に一本、花を摘《つま》んだ。

「残りはそうね……」とアビゲイルは視線を落とした。少女は裸足《はだし》だった。

「適当に靴でも買って、欲しい人にあげて」

「は……はい、ありがとうっ」

少女は何度も頭を下げて、テーブルを離れた。

「へえ、意外。お花好きなんですか？　アビゲイル先生」

エイミーが小首を傾《かし》げたが、アビゲイルは素《そ》っ気《け》なく頬杖《ほおづえ》をつく。

「別に」

「ただの戯れでしょ」とザミオが苦笑する。

「潰してエッセンシャルオイルでも抽出するつもり？　そんな野草じゃムリだ」

アビゲイルはザミオの言葉を無視し、エイミーに応えた。

「三十年も生きてるとわかることがあるの。〝この世界は、皆が均等に幸せになれるようには出来ていない〟――世界のキャパシティがそれを許さない。つまり誰かの幸せは、他の誰かの不幸せの上に成り立っているってこと。だから人々は幸せを奪い合うのね。その姿は実に醜《みにく》い。あたしはそうなりたくないってだけ」

「理想だね。君も奪う側のくせに」

ザミオはくつくつと笑い、ジョッキを傾ける。アビゲイルはその姿を瞳に映す。

「ええ理想。そして戯れよ。偽善と言ってもいい。けれど時に弱者は、強者の戯れに救われるものでしょ」

「……自分で強者と言うんだ」エイミーがぽつりとつぶやく。

「あの子はあたしの偽善心を満たした。その対価として銀貨一枚。妥当でしょ？」

アビゲイルは再びイスに背をもたれ、ローブの前襟を開く。そして胴に巻いたコルセットの縁に、指先で弄《もてあそ》んでいた白い花を差した。にやりと口の端を吊り上げる。

「ごらん。偽善の花もなかなか可愛《かわい》いものじゃない」

「しおしおですが」

「うるさい」

エイミーは、花売り少女の後ろ姿へ視線を移した。裸足《はだし》の足取りが嬉《うれ》しそうに跳ねている。

「……靴、買ってくれたらいいですねえ」

「ムリだね。売り上げ金はきっと親に摂取されてお終《しま》いさ」

「お前は本当に捻《ひね》くれているなあっ」

アビゲイルはザミオに言って、足を組み直した。

「どのみち臨時収入を隠すくらいのずる賢さがなくちゃあ、この世界じゃ生きていけないわ。こっそり靴を買って街へ出るか、このままここであの女たちみたいに、男に媚《こ》び売る娼婦《しょうふ》になるかは、あの子次第さ」

アビゲイルの視線を追って、エイミーは再びフロアの中央を向く。

「――〝もっともっと私を見て。こんなに美味《おい》しく実ったの〟」

テーブルの退《ど》かされたスペースに、女たちはイスだけを持ち寄って集まっている。大きな輪を描くようにしてイスを並べ、外向きに座って両隣同士で腕を絡ませて、声を揃《そろ》えて歌っている。

「――〝お腹が空いてしまったなら〟〝そぉら、もぎ取って食べてごらんっ！〟」

歌の切れ間にテーブル席から、男性客が一人躍り出て、イスに座る女たちの周りを歩く。まるで店頭に並ぶ商品を、一つ一つ見ていくように。程なくして男は、やにわに一人の女へと飛び掛かった。その下腹部辺りに顔を埋め、女の腰へ腕を回して、イスから立ち上がらせようと引っ張っている。「きゃあっ」という黄色い歓声。周囲からもどっと声が上がり、音楽が激しさを増していく。

その異様な熱気に、エイミーは目を丸くした。

「何かのゲームでしょうか……？」

女にしがみついた男は、力任せにその女を立たせ、輪の中から引きずり起こそうとしていた。そこには一切の容赦がない。力尽くで女の服を引っ張るものだから、襟が伸びて今にも胸がこぼれ落ちそうである。

だが悲鳴を上げる女たちに、本気で嫌がっている者はいない。互いに腕を絡ませた彼女たちは、男に抵抗してひたすら暴れ、笑い声を上げている。捕まった女は頬《ほお》を赤くして長い髪を振り乱し、スカートが捲《めく》れるのもお構いなしに、足をバタつかせていた。

一方で周囲の客たちは男の味方だ。

「もぎ取れ！　もぎ取れっ！」とフロア全体が一体となって、声を荒らげている。

「……下品も度を越えると愉快ね。絵に描いて額に飾ろうかしら」

アビゲイルは、白熱するフロアに向かって腕を前に突き出した。指先には吸いかけの煙草《たばこ》を立てている。まるでキャンバスを前にした画家が、描くべき対象の比率を測るため筆を立てるみたいに。

「タイトルはそうね……〝民度が低くて死にそう〟」

「ふむ……それはどうかな」

その声は、フロア中央とは反対側から聞こえた。席に着いていた三人は同時に振り返る。テーブルのそばに、いつの間にか見知らぬ青年が立っていた。

「モチーフは興味深いが、タイトルが稚拙《ちせつ》だ。その表題では、この光景の本質を見抜いているとは言えないね。やめておきなさい。たぶん売れない」

羽根飾りの付いた帽子を被《かぶ》っていて、華奢《きゃしゃ》な身体《からだ》にゆったりとしたベルベットの上着――プールポワンを着こなしている。肩から斜めに提げたカバンは、パンパンに膨《ふく》らんでいた。

見た感じの歳は若く、自信に満ちた端整な顔には少年の面影が残っている。その幼げな印象を拒むように、あごには尖《とが》った黒髭《ひげ》が整えられていた。

「……あなたはご存じのようね。あの人たちが何をしているのか」

アビゲイルが問うと、青年は「もちろん」と笑った。柔らかくも静かな、低い声で。

「あれはこの辺りに古くから伝わる伝承遊び……〝もぎ取ってごらん〟ですよ。輪になった女性たちを果実に見立て、それを見事もぎ取ることができれば男性の勝ち。十秒間耐え続けられれば女性の勝ち……各村によってこの秒数にはバラツキがあるがね。実に単純明快なゲームさ。酒の席では、こういうシンプルなものが一番盛り上がる」

言って青年はテーブルに手をつき、気持ち声を小さくして付け加える。

「男女が公然とイチャイチャできるしね」

青年は身体を起こし、ゆっくりとテーブルの周りを歩き始めた。フロア中央を指し示す。

「ちなみに彼女たちは娼婦《しょうふ》じゃない。日に焼けた肌に、傷んだ髪。ここからでは遠くて見えないが、その爪の間には土が詰まっていた。つまりあの女性たちは娼婦ではなく、農婦さ。昼間は畑で働いているんだ」

「ははんっ」

アビゲイルは思わず鼻で笑った。「だから何だって――」

「だから彼女たちの目的は、娼婦《しょうふ》たちのように男を楽しませることじゃない。周辺の村に住む農婦たちが夜な夜なこの宿駅に出向き、官能的に踊るその理由とは……君は、わかるかな?」

青年は修道女エイミーの座るイスの後ろで立ち止まると、背もたれに手を置いた。

エイミーは青年を見上げる。

「理由……。仕事終わりでテンション高いから?」

「違う」

「結婚相手探し……ですかね」

「正解」

青年は回答したザミオへ指を差し向ける。そして再び三人の周りを歩きだした。

「羽振りのいい男を見つけて結婚し、貧しい村から抜け出すためさ。この街道沿いの酒場には、外界から多くの行商人たちが集まってくる。寒村で暮らしていては決して出会うことのできない男たちだ。農婦たちにとっては、千金獲得のチャンス到来というわけだ。金持ちの商人にでも見初《みそ》められれば万々歳。田畑での重労働からも、終わりの見えない極貧生活からも、おさらばできるのだからね」

青年が次に立ち止まったのは、アビゲイルの後ろだ。

アビゲイルは背もたれに肘《ひじ》を置き、羽根付き帽子の青年を見上げる。会話の主導権を奪われたままでは癪《しやく》だ。彼が言わんとしていることを、先回りして言う。

「……ところが旅の行商人らは、芋《いも》くさい娘なんかと結婚するつもりはない」

「わかっているじゃないか、肝《きも》はそこだ」

青年は嬉《うれ》しそうに笑った。笑うと、より幼さが際立つ。

「女たちは結婚したい。だが男たちが求めているのは、たった一夜の遊び相手だ。つまりこれは伝承遊びに見せかけて、食うか食われるか、熱い駆け引きの真っ只中……――」

青年は改めてフロア中央を指し示し、三人の視線を誘導する。

果実に見立てた意中の女を輪の中からもぎ取って、ガッツポーズを決める若い男。女は乱れた胸元を引き上げながら男に身体《からだ》をすり寄せて、とろんと甘い視線を注ぐ。〝奪われてしまったわ。責任持って美味《おい》しく食べてね〟とでも言うかのように。

若くてうぶな男ほど、その甘えた視線に戸惑い、耳を赤くして目をそらすのだ。笑顔を振りまき、会話を弾ませ、手と手を触れ合わせながらも女たちは貨幣を受け取らない。欲しいのは金ではなく、男の心。男たちもまた、それを知りながら引き際を探る。

「ね？　そんな背景を知ってみると、こんな単純なゲームにもコクが出るでしょう？　この白熱を描くあなたの風俗画にだって、もっと相応《ふさわ》しい表題があると思うがね」

「ふん……いいわ、じゃあ変えてあげましょうか。〝娼婦崩れたちの浅ましき努力〟とか」

「――あるいは、〝農婦たちのたくましき生存戦略〟とかね」

アビゲイルは舌打ちをして、青年をぎろりと睨《にら》みつけた。

「で？　まだ描き始めてさえいないあたしの作品に、いちいち嚙《か》みついてくるあんたが、女王様お気に入りの〝宮廷詩人〟ってわけ？」

「リオ・ロンドと申します」

青年は帽子を脱ぎ、手の中でくるりと回して胸に当てた。ポマードで撫《な》で付けられた頭が露わとなる。青年は一方の手を腰の後ろに回し、深々と頭を下げた。キザではあるが、不思議と品のある所作だった。しかし再び帽子を被《かぶ》れば、またも傲岸不遜《ごうがんふそん》な態度である。

「リオと、ファーストネームで呼んでくれて構わないよ。よろしく〝異端尋問官〟の皆様」

リオ・ロンドは微笑《ほほえ》み、着席したままのアビゲイルへと手を差し出す。

しかしアビゲイルはその手を取らない。

「よろしく、ロンド。あたしは魔術師《ウィザード》アビゲイル・クーパー。こいつは同じく魔術師ザミオ・ペン。この子は修道女《シスター》で――」

「はいっ！」とエイミーは手を挙げる。

「エイミーと呼んでくださいませ。私、自分のファミリーネーム、キライなんです」

「ふむ……。しかし驚いたな」

リオは握ってもらえなかった手を引いて、ザミオの顔面を指し示した。

「あなたのそれは〝眼鏡〟でしょう？」

細い真鍮《しんちゅう》のフレームにガラスレンズを嵌《は》めて、視力を矯正する丸眼鏡だ。それは世間一般に普及していない珍しい品。大陸の外に位置する、とある島国でのみ入手可能な高級品である。

「それにあなたが咥《くわ》えているのは〝煙草《たばこ》〟……」

リオは次に、アビゲイルの口元を指差した。

「それも一市民では、なかなか手に入れることのできない嗜好品《しこう》だ。僕はてっきり魔術師様というのは、信心深いルーシー《ルシアン》教徒であるはずだから、きっと慎み深い清貧生活を送っているものだと思っていたが……案外俗っぽいというか。意外に羽振りがいいのですね」

「それが何か？　あなた、あたしたちの懐《ふところ》事情を知りたくてわざわざ王都から来たわけ？」

リオは肩を竦《すく》める。アビゲイルのイラ立ちも、どこ吹く風のすまし顔で。

「失礼。明るい談笑で場が和んだところで……皆様お疲れのようだから、さっそく女王様よりお預かりした委任状を読み上げさせていただこう」

肩掛けカバンを漁ったリオが取り出したのは、くるくると筒状に丸められた羊皮紙である。

「こちら、王家の紋章が確認できますね？」

リオは三人に紙の留められている縁の部分に捺《お》された封蠟《ふうろう》を示す。確かに、竜が羽を広げた紋章が確認できる。ロイヤルファミリーであるクーディー家の家紋だ。つまりこの封書が、王室からの通達であることを意味している。

リオは羊皮紙を両手に持って広げた。こほん、と大仰《おおぎょう》な咳払《せきばら》いを一つ。

「……『女王アメリアは〝砂山脈〟の麓《ふもと》、〝首飾りの森〟近くの村エイドルホルンにて発生した魔女災害に強い関心を持っておられる。宮廷詩人リオ・ロンドは多忙なる女王に代わり魔女狩りに同行し、女王の目となり耳となり、その一部始終を物語として纏《まと》めよ。特使として派遣される先は、異端尋問官カルリュトフ・サベリーエワ＝イニャリトゥ……』――ええい何だ、この鬱陶《うっとう》しい名前は……」

リオは忌々《いまいま》しげに下唇を噛《か》んだ。

「ふむ。要は、宮廷詩人たるこの僕に女王の命令が下ったということだ。異端尋問官の魔女狩りに同行し、その冒険譚《ぼうけんたん》を纏めよ、とね。……ただあなた方の中に、この呪文の如き名前の持ち主はいなかったな？　どこだ」

ザミオが小さく手を挙げる。

「彼なら、すでに階上で休んでいます」

「それは困るな。彼の前でこの委任状を読み上げることが、僕の最初の仕事なのに」

「……あんたの到着がクソ遅いからでしょ」

アビゲイルが唾棄《だき》するようにつぶやく。リオは無視をする。

「では誰か、呼んできてくれたまえ。ここに記載されている者でなければ、話にならない」

「生意気な子ね」

恐れを知らないその態度に、いよいよアビゲイルが立ち上がった。二人の身長はほとんど同じだ。正面に見据《す》えたリオの顔へ、アビゲイルはふっと煙草《たばこ》の煙を散らす。

「宮廷育ちのお坊ちゃんは、自分が誰よりも偉いと思っているのかしら？」

リオは吹きかけられた煙にまぶたこそ閉じたものの、微動だにしない。

「偉いが？　少なくとも、この酒場にいる誰よりもね。字は読めるか？　ここだ」

顔の横に羊皮紙を持ち上げ、リオが指差したのは、とある一文。〝女王に代わり魔女狩りに同行し、女王の目となり耳となり……〟と記載された箇所だ。

「つまり今の僕は僕にあらず。女王の代理として派遣された特使である。僕に対する言動の一つ一つは、女王アメリアに報告される。つまり僕への態度は、そのまま女王へのそれと理解してくれたまえ」

ははは、とアビゲイルは声を上げる。だがその目は一切笑っていない。

「肝《きも》の据わった坊やね。あんまり調子に乗っていると、不慮の事故で死ぬことになるわよ？」

「その言葉、女王への脅迫と受け取っても？」

「……あ？」

ピリッと空気が張り詰める。アビゲイルの全身にじわり、と魔力が滲《にじ》んだ次の瞬間、ザミオが「アビィ」とその名を呼んで諫《いさ》めた。同時にエイミーが手を挙げて、勢いよく立ち上がる。

「あ、あのっ！　エイミーがご案内致します。カリュトッ、サっだっ……様の、お部屋に！」

エイミーは盛大に噛みながらリオのそばに駆け寄り、袖口《そでぐち》を引いた。

「ロンドさんも、ほら。それ読み上げなきゃなら、こんなうるさいとこより、お部屋の中のほうが落ち着くでしょ？　行きましょ、部屋はこの上ですから。ね？」

「……いいでしょう」

リオはアビゲイルの視線を受けながら、手早く羊皮紙を巻いた。エイミーに袖を引かれて踵《きびす》を返し、刺すような視線を背中に感じながら、賑やかな酒場のフロアを横切っていく。

二階へ続く階段にランタンは灯《とも》されておらず、暗い闇の中に上っていくかのようだった。階段を上り始めてすぐに、エイミーが「あっ」と声を発して駆け上がっていく。階段途中の踊り場に、しなだれるようにして倒れている女を見つけたのだ。

「わあ、どうしました？　大丈夫ですか？」

エイミーは女のそばに屈み込み、その肩を抱き起こす。若い農婦のようだった。顔を赤く火《ほ》照《て》らせたまま、目を閉じて寝息を立てている。前髪が汗で額に張りついていた。ぐったりとしていて、エイミーの問い掛けには応えない。

「身体《からだ》、熱……。飲み過ぎちゃったのかな」

遅れて階段を上ってきたリオが、エイミーの肩越しにその姿を覗《のぞ》き込んだ。

「ふむ……。酔い潰れているというよりも……」

女の着衣は乱れていた。胸元のボタンが千切れていて、緩くなった襟元からは、豊満な胸が今にもこぼれ落ちそうになっている。スカートは捲《めく》れ上がり、白い太ももが露わとなっていた。エイミーがさり気なくスカートを戻し、その脚を隠す。

酔い潰れているというよりも……――まるで暴漢に襲われたかのような有り様である。

「後でお水持ってきますね」

エイミーは農婦に耳打ちして床に寝かせ、立ち上がる。二人は残りの階段を上がっていく。

気まずい沈黙の間を埋めるように、先を行くエイミーが軽く振り返った。

「詩人さんって……エイミー、初めてお会いしました。思ってた以上にお若いんですね」

「こう見えて二十代後半だ。若々しいとはよく言われる」

「え！　そうなんですか。エイミーもよく歳下に見られますけど、ロンドさんはお肌も綺麗《きれい》」

「普段は貴婦人を相手に詩を読む職業だからな。美容には気を遣っているんだ」

「へえ、詩人さんも大変なんですね。詩を読んだり、冒険したり」

「面倒くさい人が来たなあ、といった感想かな」

リオが肩を竦《すく》めたので、エイミーは「え、そんなことー……」と目を逸《そ》らした。

「君は嘘が下手すぎるな。ぜんぶ顔に出ているぞ」

「え、本当？　じゃあ顔見ないでください」とエイミーは前へと向き直った。

「けどまあ確かに、ちっともロマンチックな人じゃないなあ、とは思いましたが……」

「ロマンスを語って欲しければ対価を払いたまえ。愛も青春も金次第だ」

「詩人さんから聞きたくないナンバーワンの台詞《せりふ》ですね……。面倒くさい人が来たなあ」

窓から差し込む月明かりが、ギッ、ギッと階段を踏み鳴らす二人の足元を照らしている。階下から聞こえる笑い声や喧噪《けんそう》が、徐々に遠くなっていく。

「さっきだってヒヤヒヤしました！　アビゲイル先生のこと、あんまり怒らせないほうがいいですよー？　あの人、魔法学校で先生してた時も怒らせたら怖いって有名だったんだから」

「教師だったのか、あの女。それは生徒たちに同情するな。提出物ほんの一秒でも出し遅れたら、頑なに受け取らなさそう」

「それは、そう」

エイミーは口元に手を触れて、くすくすと笑う。

二階から三階に上がる階段へ移る。エイミーはリオの隣に並んだ。

「ちなみに、さっき先生に握手、無視されたじゃないですかあ？　あれは別に気にする必要はなくて。エイミーたち魔法使いって握手する習慣がないんですよ。お互いに魔法を警戒しているから」

「当然、知っている」

「え」とエイミーは目を丸くしてリオを見上げた。

「知ってるのに握手しようとしたんですか？」

「反応を見たかった。彼女は魔法使いに違いないが、この僕はもちろんそうじゃない。魔法使いというものは、そんな一般人を相手にどれくらい気を張っているものなのか――その辺りの警戒心を測っておきたかった」

手は取ってはもらえなかったな――リオはつぶやき、エイミーを横目に見る。

「もしかして僕は、魔法使いだと疑われているのか？」

「まさか。一般人相手でも握手はしないです。そもそも習慣がないんですから」

「なるほど。理解した」

リオはすました顔で頷《うなず》いた。

やっぱり変な人……とエイミーは胸中につぶやく。話が通じない相手ではなさそうだが、変わり者であることには違いない。女王お抱えの一流詩人とは、やはりものの見方も考え方も、一味違うくらいでなければ務まらないのかもしれない。

四階に上がり、リオは、はたと足を止めた。エイミーもその隣に立ち止まる。

「ええー……。また？」

階段から廊下へ曲がってすぐの壁に、若い女が背をもたれて座っている。あごを上げ、後頭部を壁にもたせて、一休みしているようにも見えた。エイミーは先ほどと同じように、女のそばに駆け寄る。

灯りのない廊下では暗くてよく見えないが、先ほど階下で倒れていた女と同じように、厚化粧してめかし込んだ農婦であるように思える。彼女もまたびっしょりと汗を掻《か》き、疲れ切ったように眠っていた。胸元ははだけ、色鮮やかなスカートが脚の付け根まで捲《めく》れている。

リオは、紅潮した農婦の表情を見下ろし、あご髭《ひげ》を摘《つま》んだ。

「これはいったい……？」

「もしもーし、気分悪いですか？　わ、この人も身体《からだ》がすごく熱い」

農婦の肩を揺すったエイミーが驚く。

「うーん……大丈夫かな。エイミーの魔法が回復系だったら良かったんだけど……」

「言うんだ、それ。固有魔法の情報とは、魔法使いにとって最高機密と聞いたが」

「もちろん最高機密の情報ですよー。だから核心に触れるようなことは言わないようにって、いつも先生に――」

リオを見上げたエイミーは、彼が廊下の先を見つめていることに気付く。その視線を追って向き直ると、廊下の先にまた一人、人影が壁に背をもたれて座っていた。

「……嘘でしょ？」

エイミーはつんのめるようにして立ち上がり、人影に駆け寄った。

やはりこれまでの二人と同様に、若い農婦だった。目を閉じたまま脱力して発熱し、着衣は激しく乱れている。彼女は他の二人よりも呼吸が荒く、胸が大きく上下していた。

「何が起きている？　魔法か？」

屈むエイミーの背後に、リオが立った。

「……彼女の身体から、熱い魔力を感じます。気付かなかった……これはたぶん、あの人の」

「例の異端尋問官か。部屋はどこだ?」

壁に背をもたせて座る農婦のそばには、ドアがある。

エイミーは顔を上げ、そのドアを睨《にら》みつけた。

「ここです」

農婦たちはその部屋へと続く軌道上に、点々と倒れていた。まるで獣に食い散らかされた獲物のように。エイミーは「最っ低……!」と嫌悪感たっぷりにつぶやいて立ち上がる。そしてノックもせずに、部屋のドアを開け放った。むわっと……部屋に充満していた熱気を全身に浴びる。

「一体何してるんですか、最低でっきゃあっ……!」

部屋に足を踏み入れたエイミーは、室内の光景を目の当たりにして顔を覆った。

リオは、エイミーの背中越しに部屋の中を見た。灯りのない部屋の光源は、窓から差し込む月明かりのみだ。正面の暗い影の中に大きなベッドが置かれていて、そのほとんど中央で身体を起こした男は、シーツを一枚腰に載せただけの全裸姿であった。その膝《ひざ》の上には、胸を露わにした女がしな垂れている。

「……修道女エイミーか。ちょうどよかった」

男の顔は影に黒く塗りつぶされていて見えない。だが部屋に差し込む月明かりが、山のように大きな男の輪郭を浮かび上がらせていた。太い腕に、厚い胸板。顔を覆う髭《ひげ》はもじゃもじゃとうねっているが、長い髪は櫛《くし》で梳《す》いたかのように滑らかで、月光を浴びて光沢を放っている。

その声は重たく低い。まるで底知れぬ洞穴の奥から聞こえてくる唸《うな》り声のようだ。

「今、持ち合わせがない。この女たちに払う金を貸してくれないか」

ベッドの上にいる女は、一人ではなかった。男の左右にも何人か折り重なっていて、月明かりがその裸体を白く光らせている。見れば壁際のイスやソファーにも、一糸まとわぬ姿の女たちが脱力し、項垂《うなだ》れているのだった。濃い影に溶け込んだ彼女たちのシルエットは乱れた呼吸音に合わせて上下していて、それはあたかも部屋全体が脈動しているかのように見えた。

「……たぶんこの人たち、娼婦《しょうふ》さんではないですよ」

エイミーは男の裸を見ないように、正面から視線を外す。

床には下着やスカートが脱ぎ捨てられていて、齧《かじ》られたパンやチーズがそこかしこに転がっている。テーブルには食べかけのスペアリブが放置されており、ベッドに零《こぼ》れたワインは、シーツに大きな黒い染みを作っていた。

廊下と比べ、室内は異様に暑い。香水の匂いと人間の汗のニオイが充満している。

リオはエイミーよりも前に出た。この大男こそ、リオがまず会うべき異端尋問官だ。だが肉欲に溺れるその姿は、リオの抱く聖職者像からあまりにもかけ離れている。

ちらりと視線を落とす。彼の法衣は農婦の下着と一緒に、ベッドの脇に脱ぎ捨てられている。

「……あなたが、今回の魔女狩りを指揮する異端尋問官のリーダーだな？」

「……こいつは？」

大男はリオの問いを無視してエイミーを向いた。暗がりに衣擦《きぬず》れの音がした。

「えと、この人は……」

「詩人のリオ・ロンドと申します。女王アメリアの命を受け、今回の魔女狩りに同行する」

リオが胸を張って答える。相手が怪物のような大男だからとて、気圧《けお》されるつもりは毛頭ない。「ここに委任状がある」と、先ほどと同じようにして羊皮紙を両手に広げ、読み上げる。

「――『特使として派遣される先は、異端尋問官カルリュトフ・サベリーエワ＝イニャリトウ……』」と、名前を読み上げる箇所で大男が口を挟んだ。

「〝カルル〟だ」

「……何だって？」

「その名を呼んで舌を噛《か》み、命を落とした友がいる。それからは〝カルル〟と、私は親しい友人たちにそう呼ばせているんだ。だから〝カルル〟。響きもなかなかキュートだろう？」

「…………」

嘘か真か冗談なのか、リオは戸惑ったが調子を合わせることにした。

「……わかった〝カルル〟。僕は――」

「口を慎めッ、このクソ野郎がッ！」

突如激昂《げきこう》したカルルにエイミーが肩を跳ねさせ、リオは言葉を飲み込んだ。

「お前は私の〝親しい友人〟か？　会って数秒で友人になったつもりでいるのか？　思い上がりも甚《はなは》だしいな。暗がりに姿を隠したまま、こちらからは顔も見えんが？」

「うあ！　ごめんなさい」

慌《あわ》てて頭を下げたのはエイミーである。

「エイミーがランタンを持って来なかったから。今すぐ持ってきます！」

踵《きびす》を返したエイミーの背に、カルルが声を上げた。

「エイミー！　ああ、修道女エイミー……行くな、構わん」

リオへ対してのものとは、打って変わった猫撫《な》で声で。

「脅かしてしまったな、すまない。お前を叱ったわけじゃない。ランタンを取りに行く必要などないよ。な？　本当の私は優しいんだ。特に女にはな、すこぶる優しい。なぜなら……」

パチン、とカルルは指を弾いた。指先にぼっと炎が発生し、ベッドの女たちが「わあ」と感嘆の声を上げる。カルルは返した手のひらの上に炎を落ち着かせる。魔法だ。部屋を照らす温かな灯火を、女たちは恍惚《こうこつ》とした表情で見つめた。

「——私は、愛の化身だからな」

「………」

これまたシリアスなのか、ジョークなのか。測りかねてリオは言葉を発せない。

ゆらゆらと揺れる魔法の火は、カルルの姿を浮かび上がらせていた。灯火がその肌を橙色《だいだい》に染め、たくましい肉体に深い陰影を刻んでいる。首を覆い隠すほどに長いあご髭《ひげ》。隈のある落ち窪《くぼ》んだ目。黒い瞳に炎を揺らし、カルルはじっとリオを見つめている。

リオは張り詰めた空気を打破するべく、咳払《せきばら》いをした。

「……失礼した。確かに僕はあなたの〝親しい友人〟ではない。伝えておくが、僕は女王に代わり冒険に同行する特使だ。体験したすべてを女王にお伝えするという責務がある。僕を女王と同等に扱うよう、心得てくれ」

毅然《きぜん》として言ったリオの前で、カルルは大あくびをした。

「そうか……悪いが今日はもうオフだ。明日にしてくれ」

不遜《ふそん》な態度で頭を掻《か》いて、カルルはベッドを指差し、歯を剝《む》いた。

「じゃなきゃ、あんたもこのベッドで寝るかい？　女王様《マイ・クイーン》……――」

2

翌朝、異端尋問官たちは宿駅を発《た》った。

魔女狩りの旅に同行するべく、宮廷詩人リオ・ロンドも彼らの馬車に乗り込む。屋根のない二頭立ての馬車だった。見上げれば晴天。雲一つない澄み切った空を、ツバメが一羽横切っていく。

馬車の後方にカルルとザミオが座り、その正面に向かい合う形で、アビゲイルとリオが着席している。四人掛けからあぶれたエイミーは、御者の隣に座っていた。リオと背中合わせになる位置だ。

馬車は真《ま》っ直《す》ぐに街道を行く。先へ進むに連れ、すれ違う馬車や人気《ひとけ》はなくなっていく。

「こら、動くな」

アビゲイルは座席に片脚を乗せて、隣のリオのほうを向いて座っていた。火のついていない煙草《たばこ》を噛《か》みながら、立てた膝《ひざ》に画板を置いて木炭紙を広げている。リオの顔と木炭紙を交互に見ながら、羽根付き帽子を被《かぶ》ったその顔をスケッチしているのだった。

「いいや、動かせてもらう。僕にも仕事があるんでね」

リオは膨《ふく》らんだ肩掛けカバンから、二枚重なる木版を取り出した。蝶番《ちょうつがい》で繋《つな》がるそれを、本のように開く。その表面には蠟《ろう》が薄く塗り固められていて、蠟を尖筆《スタイラス》で削ることによって、文字や図形を書き込むことができる仕組みだ。書字板《ディプテイク》と呼ばれる、いわばメモ帳である。

尖筆の尻に付いているヘラで書字板の蠟を均《なら》すことで文字が消え、何度も書き直すことができる。外にいる間はこうして証言やアイデアをメモしておき、宿に持ち帰ってから本に纏《まと》める。書字板と尖筆は、冒険譚《ぼうけんたん》作りには欠かせない必須アイテムである。

「絵のモデルとなる代わりに、話を聞かせてもらう約束だ」

「黙ってりゃ可愛《かわい》い顔してるのに。スケッチじゃ、その生意気さが伝わんないのが救いだわ」

「モデルの内面を表現できてこそ、一流の絵描きだと思うがね」

「そういうとこよ。ムカつく」

木炭で黒くなった指を動かしながら、アビゲイルは尋ねる。

「で？　何が聞きたいの」

「当然〝お菓子の魔女〟についてだ」

異端尋問官の一行が、辺境の村へ向かう理由はもちろん、その小さな村で魔女災害が発生したとの報告を受けたからだ。リオはすでに仕入れていた災害のあらましを述べる。

「数十日前。〝首飾りの森〟へと迷い込んだ幼い兄妹が、その森の奥深くにひっそりと建つ奇妙な小屋を見つけた。屋根瓦の代わりにパンが重ねられ、柱は焼き菓子で作られた〝お菓子の家〟だ。村へ戻った兄の証言によれば、哀れな妹はその家に住む〝お菓子の魔女〟に食べられてしまったのだとか。しかしこれは特異な事件だ――」

と、リオはアビゲイルだけでなく、正面に座る他の二人にも目配せをした。

「遡《さかのぼ》ること四年前。同じ森であなたたち異端尋問官は、〝お菓子の魔女〟を捕らえているな」

森の入り口に当たる〈灰の村エイドルホルン〉では、四年前にも魔女災害が発生していた。その時もカルル率いる異端尋問官のチームが、今と同じ街道を辿《たど》って村へ向かい、森へ逃げた〝お菓子の魔女〟を捕らえている。つまり今回の事件は、〈灰の村エイドルホルン〉付近において発生した、四年越し二度目の魔女災害なのだ。

ポン、ポロリンと弦を弾く音が聞こえる。リオの斜向《はすむ》かいに座るカルルが大きな背中を丸め、梨を縦に切り分けたような形の弦楽器――リュートを抱いて弾いているのだ。

カルルはそれを、酒場で音楽を奏でていた流しの演奏家から買ったと言った。だが娼婦《しょうふ》に払う金さえ修道女から借りようとしていた男が、どうして人の商売道具を買えるのだろう。よもや奪ったのではあるまいな、とリオは疑っている。

しかも彼は演奏ができるわけではないらしく、ただ切々と弦を弾き、「ヴォウヴォウヴォ～」と唸《うな》るばかりである。ポン、ポロロン。その歌声は、まるで主人に捨てられた大きな犬が家に入れてもらえず、切々と鳴いているかのようでうら寂しい。

「さすがは宮廷詩人様。よく調べておられる」

カルルの隣にいるザミオが口を開いた。眼鏡のレンズに太陽光が反射している。

ザミオは魔術師《ウイザード》ながら、重そうな両手剣を胸に抱いていた。剣身が厚く、鞘《さや》の代わりに布がぐるぐると巻かれている。まるで包帯を巻いているようである。その不思議な形状に興味を持ち、先ほど見せてもらえないかと掛け合ってみたが、「知識のない人間が興味本位で触るには危険な代物ですよ」と断られた。彼によると、魔法と剣を組み合わせて使う魔術師は少なくないらしい。

リオは質問を続けた。

「四年前の魔女災害に関して、当事者であるあなたたちに話を聞きたい。四年前に森で捕らえた〝お菓子の魔女〟は、元々エイドルホルンの村人だったそうだな？」

「ええ。ロンド様は、四年前にこの辺りで発生した飢饉《ききん》をご存じで？」

「ああ、もちろんだ。〝ワラの十三か月〟だな。その惨状をこの目で見たわけではないが、いくつもの酷《ひど》い話が王都アメリアにも届いていた」

飢餓に見舞われた当時の人々は、空腹のあまりムシロを千切って出たワラを、煮て柔らかくしてしゃぶり生き長らえていたという。そのため〈煉瓦《れんが》の町リッカ＝ミランダ〉で飢饉が宣言された四月から、高騰した小麦の卸値が落ち着くまでの期間を、後に〝ワラの十三か月〟と呼ぶようになった。ただし食料が町周辺の村々に流通したのはもっと後のことだったから、実際に村人たちが飢えて苦しんだ期間は、十三か月よりもずっと長いはずだ。

「蓄《たくわ》えの多い町よりも、町から遠く離れた農村の方が、その被害は顕著であったらしいな。食物を作っているのはその農村であるはずなのに。皮肉なものだ」

「はい。〈灰の村エイドルホルン〉は、そんな飢えた村の一つでした。あまりの耐えがたき空腹が、村人として溶け込んでいた魔女を炙《あぶ》り出したのです」

ポン、ポロロロロン、ポロン――。

馬車の走る音に、リュートのもの悲しい音色が重なる。

街道を行く馬車は、やがて森の中へと入っていく。ザミオが続ける。

「その魔女は……村では〝とんがり帽子のフランツィスカ〟と呼ばれていたそうです。年老いた粉挽き屋の一人娘でしてね。頬《ほお》にそばかすのある、年相応の子にも見えましたが、村人たちによれば奇異な言動を繰り返す、村ではちょっと目立った存在だったとか」

〝魔女の晩餐〟と呼ばれている四年前の魔女災害は、飢饉《ききん》の最中に発生した。

お腹を空かせたフランツィスカが村の少年を攫《さら》い、お菓子に変えて食べてしまったのだ。その恐ろしい行為は、当時フランツィスカの住んでいた村の家畜小屋で行われた。

災害の発生に気付いたのは、小屋を所有する夫婦だった。深夜、物音を聞いて家畜小屋に向かった夫婦は、抱き上げた少年にかぶりつくフランツィスカの姿を発見したという。流れ出る少年の鮮血は、魔法によってピンク色の水飴と化していた。

「襲われたのは少年だけではなかったそうだな。家畜小屋にいたヤギや雌鶏《めんどり》までもがお菓子と化して、そのほとんどが齧《かじ》り取られてしまっていたとか。あなたはその現場を見たのか？」

「見ましたよ。凄惨《せいさん》な現場でした」

言葉とは裏腹に、ザミオはくつくつと笑う。何が可笑《おか》しいのか、陰気な男である。

「まったく……残酷な魔法ですよ。食べ残されたヤギの前脚は、固いパンに変えられていました。血はネバネバとしたピンク色の水飴に。こぼれ落ちた内臓は捻《ねじ》られたプレッツェルだとか、ワッフルみたいな編み目のあるお菓子に変化していて……」

「ワッフル……」

リオはカリカリ、と書字板《ディプティク》の表面に尖筆《スタイラス》を走らせ、ザミオの証言を表記していく。

「全身がお菓子に変えられたのではなく、一部が変化していたのか？」

「そのとおりです。身体《からだ》の一部をお菓子に変えられて、食い千切られたのでしょう。ヤギの死体には、生身のままの部分もありました。仔ヤギなんかは、首から上だけがなかった。雌鶏が数羽倒れていましたが、それらも頭部や羽の一部だけが、こんがりとした焼き菓子に」

「壮絶だな。ぜひこの目で見てみたかった」

「壮絶なのはニオイですよ。家畜や糞尿のニオイに、ハチミツだとかアップルパイみたいな甘ったるい香りが加わって……胸焼けを覚えるほどのあの悪臭は、未だに忘れられません」

ザミオは苦い顔をして、鼻の辺りで手を振った。

「一つ疑問がある。そのフランツィスカとやらは、当時村に住んでいたんだよな？　村が飢餓に見舞われ、少年や家畜小屋が襲われるまで、誰も彼女が魔女であることに気付かなかったのか？」

「うまく隠していたのでしょうね。ただ、魔女ではないかという噂は立っていたそうです。先ほども申し上げたとおり、いかんせん〝とんがり帽子のフランツィスカ〟は、粉挽き屋の娘でしたから」

「なるほど……『ニワトリは水車小屋で卵を産まない』か」

リオがつぶやいたのは、粉挽き屋にまつわるジョークの一つだ。

〝粉挽き屋〟という職業は、人々の暮らしに欠かせないものである。水車を動力として臼《うす》を回し、小麦の製粉を行うというのがその主な仕事。村人たちの主食であるパンも、焼き菓子も、粉挽き屋の挽いた小麦粉がなくては作れない。なのにこの職業は、村人たちに嫌われやすい性質を持っていた。

そもそも、管理や修復に莫大《ばくだい》な費用の掛かるこの水車小屋というものは、一個人で運用できるものではなく、村を流れる小川と同様に、だいたいが領主の所有物であった。領主によって任命された者が、粉挽き職人を名乗って水車を運用するのだ。つまり領主から特権を得て粉を挽く彼らは、他の村人たちよりも少しだけ、偉かった。

粉挽き職人は村人たちから持ち込まれた小麦を挽くたびに、水車の使用料や領主に献上するための税として、小麦粉の一部を徴収した。その割合は粉挽き職人の独断と偏見で決められるため、不平不満の捌《は》け口《ぐち》となりやすい。だが彼らの背後には領主という権力者がついているため、誰も文句を言うことができない。

だから人々は、陰で悪意たっぷりのジョークを飛ばす。種も撒《ま》かずに収穫を得るのが粉挽き屋である。そのあまりの卑《いや》しさに、ニワトリたちでさえ盗まれることを警戒し、水車小屋では卵を産まない、と。

粉挽き職人を笑うジョークは各地の町や村々で聞かれた。つまりそれだけ〝粉挽き屋〟という職業が嫌われているということだ。それはエイドルホルンにおいても例外ではなかったのだろう。

「粉挽き屋の娘なら、さぞ嫌われやすかっただろうな。魔女かも、なんて噂も立ちやすい」

リオはつぶやき、尖筆《スタイラス》の尻であご髭《ひげ》を掻《か》く。「そして実際に魔女だった……」

「家族もそれを知らなかったのだろうか？　兄弟はいたのか？」

「いや、いない。フランツィスカは粉挽きの親父と二人暮らしだったらしい」

応えたのは、画板に木炭を走らせ続けるアビゲイルだ。

「その親父も〝魔女の晩餐〟が発生した時にはもう死んでたよ。飢饉《ききん》でね。村人たちに話を聞けば、無口で厳めしい面《つら》した、いかにも職人って感じの退屈な男だったらしい。魔女の父親だってなるとそいつも責めを負わされそうなもんだが、フランツィスカとは血が繋《つな》がっていなかった」

「血が繋がっていない？」

聞き返したリオへ、今度はザミオが三白眼を向けた。

「フランツィスカは、粉挽き屋の主人が再婚した相手の連れ子だったのです。この再婚相手というのが村の者ではなく、町の娼婦《しょうふ》でしてね。フランツィスカは幼い頃、母親に手を引かれて、町から村へと移り住んだのです」

「元々エイドルホルンの人間ではなかったのか」

「ええ、余所者《よそもの》です。ところが母親はよほど村での暮らしが合わなかったのか、エイドルホルンで暮らし始めてから程なくして病に罹《かか》り、死んでしまったのだそうです。粉挽き屋の元には、余所者《よそもの》の血を引く赤い髪の娘だけが残った――」

村には他に赤い髪の人間はいなかった。そのためフランツィスカのまとう〝赤〟は、余所者の証とも言えた。

「自身と血の繋《つな》がらないこの娘を、粉挽き屋の主人が持て余していたことは想像に難くありません。だから幼いフランツィスカを、よく離れの独居房に閉じ込めていたと聞きました」

「ふむ……それは不幸だな」

「しつけの一環だと、父親は周りにそう説明していたらしいわ」

アビゲイルが付け加える。視線は木炭紙に注ぎながら。

「言っとくけど、フランツィスカが魔女かもと噂されていたのは、何も粉挽き屋の娘だったからじゃない。あの子が村人たちに何と呼ばれてたか教えてあげましょうか？　〝惚《ほう》け〟よ。村人たちの証言によれば、何も可笑《おか》しくないのにいつもニコニコと笑っていて、そうと思えば奇声を上げたり、物を盗んだりしてたんだって」

「問題児だったということか」

「そうね。人の言うことは聞かず、風呂嫌い。年齢を重ねてからも幼いまま、裸足《はだし》で走り回っていた。学もなくて、意思の疎通さえ難しいフランツィスカには、村人たちも手を焼いていたそうよ」

「だから、閉じ込められたフランツィスカを、誰も助けようとはしなかった……」

　水車小屋には、小麦泥棒が発生しやすい。だから罪人を閉じ込めるための牢が併設されているのは珍しいことではなかった。エイドルホルンの水車小屋にも離れに独居房があり、問題を起こすたびにフランツィスカはその牢に閉じ込められ、反省を促されていたという。

　リオは質問を重ねた。

「幼い印象が強いな……。〝魔女の晩餐〟発生時、フランツィスカは何歳だったんだ?」

「十八歳よ。あたしにはもっと、幼く見えたけれど」

「つまり幼少期に村へと連れて来られ、十年以上粉挽き屋の元で暮らしていたのか。そして十八歳を迎えた飢饉《ききん》の年に、空腹に苛《さいな》まれて少年を食ったと。ふむ……」

　リオは書字板《ディプティク》に今得た情報を書き連ねる。それから、嫌われ者のフランツィスカへと思いを馳せた。唯一の肉親である母親に死なれ、義父に疎《うと》まれ、村人たちからも忌避《きひ》されて、村に彼女の居場所はあったのだろうか。〝灰の村〟と称される色褪《いろあ》せた寒村で、赤い髪は目立ったに違いない。

「……君たちによって捕らわれた魔女フランツィスカは、四年前……十八歳の時に死んだ。〈煉瓦《れんが》の町リッカ＝ミランダ〉の広場で火刑に処されたはずだな。そして今、かつて彼女が逃げ込んだ同じ森で、また新たなる魔女が発生している。なぜだ?　その森には魔女が生まれやすい条件でもあるのか?」

「それを調べに行くのです」

ザミオは肩を竦《すく》めた。リオは続ける。

「数十日前に幼い兄妹が森の奥深くで出会った魔女は、〝お菓子〟の家に住み、〝とんがり帽子〟を被《かぶ》っていたという。どうしたってフランツィスカを連想してしまう証言だ。ここはやはり、四年前に村を騒がせた〝お菓子の魔女〟が蘇《よみがえ》ったと考えるほうが──」

「ないね。あり得ない」

アビゲイルが木炭を摘《つま》んだ手を止める。

「フランツィスカは確かに死んだ。あたしたちはリッカ＝ミランダでそれを確認している。あんた、火刑を見たことは？」

顔を上げたアビゲイルと目が合う。リオは首を横に振った。

「それは幸運ね。あれって、見ていて気持ちのいいものじゃない。見慣れるものでもないわ」

アビゲイルはスケッチを再開しながら続けた。

「足の裏からさ、徐々に焼かれていく魔女は、そのあまりの熱さから逃げようとして、身悶《みもだ》えるのよ。けど杭《くい》に強く縛られているから、逃げることなんてできやしない。大量の煙に巻かれて窒息死できるなら、まだ運のいいほう。多くは風に煙が流されて、じわりじわりと炙《あぶ》られて苦しみながら死ぬの。生きたまま焼かれる魔女の声ってさ、豚の声みたいに醜《みにく》くて。だいたいその夜、眠る前に思い出しちゃうのよね」

あまりの苦痛に耐えきれず、多くの魔女は泣き叫ぶ。〝私は魔女なんかじゃないっ！〟〝誤解よ神様、お願い助けて！〟〝許して、ごめんなさい〟〝死にたくない、死にたくないのぉ……！〟〝どうして？　どうして私がこんな目に〟――。

「けど、あの子は……。フランツィスカは違った」

「違った？」

「あいつは炎に巻かれながら、広場に集まった民衆たち一人一人を見下ろして、唾《つば》を吐いた。〝その顔を覚えたぞ。その声を覚えたぞ〟〝お前たちを殺してやる〟〝お前たちの大切な者を、お菓子に変えて食べてやる〟〝齧《かじ》って砕いて、飲み込んでやる〟――」

魔女が焼かれるのを見物するために集まった民衆たちは、その言葉に戦慄《せんりつ》した。しん、と静まり返ったリッカ＝ミランダの広場には、焼かれながら笑う魔女の声が、高々と響き渡った。

――〝ああ、お腹が空いた。お腹が空いた〟

――〝私はまだまだ、食べ足りないぞっ！〟

「……まったく、酷《ひど》い笑い声だった。いやに耳に残ってさ。結局ベッドで思い出しちゃうんだから、泣き喚《わめ》いてくれたほうがまだマシだったわ。けど確かに彼女は死んだ。〝お菓子の魔女〟はあの広場で、死んで灰になったのよ」

「……なるほど。壮絶だ」

「女王様をガッカリさせてしまいますが――」と魔女の瘴気《しょうき》を払うように、ザミオが声を明るくする。「今回の一件は、四年前の災害を模倣《もほう》したイタズラと考えるのが自然でしょう」

「イタズラか……」

「ええ。あるいは森へ迷い込んだ兄妹の嘘か、夢か、幻か。どちらにしろ〝お菓子の家〟なんてもの、あるはずがない。だって、とんがり帽子の魔女はもういないのですから」

「だが実際に、妹の方は食われてしまったと――」

ティンッ――と、突如カルルがリュートの弦を弾いた。一同の視線を集めたカルルはしたり顔で胸に手を添え、皆を見返した。

「いかがだったかな？　私のセレナーデは」

「……セレナーデだったのか」

リオは思わずつぶやく。夜、恋人の住む部屋の窓の下で愛を込めて奏でる楽曲、それが小夜曲《セレナーデ》だ。決して、「ヴォウヴォウヴォ～」と野良犬のごときうめき声を響かせるような楽曲ではない。

「愛する主人に捨てられた大きな犬が家に入れてもらえず、窓の外で切々と鳴いている様を表現してみたんだ」

「……わお。なら表現できてる」

「実に素晴らしい演奏でした」拍手をしているのは、ザミオただ一人だ。

「カルル様は音楽にも通じていらっしゃるのですね。まったく、弱点がない」

「……何だそりゃ」

一方でアビゲイルは画板に視線を戻し、神経質な仕草で頭をくしゃくしゃと掻《か》いた。

「ああ……ったく。火が欲しいねえ」と嚙《か》みしめる煙草《たばこ》の先に火は灯《とも》っていない。

「先ほどから思っていたんだが……」とリオはアビゲイルへと向き直り、カルルを示す。

「火が必要ならば、頼めばいいだろう。彼は火を起こせるんじゃないのか？」

昨夜リオは、カルルがランタンの代わりにその手のひらに、火を灯したのを目の当たりにしている。彼は炎系の魔術師《ウィザード》なのだ。

するとと向かいに座るザミオが慌《あわ》てて顔を寄せてきた。リオの耳元で声を潜める。

「アビィとカルル様はずーっとケンカしていてね……。彼女の妹がカルル様に弄《もてあそ》ばれてから、もう三年くらい喋らないのです」

「……弄ばれ……ああ、そう」

付き合いの長いパーティーがそうであるように、このチームにもまた複雑な事情があるらしい。藪《やぶ》をつついて蛇を出すのも不粋かと、リオは肩を竦《すく》めた。

不意に斜向《はすむ》かいのカルルがリュートのネックを握り、それをリオへと差し出した。

「次はお前の番だ、リオ・ロンド。歌ってくれないか」

「……え、僕が？」

「そいつはいいや」とアビゲイルは煙草を嚙んだままニヤけた。

「女王お抱えの宮廷詩人ってやつがどんな声で歌うのか、ぜひ聴かせて欲しいものだね」

「え、リオさん歌うんですか?」

御者台に座っていたエイミーが振り返り、膝《ひざ》を立てて身を乗り出す。リオは咳払《せきばら》いをした。

「いや、やめておこう。僕の歌は相当に高いからな。君たちに払える額ではないぞ」

「冗談はよしてくれ、リオ」

カルルは楽器を差し出したまま、リオ・ロンドをファーストネームで呼んだ。

「お前は友人から金を取るつもりなのか?」

「……友人?」

「――と思っていたのは、私だけか? 私は片思いをしていたのか? お前は残酷だな」

カルルは胸に手を当てて、それから大仰《おおぎょう》に腕を開く。

「…………」

昨夜は、親しくなったつもりかと怒鳴ったくせに、ここに来て都合よく友と呼ぶ。まさかこうして自分に歌わせるために、わざわざリュートを用意したのかと邪推してしまう。こうなってしまえば逃げ場はない。リオはため息をつきながら、パタンと書字板《ディプテイク》を閉じた。

「一曲だけだぞ」

筆記用具をカバンに仕舞って、カルルからリュートを受け取る。

「あ、でもそれ……弦が一本切れちゃってますね」

向かいのザミオがリュートを指差した。カルルが強く弾いた時に切れてしまったのか、確かに一本だけ、びよんと弦が垂れている。しかしリオは気にすることなく、その弦を留め具から外した。

「心配ご無用。弦など一本くらい無くとも音は奏でられる。かつて僕と同じように、宮廷詩人として王家に仕えていた我が祖父に言わせてみれば……〝ないものを数えるな、あるものを数えよ〟――だ」

ジャランと弦を指で鳴らし、ペグを回して簡単なチューニングを行う。指を慣らしがてら、バックミュージックとして単調なメロディを繰り返し奏でながら、リオは座席に座る三人を見返した。

「……どんな曲がお望みかな。そうだな、例えば……昨夜のダンスを覚えているだろうか。農婦や旅の男たちが酒場のフロアで興じていた音楽だ。古くから伝わる伝承遊び」

「覚えてる！　〝もぎ取ってごらん〟でしょ？」

跳ねる声は座席の三人からではなく、リオの真後ろに当たる御者台から聞こえた。

リオは首だけで背後のエイミーへと振り返る。

「そのとおり。女たちが輪となって座り、一人の男が彼女たちのうちの一人を引っ張る。見事、輪の中から女をもぎ取れば男の勝ち。十秒間耐え続けられれば女たちの勝ち。大まかなルールを説明すればそんなところだ。男には二度のチャンスが与えられている。一度目でもぎ取ることに失敗した男は、二度目に挑戦する際はこうやって腰の後ろに片方の腕を回し――」

と、リオがリュートから手を離すと、当然ながら繰り返されるメロディはぴたりとやんだ。

「二度目の挑戦は、残った片腕だけで女を引っ張るんだ。もちろんこうなると男は不利になるが、これが意外にも女性たちとの密着度が増して盛り上がる」

リオは後ろに回した腕をすぐに前へと戻し、演奏を再開する。

「ところでこの片腕のルールは、〝もぎ取ってごらん〟がとある神話に基づいていることに由来している。これより披露《ひろう》させていただくのは……」

ジャカジャン、とリオは一度強く弦を強く弾いた。

「〝堕ちた農耕神モズトル〟の物語だ」

曲調が変わる。リオがメロディに乗せて歌いだす。

「〝さあ、今日は何を食べようか。甘い果実が待ってるさ〟

〝巨体を誇るモズトルは、いつだって腹を空かせていた〟――……昔々の、物語だ」

走る馬車内にリオが響かせた歌声は、透き通るようなテノールだった。

エイミーが「わあ」っと感嘆の声を上げる。

アビゲイルは「何、遊び歌？」と鼻で笑った。

リオはメロディを奏でながら、歌の背景を語る。

「農耕神モズトルの食欲は、病的なまでに旺盛だった。特にリンゴやモモ、ブドウみたいな甘

い果実が大好きでね。だが食べ尽くしてしまえば、次の実りを待つしかない。どうしても待て
ないモズトルは禁忌《きんき》を犯した。こうして――」

ピンッと弦を弾き、隣に座るアビゲイルを指差す。

「森で暮らすイノシシや野ウサギたちを、次々と果実に変えてしまった」

眉《まゆ》をひそめるアビゲイル。リオは歌声を再開する。

「〝肉は嫌いだ、固いから。生き血も喉《のど》に絡むから〟

〝私の食欲を満たすのは、柔らかな果肉や果汁だ〟

〝尾を振って私を誘うな。目眩《めまい》を覚えるよ、ララ〟

〝君だって食べられるなら〟〝より美味《おい》しいほうがいいだろう？〟」

それは確かに、大衆酒場で奏でられていたのと同じメロディ。だがジャカジャカと乱暴に掻《か》き鳴らされる奏法と違い、音階の一つ一つを流れるリズムで繋《つな》げていくリオの弾き語りは、曲の雰囲気も味わいもまったく違う。

しっとりと奏でられるバラードに、アビゲイルはいつの間にか聴き入っている。

リオは音階のキーを上げる。農婦たちが歌っていた女性パートだ。

「〝もっともっと私を見て。こんなに美味しく実ったの〟

〝あなたに食べられるための、柔らかな果肉や果汁よ〟

〝尾を振ってあなたを誘うの。くらくらするでしょ、ララ〟

〝お腹が空いてしまったなら〟〝そら、もぎ取って食べてごらんっ！〟」

モズトルは欲望のままに動物たちへ飛び掛かり、食い散らかした。だが食欲が満ちて我に返り、ふと辺りを見回した時、齧《かじ》られた動物たちの散らばる惨状を見て、自己嫌悪に陥るのだ。

「……欲望のままに命を食らう──私はまるで怪物ではないかと。モズトルは自身の行いを大いに恥じて、もう二度と動物を果実に変えないと誓った。そして自身の一人息子にこう命じたんだ。この罪深き左手を斬《き》り落としてくれと」

「ええ、そんな……！　何もそこまでしなくても」

御者台のエイミーが思わず声を上げる。リオは語りを続ける。

「失った左手の代わりにモズトルは、腕に斧《おの》を括《くく》りつけることにした。だがそこまでしてもこの欲深き神様の、旺盛な食欲は止まらなかった。お腹が空いた、お腹が空いた。しばらくはわずかばかりの果実で我慢していたが、限界だった。そしていよいよ、残った右手を振るってしまう。指差した相手は苦しむ父を心配し、その背を摩《さす》っていた息子だった──」

「え……」

「〝噛《か》みついた甘い果実は、愛するべき息子だった〟

〝我に返ったモズトルは、絶望のあまり嗚咽《おえつ》した〟

〝齧りかけの我が息子を、抱き締めようとしたが〟

〝欲望に忠実なこんな手で〟〝もう君に触れてはいけないだろう〟」

嘆いた農耕神モズトルは、左腕に括りつけた斧を振り上げて、残った右の手首をも斬り落としてしまったのだった。

リオの奏でるメロディに、小川を流れる水の音が重なる。

一本道を行く馬車は雑木林を抜けて、青々とした緑の広がる平野へと出る。見渡す限り人気《ひとけ》はないが、小川にはアーチ橋が架かっていて、確かにここに暮らしている人の気配を感じさせる。川沿いには水車小屋が一軒。ギッ、ギッともの悲しい音を立てて、水車が回っていた。

橋を越えて馬車は行く。平野の向こうには、木々の生い茂る山々の稜線が望める。

広い平野のあちこちには、ドーム型の窯《かま》が見られた。切った薪《まき》を山のように組んで、灰で固めた炭焼き窯だ。その天辺から濛々《もうもう》と噴き上がるいくつもの煙が、青い空に揺れている。

炭焼き窯の周りには、灰に塗《まみ》れた男たちの姿があった。村へ向かう馬車に気付くとみな手を止めて、顔を向けた。

さらに道を進んでいくと平野に麦畑が見られるようになり、青々とした麦がずらりと整列している。畑仕事に精を出す村人たちもまた、馬車に気付くと屈んでいた身体《からだ》を起こし、農具を手に視線を向けてくる。笑顔になるわけでもなく、手を振るわけでもない。外部からやって来た馬車を警戒し、ただじっと見つめ続けているのだった。

一本道の先を歩く農婦は、頭にザルを載せていた。近づいてくる馬車に気付いて振り返り、脇に寄って道を空ける。リオはリュートを奏でながら、すれ違い様に農婦を見た。馬車が通り過ぎてからも、農婦はしばらくその場に立ち止まり、馬車を見つめ続けている。

「………」

一行を乗せた馬車は音楽を奏でながら、〈灰の村エイドルホルン〉へと入っていく。

3

大陸を走る〈砂山脈〉の麓《ふもと》には原始林が広がっており、そこには人知を越えた怪物が多く存在すると言われる。いたずらに開拓してはいけない、霊験あらたかな地域だ。その森を統《す》べる怪鳥には、森へ迷い込んだ人間を食べる前に、木々の枝に吊《つる》すという悪癖があるらしい。人の頭を枝に引っ掛け、その首を飾ることから〝首飾り〟。称してその森を〝首飾りの森〟という。〈灰の村エイドルホルン〉は、そんな森の入り口に位置している。

馬車は教会の前で停まった。壁の塗料が剝《は》げた古い教会だった。

リオは一行の後に続き、馬車を降りる。教会の入り口には煉瓦《れんが》の組まれた花壇があったが手入れはされておらず、花壇いっぱいに溢《あふ》れた枯れ草が放置されたままの状態である。

見上げた窓は土埃《つちぼこり》で汚れていて、曇っている。窓の向こうに何人か農婦たちの影があって、リオと視線が合いそうになるとすっと身を引いて姿を消した。ここでも排他的な視線を感じ、居心地が悪い。

カルルたち尋問官を執務室へ案内した村の神父ヨーゼフは、咳《せき》ばかりする年老いた男だった。

「遠路はるばる、ようこそいらっしゃいましたね」

身体《からだ》も細ければ声も細く、背中が不健康そうに丸まっている。聞けば近隣の町リッカ＝ミランダから派遣されてきた、村の外部の者らしい。歳が歳であるため教会施設の管理が難しく、村の女たちが〝お手伝いさん〟として定期的に教会を訪れては、掃除をしたり、食事を作ってくれたりするのだと話した。先ほど窓から覗《のぞ》いていた農婦たちだ。

膝《ひざ》丈のテーブルに用意されたコップも、そのお手伝いさんたちが並べたものである。湯気の立つハチミツ湯には、それぞれ二枚のビスケットが添えられている。

「魔術師《ウィザード》の皆さまが来てくださって……これで私たちも安心して眠れます」

テーブルを挟んで、三人掛けのソファーが向かい合っていた。片側には神父ヨーゼフと、村の領主イサク、そして森に迷い込んだ兄妹の父親が座っていた。異端尋問官の到着に神父ヨーゼフは早くも胸を撫《な》で下ろしていたが、イサクのほうは腕を組み、ソファーの真ん中でしかめっ面をしてふんぞり返っている。

「おいおい、何が安心だ？　ふざけるな」

もみあげが太く、あごの割れたたくましい男である。厚い胸板が窮屈なのか、襟元のボタンを外していた。二十代後半と領主としてはまだ若いのは、先代が急逝して世代交代したためだ。四年前にカルルたちを村に迎えた彼の父に比べて、イサクはずいぶんと傲岸不遜《ごうがんふそん》な態度である。

「森にいる魔女は、四年前にあんたたちが捕らえたんだろ？　違うのか？」

「ええ、確かに捕らえました」

向かい合うソファーには、三人の魔術師《ウィザード》たちが座っている。身体《からだ》の大きなカルルを中心にして、両サイドに煙草《たばこ》を噛《か》むアビゲイルと、ハチミツ湯をすするザミオが着席していた。イサクの質問に応えたのはカルルだ。

「〝お菓子の魔女〟は火刑に処されました」

「じゃあ何でまた出てんだよ！　おかしいだろ？　あんたらの手落ちじゃないのか？」

ギロリ、とカルルは正面に座るイサクを見据《す》えた。

イサクは一瞬怯《ひる》んだものの、すぐに「何だよ？」と立て直す。鋭い眼光に耐える胆力は大したものだが、それはただ単に田舎育ちであるがゆえ、魔術師の恐ろしさを知らないだけかもしれない。

ソファーからあぶれたリオとエイミーは、執務室の一番奥――段差があって、少し高いスペースに置かれた執務机の近くに立っていた。このスペースの壁際には本棚があって、数々の書物が並べられている。教会の本棚だけあって宗教本や神話に関する貴重な文献が多い。何の気なしに本棚を見ていたリオは、一冊の本に目を留めた。【魔術師のための基礎学術】……金糸の施された装飾本だ。

「へえ。魔術師の本もあるんですね」

エイミーがそばに立ち、リオに倣《なら》って本棚を眺める。

そして「難しい本ばかり」としかめ面で目を細めた。

「まったくだ。ずいぶんと勉強熱心な神父だな」

本棚の下の段を見れば、幼児向けの学術書や絵本が並んでいた。この教会には児童も訪れるらしい。ただしどれも埃《ほこり》を被《かぶ》っている。あの背中の丸まった神父ヨーゼフが買い集めたものなのだろうか――リオは執務室の机に腰をもたせ、今一度神父を見る。

向かい合うソファーでは、森から生還した少年ヘンゼルの父親が、改めて息子の体験談を説明している。

「……森で野宿をしていた息子は、朝になって、隣に寝ていたはずのグレーテルが、いないことに気付いたそうだ」

丸い帽子を被り、黄土色のあご髭《ひげ》を蓄《たくわ》えた男で、その名をゲオーグといった。彼は炭焼き職人だった。着ているシャツは汗染みと炭で汚れている。話している内容は、リオが事前に調べた事のあらましとほとんど同じだ。

森で迷ったあの日、目を覚ましたヘンゼルは、妹の名を呼びながら森の中を捜し回った。そして森の中の切り開かれた広場に、一軒の小屋を発見する。見上げれば、小屋の煙突からは一筋の煙が立ち上っている。

「……その屋根やテラスの取っ手は、焼き菓子で出来ていて……実際千切って食べることもできたと、息子は言っていた。そうだ、ドアの横には水瓶があって……水の代わりに木苺のジャムが溜まっていたらしい」

「…………」

リオは腕を組み、ゲオーグの横顔を観察する。ヘンゼルは生きて帰ってきたが、その妹グレーテルは魔女に食べられ死んでしまった。我が子を亡くしたばかりなのだから無理もないが、ゲオーグの顔には疲労の蓄積が窺える。額に浮かぶ脂汗をしきりに拭いながら、その言葉はたどたどしくもつれる。

「息子が窓から部屋を覗《のぞ》くと……魔女がいた。料理をしていた。グレーテルの腕を……カマドに載せた大きな鍋に、入れるところだったそうだ」

両膝《りょうひざ》に肘《ひじ》を乗せ、前屈みとなりながら話している。ゲオーグは両手をテーブルの下でぎゅっと握り締め、震えを押し殺していた。その仕草から滲《にじ》み出る感情は、娘を失った悲しみ。そしてそれ以上に感じられるのは、恐怖だ。娘が魔女に食われるシーンを語っているのだから当然だろう。

……が、リオは怪訝《けげん》に眉根《まゆね》を寄せた。

——なぜ彼は、魔術師《ウイザード》たちに怯《おび》えている？

ゲオーグは、正面に座る魔術師たちに対して恐怖を抱いている。リオはそう感じた。

正面に座る彼らの視線に怯え、目を伏せたかと思えば、怯えた仔犬のように彼らを見る。領主イサクの不遜《ふそん》な態度とは対照的だ。竜の奇跡である魔法を使う魔術師たちを、畏れ敬う気持ちはわかるが、過剰に恐れすぎているような気がする。

特にゲオーグが意識している相手は……と、リオが視線を滑らせた先で、ちょうどその相手が低い声を轟《とどろ》かせた。――「間違いなく、魔女なのか？」

カルルの問いかけは、まるで詰問のようだ。

「見間違いや、子供の嘘では？　あるいは、誰かが我々を謀《はか》ろうとしているのでは？」

「違っ……いや、違います。見間違いじゃ……実は、私は、行ってみた。行ってみたんです。一人で。確認のため。そして、あの小屋が……確かにお菓子になっているのを見た。ヘンゼルの言葉は嘘じゃない」

見ていて気の毒になるほど、ゲオーグは萎縮《いしゅく》している。だが辿々《たどたど》しく紡がれたその言葉が、魔術師たちをわずかに緊張させたのがわかった。実際に見たとなれば、〝お菓子の家〟は虚言や幻ではないのだろう。

「……あの小屋が」とカルルは長い髭《ひげ》を揉《も》む。

「魔女の姿は見たのか？」

「いえ……私は、恐ろしくて。小屋に近づくことすらできず――」

「こいつが見てなくても、こいつの息子が見ているんだ！」

領主イサクが声を荒らげ、口を挟む。

「とんがり帽子に赤い髪だぞ？　確認するまでもなくフランツィスカじゃねえか。お前らが捕まえたはずのあの女が、地獄から蘇《よみがえ》ったんだよ！」

「いいえ、魔女は断罪の炎で焼かれたのです。蘇るはずが」と、カルルの言葉をもイサクは遮った。「んなことわかんねえじゃねえか！　相手は魔女なんだから――」

「魔女だから何だッ……！　このクソ野郎が！」

カルルは言い放つと同時に腕を伸ばし、イサクのあごを下から鷲摑《わしづか》みにした。

「っ……!?」

「魔女だから神は娘を焼き殺すことができなかったと？　危ない……それは実に危ない思想ですよ、あなた。これ以上神を侮辱すれば天罰が下る。悔い改めなさい、早く。早く」

「んにゃっ……にゃにを……」

カルルはテーブルを挟んでイサクの両頰《りようほお》を摑んだまま、立ち上がる。イサクも顔ごと吊られるようにして、ソファーから腰を浮かせた。するとカルルの摑むイサクの口元から、ジュウッ……と煙が上がり始める。イサクは両頰を潰されたまま叫んだ。

「うっ……くぁ、やめっ……！　があああっ！」

神父ヨーゼフとゲオーグは、驚きのあまり立ち上がってソファーから離れた。アビゲイルはうんざりした顔で肘《ひじ》掛けに頬杖《ほおづえ》をつき、ザミオはハチミツ湯に添えられたビスケットを噛《か》んでいる。二人とも我関せずで、カルルの暴力を止めようとしない。

肉の焦げる臭いが鼻につき、リオはエイミーの横顔に訴えた。

「おい、止めなくていいのか？　暴力はダメだろ」

「もちろんダメです。でも……止められます？」

エイミーは苦い顔をして、目の前の光景を睨《にら》みつけていた。

「…………」

確かに、あの巨体を止められるわけがない。このチームで最も強い魔法使いは、やはりカルルなのだろう。誰も彼の暴挙を止めることなどできない。

「わがっ、わがっだ！　すまにゃい。悔いあらためおう！　すみゃないッ……」

その言葉を聞いてやっと、カルルはイサクをソファーへ突き放した。

「ああ……ああ」

ソファーに背をもたれたまま、イサクは突然の出来事に呼吸を荒くし、放心している。

カルルはイサクを見下ろした。彼の顔を焼いた手のひらを、胸の前に添える。

「若き領主よ。悔い改められてよかった。どうか安心して欲しかったんだ。森に現れたのが何者であろうと、我々が到着したからには、今後この村から犠牲者が出るようなことはない。だからあなたが、ヒステリックに喚《わめ》く必要はないんだ。おわかりいただけたか？」

たった今、一人の犠牲者が出たところだが、イサクは何度も頷《うなず》いた。その顔の下半分には、口元を摑《つか》んだ指の形が、まるで焼き印のようにくっきりと残っている。その焼けた痛みに顔を押さえながら、ソファーから転がり落ちたイサクは、床を這《は》うようにして部屋を出て行ってしまった。廊下から「ひぃぃぃい」というイサクの声が響いてくる。

カルルがソファーに着席すると、ザミオが何事もなかったかのように口を開いた。

「では今後の予定を。間もなく日が落ちてしまいますから、森への出発は明日の朝早くにいたします。四年前は領主様の荘館《マナーハウス》に泊めていただいたのですが……今回も寝床は用意してもらえるのでしょうか？」

眼鏡を指で押し上げて、ザミオはソファーから離れていた神父ヨーゼフに問い掛ける。立ち竦《すく》むヨーゼフは、おずおずと応えた。

「ああ、はい。そのように手配してもらいました。教会に泊まっていただくこともできたのですが……実は昨日から旅人が訪れていまして」

「旅人……ですか？」

「はい、若い男女の二人組です。村へ来た目的を尋ねれば、観光だと」

「は、観光？」と失笑したのはアビゲイルだ。

「こんな辺鄙《へんぴ》な村に観光客なんか来るのかしら」

「珍しいですね。休める場所をお探しのようでしたが、いかんせんこの村には宿などありませんので。それで昨晩は、普段使っていないここの二階にある仮眠室をお貸ししまして……」

ソファーに座る三人の魔術師《ウィザード》たちは、目配せをする。観光できるような場所もない辺鄙な村に、わざわざ訪れる二人組とは何者なのか。それも近隣の森で〝お菓子の家〟が発見され、魔女が出たのではないかと騒がれている渦中の村に、である。

「……もしかして、荘館より教会のほうがよかったですか？」

魔術師たちの顔色を窺うように尋ねる神父へ、アビゲイルが逆に質問する。

「神父、あなた〈騎士の国レーヴェ〉で発生した魔女災害〝血の婚礼〟をご存じ？」

「婚礼……。はい、王様と結婚しようとした魔女のことでしょうか？　リッカ＝ミランダの教会で、話題になっているのを聞きかじった覚えが」

「そう。婚礼の最中、妃となるはずの女の正体が魔女だったと露見した――多くの犠牲者を出しながらも、レーヴェの騎士《ナイト》たちはこの〝鏡の魔女〟を捕縛。これが〝血の婚礼〟の簡単なあらましよ。ただこの事件には続きがあって。捕らえた魔女を狙って、〈騎士の国レーヴェ〉に交渉を持ちかけた国があった」

「〈火と鉄の国キャンパスフェロー〉です」

ザミオが説明を引き継ぐ。

「王国アメリアに魔法戦を仕掛けるため、キャンパスフェローを統治するグレース家領主は、レーヴェから魔女を奪おうと画策しました。しかしその目論《もくろ》みは失敗します。先に情報を察知したアメリアの奇襲攻撃によってグレース家は滅び、現在、キャンパスフェローはアメリアの属国となっています。ただ一つだけ問題が」

ザミオは顔の前に人差し指を立てた。

「〝鏡の魔女〟はグレース家に奪われたまま、取り返せておりません」

「何と……」

「家の再建を目論《もくろ》むグレース家の残党たちが、未だに魔女集めを続けているのではないかと、そんな話が出ています。〝鏡の魔女〟と、それを奪ったとされる〝キャンパスフェローの猟犬〟……この二人は見つけ次第速やかに捕らえるべしと、私たち魔術師《ウィザード》にお達しが出ているのです」

「その魔女、最近ここより南方の町に現れたでしょ？　どこだっけ……最南端の」

「サウロだ」

アビゲイルに応え、声を上げたのはリオだった。

一段高くなった執務室のあるスペースから、ゆっくりと下りてくる。

「〈港町サウロ〉にて謝肉祭《カーニバル》パレードの最中、魔術師たちを相手に暴れ回った若い女は、銀の大鎌を振り回していたという。その多くの目撃証言を信じるなら、それはまさしく〝鏡の魔女〟の特徴と言えよう」

「はいはい！　エイミーも知ってます。しかもその時、他にも魔女が何人かいたんですよね」

リオの後ろで、エイミーが大きく手を挙げる。

「〝キャンパスフェローの猟犬〟が〝鏡の魔女〟を連れて他の魔女も集めようとしているなら……〝お菓子の家〟の情報を聞きつけて、この村にやって来ててもおかしくないですよね？」

エイミーは人差し指と親指をLの形にして、丸いあごを挟む。〈港町サウロ〉といえば大陸の最南端にある異国の町だが、船を使えば、この村との距離はそう遠いわけではない。

「ですが……信じられません……」

神父ヨーゼフは眉尻《まゆじり》を下げて、へその前に重ねた手を握り締めている。

「フードから覗《のぞ》くお顔を見れば、お二人とも上品な顔立ちをされておりましたのに……。だからわたくしなんか、お手伝いさんたちと、『訳ありの貴族の方が、お忍びで物見遊山《ものみゆさん》でもされているのかな』なんて話しておりました。まさか……あの方が、魔女？」

「今回の魔女災害に関して、何か調べている様子はなかったのか？」

リオの問いに、神父ヨーゼフが振り返った。

「二人の目的が〝お菓子の魔女〟であるなら、当然話題に出るはずだ」

「いえ、そのような話は……。もちろん、わたくしから忠告はしたんです。今、森に魔女がいるかもしれないから、決して森へは入らないようにと。ですが、それにはまったく興味がないご様子で。それよりも養蜂農家を見学したいとおっしゃっていました」

「……養蜂？」

「はい。採れたてのハチミツを、持参したカヌレに塗ってもらうことは可能かと……」

「カヌレ……。なぜ、カヌレ?」

「はて、それはわかりませんが」

「………」

沈黙の中、肘《ひじ》掛けに頬杖《ほおづえ》をついたままアビゲイルが失笑した。

「まじで観光に来てんの?」

次に口を開いたのはザミオだ。

「それで、その男女は今もまだこの村に?」

「いると……思いますが」

神父ヨーゼフは言葉を切る。その視線がゆっくりと天井を向く。

ザミオは天井を指差した。

「それじゃあ今も、上の部屋に?」

ヨーゼフは小刻みに頷《うなず》く。

「今日は見掛けておりませんから……もしかしたら」

突如、弾かれたようにして、カルルがソファーから立ち上がった。ソファーのそばに立っていた神父ヨーゼフとゲオーグが、びくりと肩を跳ねさせる。カルルが見ている先は天井だ。踵《きびす》を返し、執務室のドアを開けて廊下に飛び出す。ザミオとアビゲイルもソファーから立ち上がり、ローブの裾《すそ》をひるがえしてカルルに続いた。

リオもすかさず部屋を出る。背中に「待ってえ」とエイミーの声を聞きながら、魔術師《ウィザード》たちを追って廊下を駆けた。

4

ドアは乱暴に開かれた。カルルは目を剝《む》いて部屋を見渡す。

昨夜旅人二人が宿泊したという教会の仮眠室には、誰もいなかった。

「…………」

ドアの正面には、ガラスのはめ込まれた窓がある。左右の壁際には、木組みのベッドが一つずつ置かれていた。ベッドには干し草が敷き詰められていて、リネンのシーツが被《かぶ》せられている。

部屋は三角屋根の真下に位置しているため、天井は斜めになっていた。剝き出しとなった梁《はり》の隅で、蜘蛛《くも》が巣を張っている。だがそんな暗がりの中にも、誰かが潜んでいる気配はない。

窓から差し込む陽光が、空気中に漂うほこりをキラキラと照らしていた。

カルルが一歩、部屋に足を踏み入れると、床板がギギッと大きく軋《きし》む。

「もぬけの殻ですね。我々に気付いて去ったのでしょうか」

ザミオとアビゲイルもまた、部屋に入った。

「そいつらの正体を探るヒントくらい残ってそうじゃない？　荷物もないわけ？」

部屋には、使い古された机とイスも置かれていた。床を見れば、色褪《いろあ》せた絨毯《じゅうたん》が敷かれている。宿泊者を特定できるようなものは見当たらないが、机の上の燭台《しょくだい》には、蠟《ろう》が溶け残っていた。

アビゲイルは机や壁に手を触れながら、魔力を探る。

「……魔法を使った形跡はないね」

エイミーが開け放たれたドアの前で立ち止まった。廊下で振り返り、リオの到着を待つ。

「おっそいですねえ、ロンドさん……。もっと体力つけたほうがいいですよ？」

「はあ、はあっ……」

エイミーより先に駆けだしたはずなのに途中で抜かれ、遅れてやって来たリオは、脇腹に手を当てて息を整えた。

「君に一つ、忠告しておこう。〝足の速い詩人を信じるな。そいつはいい詩を作れない〟――詩とはぽかぽか陽気の午後などに、深いイスに腰掛けて、じっくりと作る物だからな。詩人は運動をしない。つまり良き詩人とは、すべからく足が遅いものなのだ」

「はいはい、肝《きも》に銘じておきます」

「それよりも魔女は？　いないのか。残念だな、魔法戦が見られると思ったんだが」

リオはドアの枠に肘《ひじ》をつき、仮眠室を見渡す。

「こらこら不謹慎ですよー。魔女を期待するなんて」

そのそばを通り過ぎ、エイミーが先に部屋の中へと入った。初めに目を留めたのは、壁に掛けられた絵画だった。長い髪の少女が静かに微笑《ほほえ》んでいる。ルーシー教の教祖である〝竜の子ルーシー〟を描いた肖像画だ。

「……もしホントに旅人さんが魔女だったとしたら、ずいぶんと大胆な行動ですよね。魔女なのに教会に泊まるなんて」

エイミーが誰ともなしにつぶやくと、アビゲイルが肩を竦《すく》める。

「〝鏡の魔女〟ってのは、昔っから奴隷《どれい》に扮《ふん》して商人の屋敷に入り込んでは、一家を惨殺《ざんさつ》して金銀財宝を奪い取っていた残虐非道な魔女よ。大胆でないわけがないでしょ。その旅人が本当に魔女であれば、の話だけど」

「魔女だ。間違いない」

部屋に低い声が轟《とどろ》く。カルルはベッドのそばに片膝《かたひざ》をついていた。何をしているのかと思えば、手にした枕を顔面に押し付け、「すぅー」っと息を深く吸い込んでいる。エイミーが露骨《ろこつ》に嫌な顔をした。

カルルは枕から顔を離して立ち上がった。

「魔女のにおいがする」

「………」

誰もが口を噤《つぐ》み、突っ込んで尋ねようともしなかった。

カルルはシーツの上に何かを見つけた。枕を片腕に抱いたまま、それをゆっくりと丁寧に摘《つま》み上げ、窓に向けて目を細める。差し込む陽光に照らされて、銀色に煌《きら》めくそれは一本の長い髪の毛である。

「ほら、な?」

いったい何が「ほら、な」なのか、やはり誰も突っ込まない。

「まだ村のどこかにいるかもしれん。捕らえるぞ」

踵《きびす》を返したカルルは枕をベッドに放り投げ、真《ま》っ直《す》ぐに部屋の出入り口へと進む。リオは気《け》圧《お》され、道を空けた。「了解」と返事したザミオが眼鏡のブリッジを押し上げ、カルルに付き従う。アビゲイルは何も言わず、それでも「やれやれ」といった顔で後に続いた。

またしても、リオとエイミーだけが取り残された。

「……彼は何だ? においで魔女がわかる魔法が使えるのか?」

「まさか。あれはあの人自身の野性的直感だと思いますよ」

「野性的直感……」

「さあ、エイミーたちも参りましょう! 村を探索です」

エイミーは拳《こぶし》を振り上げて、意気揚々と遠ざかる三人の足音を追い掛けていく。

5

異端尋問官たちは旅人を捜して教会を出ていったが、リオは敷地内に留まった。

教会の礼拝堂から外に出て、裏手へと回る。切り開かれた雑木林の中に、ずらりと並ぶ墓石があった。だがリオの目的は墓地ではなく、調理場だ。大きな施設の調理場には、だいたい裏戸が付いている。そして思惑どおり、リオは教会の〝お手伝いさん〟たちとの接触に成功していた。

「ほう……。これはハチミツが練り込まれているのか」

開いた裏戸の前で、リオは口をもごもごとさせる。指先に摘んでいるのは、つい先ほど執務室にて茶菓子として提供されていたビスケットだ。食べ損ねてしまったから食べさせて欲しいと調理場へやって来たリオに対し、初めこそ警戒心を見せていた三人の農婦たちは、リオの人懐っこい笑顔に少しずつ心を開き始めていた。自慢の手料理を褒《ほ》められれば、誰だって嬉《うれ》しい。

「あらあなた、味がわかるの？」

リオの前に立つ農婦はふくよかで、大柄な女性だった。長い髪を後ろで一つにまとめていて、名はグリーンといった。彼女は声が大きい。

「さすが宮廷詩人さんは舌も肥えているのね」

「当然だ。品のいい上質な甘みは、すぐにわかる。これほど見事な焼き菓子は、宮廷でもなかなか食べられないだろうな」

教会は村人たちの集会場所にもなっている。そのため石造りの調理場は、広く設計されていた。中央にはロングテーブルが置かれ、壁際にはカマドが並んでいる。日曜礼拝の行われた午後などは、集まった女たちでランチを作る賑やかな光景が見られることだろう。

ただし平日の昼下がりである今、調理場に人気《ひとけ》はない。グリーンの背後で二人のお手伝いさんが背の低いイスに腰掛け、桶《おけ》の前でコップを洗っているだけである。そのうちの一人——白髪交じりの髪に三角頭巾を巻いた小柄な農婦が、桶に両手を浸したまま顔を上げた。

「エイドルホルンのハチミツは甘いでしょう？　森が豊かな証拠なのよ」

「ああ、見事なものだ」

リオは素直に頷《うなず》いた。嘘ではない、率直な感想だ。

「四年前の飢饉《ききん》……〝ワラの十三か月〟を乗り越えて、これほど美味《おい》しいハチミツが採れるまでに復興したのかと……その苦労を思うと、この村のたくましさに感服する。加えて、料理上手なお姉さんたちの腕がいいのかな？」

「あらどうしよ。ハンサムな詩人さんに口説かれちゃったわぁ」

グリーンが言ってリオの肩を叩くと、明るい笑い声が調理場に満ちた。辺境の地に暮らすがゆえ、余所者《よそもの》に強い警戒心を抱く彼女たちも、話してみればどの村にでもいる農婦とそう変わらない。お喋りが好きで、お節介で、気のいい人たちばかりである。

すると笑いさざめく調理場の裏戸に、駆け寄ってくる者がいる。

「見つけた！　何してるんですか、ロンドさん！」

修道女エイミーだ。リオの摘《つま》むビスケットを見つけ、「あ、いんちき」と唇を尖《とが》らせる。

「ビスケット食べてるぅ！　エイミーも食べてないのに」

「あらあら、それじゃあ。あなたも食べてちょうだい、修道女様」

グリーンが腕に提げたバスケットを差し出すと、エイミーは「ありがとうございます！」と声を跳ねさせた。バスケットの中からビスケットを一枚手に取り、カリッと前歯で噛《か》み砕く。

「わあ、あまーい！　何でこんな甘いの？　砂糖いっぱい使ってるの？」

「まったく深みのない感想だな。ハチミツが練り込まれているんだ」

「ほえー」

わかっているのか、いないのか。一般大衆を前に、まったく威厳の感じられない聖職者エイミーの態度にリオは呆れるが、その天真爛漫《てんしんらんまん》な素直さは農婦たちを笑顔にした。

「っていうか、何してるんですかロンドさん！　みんな旅人捜しに行っちゃいましたよ」

「それでわざわざ呼びに来たのか。僕に構わず行くといい。君たちとは馬が合わん」

「えー？　ロンドさんはもしかして、件《くだん》の旅人は魔女でないとお考えで？」

「我が祖父に言わせてみれば、〝感情で判断するな、願いが混じる。それはだいたい間違っている〟——だ。あの男の野獣の如き感性は、僕の合理的推理とは相反する。君もあっちへ行け、邪魔だ。僕は僕で仕事を進める」

むう、とエイミーは不機嫌に眉根《まゆね》を寄せた。

「エイミーたちの冒険を物語にするのが仕事じゃないの……？」

「違う。僕の仕事は〝エイドルホルンで発生した魔女災害の顚末《てんまつ》〟を物語にして女王に献上することだ。別の魔女を追うのなら、勝手にするがいい。僕の描く物語において、君たちはただの端役でしかないのだから」

「あ、わかった。カルル様が怖いんでしょ」

「断じて違う。聞け、話を」

リオは強めに言い聞かせた。

「僕が最も気になっているのは、いるかいないかわからない〝鏡の魔女〟ではなく、この物語の主人公かもしれない〝とんがり帽子のフランツィスカ〟だと、そう言っているんだ」

「おや……ではロンドさんも〝お菓子の家〟はイタズラなんかじゃなくて、魔女フランツィスカが蘇《よみがえ》ったものだとお考えなのですか？」

「さて、ね。君たち異端尋問官はイタズラの可能性もあると考えているようだが、領主やゲオーグ氏はそうは思っていないようだった。この温度差は気になる。四年前に捕らわれた〝お菓子の魔女〟と、今回の森の中で目撃された〝魔女X〟――果たしてこれらは同一人物か、否か」

そこでお尋ねしたいんだが、とリオは改めて農婦たちへ向き直った。

「あなた方はご存じか？　〝とんがり帽子のフランツィスカ〟を」

その質問をした途端、和やかだった調理場の空気が一変した。グリーンは笑みを消して目を伏せる。背後の農婦たちも口を噤《つぐ》み、コップ洗いを再開した。

「……もちろんよ。この村であの子を知らない人はいないわ」

大きかったグリーンの声が小さくなった。リオは質問を重ねた。

「幼い頃に村へやって来たフランツィスカは、ずいぶんと問題児であったそうだな。村でも目立った存在だったとか？」

「確かに、赤い髪はこの村では珍しいからね。それにちょっと変な子供だった。面白いことなんか一つもないのに、いつもニコニコと笑っていて……かと思えば癇癪《かんしゃく》を起こしてすぐ暴れるし。一緒にいて疲れちゃうから、お友だちもいない。人の言うことなんか聞きやしないのよ。いつも裸足《はだし》で。何度靴を履かせても脱いじゃうの。それでしょっちゅうミュラーさんを怒らせていたわね」

「ちょっと、グリーン。あの子のことはもう……」

コップを洗っていた小柄な農婦が、咎《とが》めるように顔を上げる。

しかしグリーンは「いいじゃないの」と農婦へ振り返った。

「このままあの子の話題を避け続けて、初めからいなかったみたいに振る舞ったって、この村から魔女を出してしまった事実はなくならない。あの子がこの村で育った事実は、なかったことにはならない。だったらいっそ聞いてもらったほうがいいわ。私はもう耐えられない。修道女さんに話を聞いてもらって……赦《ゆる》しが欲しいわ」

「…………」

リオとエイミーは顔を見合わせる。ビスケットの欠片《かけら》を頬《ほお》に付けたこの修道女が、農婦の重たい口を開かせてくれるのならば僥倖《ぎょうこう》だ。リオは話を進める。

「失礼。今お話に出た〝ミュラーさん〟……というのは？」

「フランツィスカの父親よ。とは言っても血は繋《つな》がっていないの。あの子は、ミュラーさんが再婚した相手の連れ子だったから……」

リオは頷《うなず》く。その話ならば馬車の中で尋問官たちから聞いている。

「粉挽き職人のことか。フランツィスカの育ての親だな。彼にも話を聞きたかったのだが、もう死んでしまったそうだな」

「ええ。あの人、晩年は身体《からだ》を壊しちゃって。長いこと病気と戦いながら粉を挽いていたんだけど、飢饉《ききん》の時にあっけなく……ね。だからフランツィスカが魔女だったってことも知らないまま」

「なるほど……では今、水車を回しているのは？」

「小屋は、領主さんがどこからか連れてきた人が継いでるわ。ミュラーさんにはフランツィスカの他に跡取りはいなかったからね。少しは税収が良くなるかと期待したけれど、正反対。むしろ酷《ひど》くなってる」

「ふむ……」

リオはビスケットを口に咥《くわ》え、肩掛けカバンから二枚目の書字板《ディプティク》を取り出した。今得た情報を尖筆《スタイラス》で記していく。

「ミュラー氏とフランツィスカとの関係性が知りたい。形としては親子でありながら、良好な関係ではなかったようだな？」

「……ミュラーさんは、言っても聞かないあの子を時々殴ったわ。そのせいであの子、歯が一本欠けていた。あの子が笑うたび、そこに目が行くのよ。だからかしらね、笑顔をよく覚えているのは」

「つばの広いとんがり帽子を好んで被《かぶ》っていたそうだな」

「ええ。あの子、髪を人に触られるのを嫌がって、悪目立ちする赤い髪を伸ばしっぱなしにしていたから。だから代わりに大きな帽子で隠したのね。余計に目立っていた気もするけれど。でもあの帽子はミュラーさんが被せたんじゃなくて……アントンさんがあげたものじゃなかったかしら」

「〝アントンさん〟？　また知らぬ名前が出たな」

「リッカ＝ミランダからやって来た、若い神父さんよ」

「神父さんですか？」と、エイミーがリオの隣で小首を傾《かし》げた。

「この教会の神父さんは、ヨーゼフさんじゃないの？」

「その前任に当たる神父さんよ。うちには村出身の神父さんがいないから、リッカ＝ミランダから定期的に派遣されてくるの。アーモンド色した髪の若い神父さんでね。背が高くてハンサムで、可愛《かわい》い顔をしていたわ」

「帽子をあげるくらいなのだから、神父アントンは、フランツィスカと親しかったのか？」

「そりゃあねえ。この村に来た最初っからそうじゃなかった？　ねえ」

グリーンが振り返ると、小柄な農婦がコップを洗う手を止めた。

「……覚えてる。あの時も、フランツィスカは水車小屋の離れに閉じ込められてたのよね。理由は何だったか忘れちゃったけど、結構長い間。村に来たばかりのアントンさんがそれを見つけて……」

「そうそう。熟れたリンゴみたいに顔を真っ赤にして怒ってね。『神でもないあなたたちに、人に罰を与える権利があるのかー！』ってさ」

グリーンが表情を歪《ゆが》めて冗談のように言うと、場の空気が少し和んだ。フランツィスカを語る時と違い、アントンを語る彼女たちの表情は穏やかだ。それだけで、神父アントンという人物が村の多くの人に慕われていたということがわかる。

「その神父アントンが村へやって来たのは、フランツィスカが何歳の時だ?」

リオが尋ねると、グリーンは「うーん」と首を傾げた。

「私の息子が産まれた年だったから……ちょうど十年前ね。そうするとフランツィスカは何歳だったかしら?」

「……十二歳、かな」

リオは簡単に計算した。今から四年前、〝魔女の晩餐〟で少年を食った時、フランツィスカは十八歳だったと聞いた。仮に今もまだ生きていたとしたら二十二歳だ。今からちょうど十年前なら、十二歳。二枚目の書字板《ディプティク》に書き加える。

「……私たちが見て見ぬ振りをしていたフランツィスカを、アントンさんが助けたのよ。あんなに怒ったアントンさんを見たのは、後にも先にもあれきりだったわね。ミュラーさんもびっくりしちゃって。それからあの子が独居房に閉じ込められることはなくなった」

「へえ。正義感の強い神父さんだったんですね」

エイミーが感心して頷《うなず》いた。

「そうよ。しかもとっても手先が器用で、自分で彫ったっていう竜のペンダントを首から提げていたわ。小さな頃は魔術師《ウィザード》に憧れていたんだって。けれど自分には才能がないって、魔法使いになるのは諦めて……それで神父さんになったそうよ。魔法は使えなくても、せめて教会に通う人たちの苦しみを取り除いてあげたいって」

「めちゃくちゃ素敵な神父さんじゃないですか！　エイミーも好きになってきました」

「ふむ……だが魔術師《ウィザード》への道は諦めていなかったのでは？」

グリーンとエイミーは二人揃《そろ》ってリオを見た。

「ロンドさん、どうしてわかるの？　神父アントンをご存じなんですか？」

「ご存じなわけないだろ。だが君も見たじゃないか、執務室の本棚を」

「本棚……？」

執務机の近くに置かれていた本棚には、数々の書物が並べられていた。

「本は持ち主の人となりを映す。神父アントンの使っていたであろう執務室には、宗教本や神話本に混じって、魔術に関するタイトルが並んでいた。【魔術師のための基礎学術】とか【マナから魔力へ変換の仕組み】……とかな。もしもあれらが神父アントンのものであるなら、彼は魔術師になる夢をまだ諦めていなかったのかもしれない」

「そんなのわからないじゃないですか。他の神父さんが集めたのかもよ？」

「僕はもしも、と可能性を示唆《しさ》しただけだが？」

「うーわー。何か、いんちき」

「けど確かに……詩人さんの言うとおりかも」

グリーンは頬《ほお》に手を当てて頷《うなず》いた。

「アントンさんは本の虫で、リッカ＝ミランダに行くたび、本を買って帰って来たわ。執務室の本はほとんどがアントンさんの買い集めたものよ。ヨーゼフさんはもう目が悪いから本は読めないって、持て余してて……」

魔術師とは、素質を見出された者が魔法学校にて鍛錬《たんれん》に励み、必要なスキルや学力、道徳心を培《つちか》ってこそ認められるものだ。卒業生の多くは修道士《モンク》や修道女《シスター》として修道院で生活し、認められた者のみが洗礼を受けて魔術師となる。

自然界より取り入れたマナを魔力に変え、魔法として使用するその才能は、幼少期より発露されるのが一般的である。だから魔法学校に入学する生徒たちは、子供であることが普通だ。だがごく稀《まれ》に年齢を重ねた者が才能を開花させたり、竜の爪に傷つけられることでマナを得る〝割礼術〟という方法があったりもする。本棚に並ぶ書物には、そんな僅かな希望に縋《すが》る神父アントンの努力が垣間見《かいまみ》えていた。

「魔術の指南書は、一般的に編纂《へんさん》を禁じられている。手に入れるのも難しい稀覯本《きこうぼん》のはずだ」

「え、そうなの？」

素《す》っ頓狂《とんきょう》な声を上げた修道女エイミーへ、リオは呆れた視線を注いだ。

「そうなの。なぜ君が知らない？　魔術師たちは当然、竜の奇跡たる技術を流出させたくはないはずだろう。指南書などもっての外だ。しかし隠そうとすればするほど、その情報には価値が生まれる。魔術書の類いは、たまに市場でも見かける」

「それって本物？　ニセモノなんじゃないですかあ……？」

「もちろん、ほとんどが出所の怪しいものばかりだろうな。もしも本物の指南書なら、それだけ貴重な書籍である上、教会関係者としては堂々と並べにくいデリケートな書物だ。にもかかわらず、大切に保管されるでもなく、埃《ほこり》を被《かぶ》って放置されていたのが不思議だった。現神父のヨーゼフ氏は、魔法や書籍に興味がないのだろうな。ただもう一つ、気になるのは……」

一つのコーナーにまとめられていた魔法に関する書籍は、すきっ歯の状態で並べられていた。つまり何冊か持ち出されていたのだ。いったい誰が持ち出したのか――。

「気になるのは？」とエイミーが小首を傾《かし》げて続きを促す。

「……いや」とリオは首を振った。それよりも今は、フランツィスカだ。

「とにかくフランツィスカは、僕が思っていたよりも孤独ではなかった。少なくとも十二歳以降は、神父アントンという心強い味方がいたということだな？」

「ええ、そうね……」

グリーンは首肯《しゅこう》した。だがその表情は複雑だ。アントンが独居房から救い出した少女は、結果的に魔女だった。そう考えれば、この時アントンはこの少女を助けるべきではなかったのかもしれない。

「当時からあの子は魔女なんじゃないかって噂されていたけれど、そんなことない、一人の人間だって……アントンさんは否定してね。離れに閉じ込められていたあの子を、リッカ＝ミランダの病院へ連れて行って、元気を取り戻すまで、付き添ってあげていたわ。それから教会での食事会に招待したり、文字の読み書きを教えたり……村で孤立しがちなフランツィスカを、いつでも気に掛けていたの。だからあの子は、アントンさんによく懐いていて」

エイドルホルンでただ一人、神父アントンだけがフランツィスカを普通の人間として対等に見ていた。虐げられ続けた十代の少女が、この神父に心許すようになるのは必然だった。少女にとって、この教会こそが村での唯一の居場所となっていく。

「その頃かしら、ミュラーさんの体調が悪化して、床《とこ》に伏しがちになったのは。フランツィスカはミュラーさんの看病をしながら、粉挽き仕事も率先して手伝って。それが終わると毎日この教会に通っていた。教会が学校代わりだったのね。この調理場でアントンさんとご飯を作って、いつも夕食まで食べてから、水車小屋に帰っていたみたい」

ルーシー教では、未婚男性の神父が一人で居住する教会に、女性が宿泊することを禁じている。それはかつて複数の教会で不義が横行したせいで作られた、比較的新しい規律であった。民衆批判をかわす意図も内包するこのような規律は判定が厳しく、たとえ宿泊させる相手が子供であったとしても――否、むしろ社会的弱者である子供だからこそ、これを連れ込んだなどと疑惑を向けられるようなことは、避けなくてはならなかった。

当時十二歳という多感な年頃であったフランツィスカが、親を伴わず未婚の神父の元へ通うことも、疑惑の種になってしまうという点でグレー判定だ。それが許されたのは、他の教会から監視の行き届かない、辺鄙《へんぴ》な村ならではの事情であろう。

「教会前の花壇に真っ赤なお花が咲いてね。その世話をアントンさんは、あの子に任せていたの。教会の前を通るたび、お花に話し掛けながら、楽しそうに水をあげるフランツィスカの姿を見掛けたわ」

グリーンは在りし日の教会へと思いを馳せる。リオはその証言を書字板《ディプティク》に記載していく。フランツィスカ、十二歳。人目を引く問題児ではあったらしいが、今のところ子どもを食うような魔女らしいエピソードは見られない。幼い頃に村へ連れてこられ、不幸にも唯一の肉親であった母親を亡くしたせいで孤独な幼少期を過ごしてきた、哀れな少女でしかない。

それも神父アントンという理解者を得て、少女は孤独ではなくなった。その人生は、これから好転していくはずではなかったのだろうか。

「……それから三年後くらいかしら」グリーンは頰《ほお》に手を触れて思い返す。

「教会に、ジャックがやって来たのは」

「〝ジャック〟？　それはいったい――」

「もういい加減にしてッ！」

リオの質問は、調理場に響いた絶叫によって掻《か》き消された。見ればコップを洗っていた農婦二人のうちの一人――背の高い、痩せた農婦が立ち上がり、濡れた手もそのままに耳を塞《ふさ》いでいる。

「魔女の話なんて、もうしないでちょうだい！　どうしてこんなことになっているの？　やっと忘れられそうだったのに。やっと普通の生活が取り戻せそうだったのに、どうして？　私たちが何をしたって言うのよ！」

「落ち着いて……エイダ」

小柄な農婦が慌《あわ》ててそばに立ち、彼女の――農婦エイダの背中を摩《さす》った。しかしエイダのヒステリーは止まらず、怯《おび》えた表情で視線を泳がせながら声を荒らげる。

「気味が悪いったらないわ！　聞かれたらどうするの。どうするのよ！」

「……聞かれたら、とは？　誰に」

リオが尋ねると、エイダは調理場の壁を指差した。その向こうに広がる森を。

「決まってるじゃない！　魔女によ。蘇《よみがえ》って、今もあの森にいるかもしれないってのに！　こんな話をしていたら魔女が来るわ。私たちをお菓子に変えて、食べてしまう。イヤよ。私たちはもう関係ないの！　出て行って。お願い、巻き込まないで。あなたたちも出て行って！」

懇願するエイダを落ち着かせるべく、エイミーはにへらっと表情を柔らかくした。

「えっと……心配なさらないで？　私たちはですねえ、その魔女から村を護《まも》るために……」

「いや、もういい。外に出よう」

リオはエイミーの肩に触れ、踵《きびす》を返した。魔女に怯える彼女に今、何を言ってもムダだろう。森で目撃された〝魔女X〟は、村人たちに四年前の恐怖を再来させている。農婦エイダの焦燥は理解できた。リオはグリーンに目配せをする。

「続きは外で伺えますか？」

「……ええ」

　グリーンは頷《うなず》き、調理場を出る二人の後に続いた。

6

「気を悪くしないであげて。エイダは、フランツィスカが襲った家畜小屋の所有者だったの」

「……なるほど。では彼女は〝魔女の晩餐〟を目撃したんだな？」

「ええ。夫婦揃《そろ》って第一発見者よ」

　裏手には雑木林が広がっている。背の高い木々が鬱蒼《うっそう》と生い茂る中に、膝丈《ひざ》ほどの白い柵で囲まれた広いスペースがあった。均《なら》された土の上に、墓石がいくつも並んでいる。村の共同墓地である。

　グリーンは話しながら、整然と並ぶ墓石の合間を縫って奥へと進んでいく。墓石に刻まれた名前を一つ一つ確認しながら、没年を遡《さかのぼ》っていく。リオとエイミーがその後ろを付いて歩く。

　グリーンはフランツィスカの話を再開した。

「アントンさんが村に来て……フランツィスカを独居房から出して。それから三年が経《た》った頃、リッカ＝ミランダの孤児院が火事になってね」

「あ、それ知ってます」とエイミーが口を挟んだ。

「全焼しちゃったんですよね、孤児院。たくさんの子供たちが亡くなって……。火を放ったのはなんと当時の院長さんで、気が触れていたんですって。あまりに酷《ひど》い事件だったので魔法学校でも話題になってました」

「そう。それで町に孤児の居場所がなくなっちゃったものだから、周辺の教会が子供たちを引き取ることになったんだけど、うちの教会は経済的に恵まれていないから一人だけ……アントンさんが男の子を引き取ってきたの」

「それが〝ジャック〟か」

「ええ。村に来た時はまだ三歳だったわ。小柄で身体《からだ》の細い子でね。黒髪で肌は青白かった」

「三歳とは……まだ手の掛かる時期だな。神父アントンが一人で育てていたのか？」

「そうよ。フランツィスカも進んでお手伝いをしてたわね」

グリーンの後を付いて歩きながらリオは書字板《ディプテイク》を閉じ、カバンに仕舞った。かと思えばまた新たなる書字板を取り出し、胸の前に開く。エイミーがその仕草を横目に見る。

「めちゃくちゃ持ってますね、それ」

「めちゃくちゃ書くことがあるからな」

リオは書字板に尖筆《スタイラス》を立てる。〝ジャック〟〝三歳〟〝黒髪で小柄〟と連ねていく。

「ふむ。それじゃあ教会に通い詰めていたフランツィスカとジャックで、優しき神父アントンを取り合うような構図だな。となると二人は仲が悪かったのか?」

「……いいえ。それが意外にも、二人はとても仲良しに見えた。ケンカするどころかジャックがやって来て、あの問題児だったフランツィスカがお姉さんみたいに振る舞うようになったの。ただ単に、年齢を重ねて大人になったってのもあるんだろうけど」

甲斐甲斐《かいがい》しくジャックの面倒を見るフランツィスカは、暴れたり、変な行動をしなくなった。手の掛かるジャックにご飯を食べさせてあげたり、湯浴《ゆあ》みをさせてあげたり。まるでおままごとのようではあったが、それはフランツィスカを大人へと成長させる一つのきっかけになったのかもしれない。

「手を繋《つな》いで歩く姿は、微笑《ほほえ》ましいものがあったわ……」

前を歩くグリーンは穏やかに笑う。だがその言葉にはなぜか、哀痛が混じる。

「あ、そう言えば本棚に児童向けの本がありましたね。表紙にウサギの絵が描かれてた」

エイミーが言うと、グリーンは何度も頷《うなず》いた。

「きっとアントンさんが買ってきたのね。そうそう、ジャックは幼い頃からウサギが好きでね。アントンさんが薪《まき》を削って作ったウサギの木像をオモチャ代わりにして、四六時中胸に抱き締めて大切にしていたわ」

「可哀想《かわいそう》に」グリーンはそう言って、とある墓石の前で立ち止まった。「まだ六歳だったのに」

「……えっ」

エイミーがグリーンの背後から顔を出して、素《す》っ頓狂《とんきょう》な声を上げる。墓石に刻まれていた名前は〝ジャック・エイドルホルン〟――享年六歳。孤児であった少年の墓石には、村の名前が姓として刻まれていた。

〝魔女の晩餐〟では、家畜小屋のヤギや雌鶏《めんどり》と一緒に少年も一人お菓子に変えられ、食い殺されている。その哀れな少年こそが、孤児ジャックであった。

「そんな、何で？　だって、仲が良かったんじゃないの？」

「良かったはずよ。少なくとも、私たちにはそう見えていたわ。でもフランツィスカは、魔女だった。……魔女だったのよ」

理不尽な暴力も、非人道的な残酷さも〝魔女だったから〟で説明がつく。魔女とはつまり、人々に不幸を振りまく厄災《やくさい》。魔女であるということは、それだけで救いがたき大罪なのだ。

先ほど、会話の中でジャックという名前が出た時に、農婦エイダは動揺し、取り乱した。リオはその様子から、このジャックが食われた少年のことだと気が付いていた。

「家畜小屋で襲われたヤギや雌鶏は、身体《からだ》の一部をお菓子に変えられ、生きたまま齧《かじ》られたそうだな？　少年ジャックもその例に漏《も》れないのだろうか……？　フランツィスカはそれほどまでに飢えていたのか」

「……フランツィスカだけじゃない。あの頃は誰も彼もが飢えていたよ。もしも私たちが魔法を使えていたとしたら……誰かを食べ物に変える力を持っていたとしたら、あの子と同じことをしていたかもしれない……」

グリーンのその言葉は、魔女を大罪と位置づけるルーシー教徒《ルシアン》としては、非常に危険な発言である。だからこそ、その言葉は四年前の飢饉《ききん》の恐ろしさを物語っていた。グリーンは二人へと振り返った。

「信じられる？　あの頃はあまりのひもじさに、テーブルクロスを切り分けて食べていたのよ」

「テーブルクロス……ですか？　食べられるの？」

エイミーが目を丸くして聞き返した。

「食べるしかないの。いつも使っていたテーブルクロスには、スープやソースがこぼれて染み込んでいるから、煮るとほのかに味が出る……そんな気がするの。今思えばどうかしてる。あまりに激しい空腹は、人をくるわすの」

「人を、くるわす……」

後に〝ワラの十三か月〟と呼ばれる飢饉が発生したのは、ジャックが六歳、フランツィスカが十八歳を迎えた頃だ。干ばつの続いた前年の凶作が原因で食料が減少し、村に保存していた麦や米などの穀物が、底を突き始めた。

飢饉は、じわり、じわりと民衆を苦しめる。真綿で首を絞めるように、人々を死に追い詰めていく。保存食を食べ尽くしたエイドルホルンの村人たちもまた、他の村々同様、途方に暮れていた。

「配給はないし、飢饉の終わりも見えない。領主さんがね、食料を溜め込んでるなんて噂が立って、若い人たちが暴れ出して……荘館《マナーハウス》になだれ込んだこともあった。本当なら食用じゃない馬や、畑仕事に使う牛まで食べ尽くして……ワラとか麻縄とか、ベッドに敷き詰めた干し草なんかを噛《か》んで飢えを凌《しの》いでた。そして、とうとう……」

グリーンは目を伏せる。悲痛に歪《ゆが》んだ表情を隠して。

「……どうしても食料を確保できなくて、子供とか、老人とか、弱い人たちを森の奥に置き去りにする人たちまで現れた」

確実に訪れる死を待つよりはと、一縷《いちる》の望みを掛けて弱者たちを森に託したのだ。奇跡的に食料を確保し、どこかで生きていてくれと一方的に願い、死を見ないフリしていた。

「……空腹で頭がどうかして、大切だったはずの誰かを犠牲にすることもできた。あの子に限っては、魔法が使えた。不幸にも、使えてしまった。だからあんな悲劇が……」

「ふむ。フランツィスカは生まれながらの魔女だったのか、あるいは人生のどこかで魔女と化したのか……。その辺りはわからんが、少なくとも魔女であることを隠して過ごしていた。飢饉さえなければ、一生隠しとおせていたのかもしれんな」

リオは尖筆《スタイラス》を握った指先で、あごを掻《か》いた。

「このジャックの墓には、フランツィスカの食べ残しが埋まっているのか？」

「ちょっとロンドさん、言い方……！」

配慮のない質問だが、グリーンは答えてくれた。

「そうよ。あまりに酷《ひど》い状態だったから、見ないほうがいいと言われたけれど、誰かが埋めなくちゃいけないでしょ？　その役を買って出たのが、一番辛いはずのアントンさんだった……」

「アントンさん優しすぎるでしょ……」

エイミーがうるうると目を潤《うる》ませる。もう完全に、優しき神父アントンのファンである。

「殺されてしまったその夜のうちに、ここへ埋葬してあげたらしいわ。ジャックがいつも抱いていたウサギの木像と一緒にね」

「木像ね……なるほど」

カリカリカリ、と蠟《ろう》を傷つけてメモを取ったリオは、次にパタンと書字板《ディプティク》を閉じた。

「神父アントンに直接話を聞きたいところだな。神父が代わっているということは、彼はもう任期を終えてリッカ＝ミランダへ帰ってしまったのだろうか？」

顔を上げたグリーンは、眉根《まゆね》を寄せて首を振った。

「それはわからないわ。だってアントンさんはフランツィスカを連れて、森へ入ったっきり」

「……何だと？　フランツィスカと一緒に？」

ジャックの遺体を埋葬したあと、その翌朝にアントンは、村人たちによって捕らわれたフランツィスカを連れ、森の中へと入っていったという。その後の顚末《てんまつ》はリオも知るところだ。魔女災害発生から六日後、報《しら》せを受けたカルルたち異端尋問官が村へとやってきた。到着の翌日には魔女を追い掛けて森へと入り、無事捕らえて〈煉瓦《れんが》の町リッカ＝ミランダ〉へと連行している。

だがその中に村の神父アントンの情報はない。リオは思わずエイミーを見た。

その視線で言いたいことを察したのか、エイミーは尋ねられる前に首を横に振った。

「エイミーも知らないです。裁判記録にもそんな名前なかったと思うけど……」

「では、神父アントン……彼はいったいどこに消えた？」

四年経《た》った今となっても、アントンは行方不明のまま。

優しき神父は森の中に、忽然《こつぜん》と消えてしまったのだった。

第二章

ハチミツと黒炭

1

ドンドンと二度、ドアは叩かれた。殴るような重たいノックだった。

神父アントンはこれまで、信仰というものを美しいものだと位置づけていた。ならば粗暴で粗野で荒々しく、聖職者らしからぬあの男は、その正反対に当たる。それなのに神は、あの男を罰しようとはしなかった。迂闊《うかつ》にもその存在を見逃していたのか、あるいは知りながら許容していたのか。怪物のごときあの男の存在は、アントンの胸に渦巻く神への失望を充分確固たるものにさせた。

今一度、重たいノックが繰り返される。ドンドン。怪物がこちらの名を呼んだ。

「神父アントン。中にいますね？」

アントンは薄暗い居間で息を殺していた。森の中に建つ小屋にしては、上等な小さな家だ。暖炉《だんろ》があり、炎の影が部屋の壁でゆらゆらと揺れている。窓には防寒のため羊皮紙が垂れていて、外からの日差しを遮って、居間の暗がりにぼんやりと輝いていた。薄っぺらな羊皮紙一枚を隔てたテラスに、あの男が待っているのかと思えば身体《からだ》がこわばる。

アントンは深呼吸を一つして、男に応えた。

「今出ます」

油断していた。彼らの来訪はあまりにも早すぎる。自分たちにはまだ、時間が残っていると思っていた。だがこの段に至ってしまえば、何の犠牲も払わずに、尋問官たちから逃げることなど不可能に等しい。アントンは覚悟を決めて、ドアを少しだけ押し開いた。

その隙間《すきま》から冷たい外気が流れ込み、室内にいてさえ吐息が口元に白く滲《にじ》む。

ドアの前には、肩幅の広い大男が立っている。青白い顔に、顔の下半分を覆う大量の髭《ひげ》。落ち窪《くぼ》んだ目の下には、白い肌に浮き立つ隈があった。

背中まで垂れた黒髪は、髭と同じようにもじゃもじゃとうねっているが、頭の天辺だけがポマードでべったりと撫《な》で付けられている。不健康そうな青白い顔色をしているのに、その身体は筋肉隆々で逞《たくま》しく、大きな肉体を大振りの法衣で包み込んでいた。

ドアの隙間からアントンを見て、訪問者はニッと歯を剝《む》いた。

「君が神父アントンか。なるほど……信心深い顔立ちをしている」

「………………」

信心深いと男は言ったが、アントンはその時、神父服を脱いでいた。アーモンド色した髪は乱れ、頰《ほお》やあごは無精《ぶしょう》髭で覆われていた。訪問者に負けず劣らずアントンも背丈は高かったが、貧弱でやせ細っている分、こちらのほうがよほど不健康に見える。神父服の代わりに着ているのは、村人たちと同じような薄手の袖が長いシャツだ。よれた襟元には汗染みが出来ていた。

「私をご存じかな？　神父アントン」

アントンは素直に頷《うなず》いた。かつて住んでいた川沿いの町リッカ＝ミランダの教会において、彼を知らない者はいない。異端尋問官であり、かつ魔術師《ウイザード》というだけでも人目を引くのに、常人離れした巨漢はよく目立った。ついでに彼は、名前も常人離れしていて長かった。

「存じております。ええと……お名前は確か」

「〝カルル〟と、親しみを込めてそう呼んでくれ、アントン。入っても？」

「……もちろんです。カルル様」

アントンはドアを大きく開き、カルルを小屋の中へと招き入れた。

秋だった。開いたドアから外を見渡せば、森に茂る木々の葉が、赤や黄色に染まっていた。その小屋は、森の中に切り開かれた広場に、ぽつんと一軒だけ建っていた。ドアのすぐ前にはテラスがあり、手すりの向こうに望む広場では、二人の修道士《モンク》が広い間隔で立っている。

修道士とはつまり魔術師の卵だ。彼らも竜の奇跡たる魔法が使えるということを、アントンは知っている。そして彼らもまたカルルと同じ、異端尋問官であることも。彼らは小屋へ入ってこようとはせず、遠巻きにただじっと、こちらの様子を窺っていた。

小屋から見て一番遠くには――広場の端のほうには、顔見知りの炭焼き職人が立っていた。森歩きに慣れていない尋問官たちを、ここまで案内してきたのだろう。視線がぶつかると、顔見知りの彼はバツが悪そうに視線を逸《そ》らす。

秋の森は静けさに満ち、緊迫していた。

小屋のそばに繋《つな》いだヤギだけが「メエ」と間の抜けた声で鳴いた。

ドアを閉めると、差し込む陽光が遮られ、居間はまた元のほの暗さを取り戻した。

壁際にはワラの敷かれたベッドが一つ。他には腰の高さほどのラックがあり、読みかけの本やミルクの入った壺《つぼ》などが置かれたままになっている。居間の中央には大きなテーブルがあって、アントンは入り口に近いところのイスを引き、カルルを誘導した。

「……どうぞ、お掛けください。何か飲まれますか」

アントンはさり気なくテーブルを回り込んで、隣接する調理場へ向かおうとした。居間と調理場とを隔てるドアはなく、奥にカマドが見とおせる。調理場の窓は遮光されていないため、柔らかな陽光が差し込んでいた。

「表でヤギが鳴いていたね」

カルルがそう言ったので、調理場へ入る寸前にアントンは足を止めた。

カルルは引かれたイスの横に立ったまま、胸の前でたわわな乳房のジェスチャーをする。

「乳が垂れていた。もしかしてミルクが？」

「ええ……出ます。飲まれますか？」

「やったッ」

パァン、とカルルの手を打つ音がやけに大きく部屋に響いた。

「いただこう。私はミルクが好きなんだ。特に搾《しぼ》りたてのミルクが」

カルルが腰掛けると、その巨体に潰されたイスがミシミシと悲鳴を上げた。

アントンは調理場へ向かわず、壁際に置かれたラックへと歩く。彼のリクエストどおり、そこに置いていた壺《つぼ》から木のコップへ、ミルクを注いだ。壺を手に握ったまま、テーブル越しにコップを差し出す。

カルルは受け取ったコップを顔の前に持ち上げ、鼻をひくつかせた。

「濃いねえ」とつぶやいてコップを傾け、ごくり、ごくりと喉《のど》を鳴らす。しかしすぐに「そうだ」と人差し指を立てた。白く濡れた口髭《くちひげ》を法衣の袖口《そでぐち》で乱暴に拭いて、懐《ふところ》から取り出したのはコルクで封のされた平たい瓶だ。コルクに噛《か》みついてキュポン、と音を立てて開け、どぼどぼと牛乳に注ぎ足す。琥珀《こはく》色をした蒸留酒であった。

「こうするともっと美味《うま》いんだ。飲んだことは？」

「……いえ」

カルルは人差し指をコップの中へ差し入れ、ぐるぐると搔《か》き混ぜた。

濡れた人差し指を、根元まで口に咥《くわ》えてしゃぶる。

「君も飲むかい？　神父アントン」

アントンは首を横に振った。カルルの行動に驚いていた。

ルーシー教は酒を禁じているわけではないが、酩酊《めいてい》するのは愚行とされ、自制を求められている。だから大酒飲みを公言する信者は少ないし、酒を懐に入れて持ち歩くなど、非難されてしかるべき行為だ。あまりにもみっともない。それも彼は〝異端尋問官〟という位の高い役職に就《つ》いているというのに。

「ここにスプーン一杯のハチミツを足せば完璧なんだ。味に奥行きとコクが出る……。だが民衆が飢餓に喘《あえ》ぐこんな時期に、そんな贅沢《ぜいたく》は言ってられんな」

災害を嘆くモラルは持ち合わせているらしい。昨年の凶作により、世は飢饉《ききん》の真っ只中である。この辺り一帯の被害は特に著しく、農民たちは草の根を齧《かじ》ってひもじさを凌《しの》ぐ日々を送っていた。そんな時世に乳の出るヤギは一際貴重だ。しかしカルルは一切の遠慮を見せず、蒸留酒入りのミルクを一気に飲み干した。アルコールで喉を焼き、コップの底でテーブルを叩く。カツンッ。そして「くぅっ。美味い」と白く濡れた口髭をまた乱暴に拭った。

「どうぞ……お好きなだけ、飲んでください」

アントンはミルクの入った壺ごとテーブルに置いた。これで満足して帰ってもらえるのなら有り難いが、もちろんこの男が小屋を訪問した理由は、ミルクを飲むことではないだろう。

「ありがとう。施しに感謝しよう、神父アントン」

カルルは壺の取っ手を摑《つか》むと、どぽぽっとカラのコップへおかわりを注いだ。

「ハチミツ、と言えばだ。エイドルホルンは炭焼きと並んで養蜂が盛んらしいね」

エイドルホルンとは、この森の入り口に位置する農村のことである。リッカ＝ミランダで神父をしていたアントンが、派遣されている辺境の村だ。寒い時期になるとあちこちで炭焼きが行われ、昇る白煙が空を濁らせることから〝灰の村〟と称されている。

「盛ん……でした。昨今は飢饉《ききん》の影響で収穫が少なく、養蜂家も困っています」

「嘆かわしいことだ」

カルルはイスの背もたれに身体《からだ》を預けた。ミシミシ、とイスがまた悲鳴を上げる。

「……神なる竜は、我々人間に飢えて死ねとでも言っているんだろうな」

ぽつりとつぶやき、コップを傾ける。

アントンはまたも驚いた。その言葉が神に対する不敬とも取られかねない、ギリギリの発言だったからだ。ここがもしも教会で、アントンが神父服を着ていたのなら、いくら相手が格上の異端尋問官だとはいえ、彼をたしなめなければならないだろう。ただ、そうでないから――ここが公式の場でないからこそ、カルルはそんな軽口を叩いたのかもしれなかった。

「飢饉に喘《あえ》ぐ民衆たちを見て、私は確信したよ、神父アントン。愛で腹は満たされない、とね」

「愛で……」

「そう」

カルルは重たい身体を起こし、テーブルに両肘《りょうひじ》をついた。そして対面のイスを指差して、アントンに着席を促す。座ると、カルルが声を潜めた。まるで懺悔《ざんげ》室の悩める罪人のように。

「ここだけの話……。私は愛を信じていない。愛だとか、友情だとか……この目に見えないふんわりとしたものを、信じられないたちなんだ」

「……神も、ですか？」

つい疑問が口を突いて、アントンはすぐに後悔する。まるで不信心を咎《とが》めるような言い方である。しかしカルルは気を悪くした様子を見せず、むしろ声を弾ませる。

「いいや、神や魔法は別だよ。神なる竜の存在は、ルーシー様を通して紛れもなく感じられるし、魔法は――」と、カルルはテーブルに両肘をついたまま、指先で空間にハートの形を描いてみせた。するとその指の軌跡をなぞって、炎が上がる。テーブルの上が明るく照らされた。

「っ……」

アントンは思わず身体を引いて、虚空に発生した炎から距離を取った。

「魔法はこうして、目に見ることができる。だから信じられる」

カルルはふっと息を吹きかけて、燃えるハートを掻《か》き消した。

辺りはまた元の薄暗さを取り戻す。

「努力はしてみたんだ。私なりに」

カルルは会話を再開した。

「女の要望に応えてロマンスを歌い、四六時中共に過ごし、衝動に任せ獣のように抱いた。その時はいい。その時は女の温もりに感動さえ覚え、なるほどこれが愛かと納得する」

「…………」

「だが……いつの間にやら、どうだ？　確かに愛しかったはずの女の顔を、見るのも嫌になっている。例えば彼女がどこかで野垂《のた》れ死んだとしても、私の心はちくりとも痛まないのだろう。せいぜい、私の知らないところで死んでくれと願うだけだ。私は罪深い男だと思うか？」

「……さて、どうでしょう」

一体何と答えればいいのか、アントンは戸惑った。

ここが懺悔《ざんげ》室であるのなら、神父であるアントンの役目は罪人を諭し、たしなめ、罪の意識で押し潰されそうな心を救うことなのだろう。だがここは森の中の小屋であって、アントンはすでに神父をやめている。何よりも常時と違うのは、アントンが対面に座る発言者に対し、怯《おび》えているということ。彼の求める答えを与えなければならない――そんな緊張感が、アントンの口を重くしていた。

カルルはアントンの返事を待たずに、続ける。

「愛の喪失に気付いた私は、自身に失望し、神なる竜に祈りを捧げた。懺悔し、悔い改め、夜遅くまで説教を受けて愛を取り戻し、清々しい気持ちで祝杯を挙げて帰ると、女がまた『酒飲みクソ野郎』と罵ってくる。ああ、もう死ねと思う。ああ、愛とは何だ！」

まるでロマンス劇の一幕のように、カルルは大仰《おおぎょう》に両腕を広げた。

「探究心に駆られ、友人たちに尋ねてみたんだ。愛とは何か。〝そばにいたいと願う気持ち〟

などと、毛ほども理解できぬ回答もあれば、〝突き詰めれば性欲〟と答える者もいた。つまりリビドーこそ愛だと。だがそれはおかしい。売春婦を買う動機が愛か？　あまりに変だ」

「…………」

カルルはコップに蒸留酒を注ぎ足し、先ほどと同じように指を差し入れる。

ぐるぐる、ぐるぐると掻《か》き混ぜながら、ついでのように話し続ける。

「愛で腹は満たされん。だってそうだろう、アントン。飢餓に苛《さい》まれた民衆は、森に親を捨て、子を捨てている。愛しているはずなのに、口減らしのためだと言って。結局その程度なんだ、愛というものは。なあ、アントン――」

ふと手を止めて、カルルはアントンへと視線を移した。

黒々とした瞳が、暖炉《だんろ》の炎を映して燃えている。

「我々聖職者は、愛を過大評価しているのではないか？」

「…………」

「私が思うに、愛とは〝厄介《やっかい》極まりないもの〟だ。あれは時に人をくるわす。生きるのに邪魔な幻想だ。新たな友人アントンよ。君の見解も聞きたい。君にとって愛とは、何だ」

「愛とは……」

難しい問題だった。だが幸運なことに、アントンはその答えを知っていた。愛とは何か。それはルーシー教の神父として、迷える信者たちに教え伝えていたことだったから。

「愛とはつまり、隣人を想い、寄り添う心です。他者を尊び、慈しむ心です。思い遣ることで自発的に行われる無償の献身。これこそ愚かな人間のために神なる竜が──」

「黙れ、この腐れ外道《げどう》がッ！　その耳障りな説教をやめろッ！」

「…………」

まさか罵られるとは思いも寄らず、アントンは身体《からだ》を引いて膝《ひざ》を揃《そろ》えた。

「私は説教が聞きたいのか？　違うだろう、神父アントン。いや、ここは敢《あ》えてただのアントンと呼ばせてくれ。一人の友人としての個人的な意見を聞きたいんだ。君にとっての愛とは、何か」

「…………」

自分にとっての、愛とは。問われて脳裏に過《よぎ》ったのは、とある少女の顔だった。欠けた歯を覗《のぞ》かせて笑う、朗らかな笑顔だ。

「私にとっての愛とは……〝生きる意味〟です」

「ほう」

カルルはじっとアントンの目を見つめていた。居心地が悪く、気がそぞろで、アントンは緊張の余りテーブルの下で指を揉《も》む。当たり障りのない答えを言えばいいのに、射抜くような視線に当てられて、誤魔化《ごまか》すのが躊躇《ためら》われた。そして気付いた。

──ああ。懺悔《ざんげ》室に座り、心を吐露させられているのは、私のほうだ。

「愛とは、何ものにも替えがたい……命を賭《と》して護《まも》る価値のあるものです」

「………」

「それ以外のものは、たぶん……全部、クソだ」

この回答には満足したらしく、カルルはにんまりと笑みを浮かべた。

「なるほど、クソか」

直後にコトン、とコップが倒れる。カルルの大きな手が触れて、倒れてしまったのだ。

「おおっと、これはしたり」

テーブル上にこぼれ広がるミルクを避けて、カルルはイスを引いた。

「何か……拭くものをお持ちしましょう」

アントンは素早く立ち上がった。踵《きびす》を返し、調理場へ向かう。

調理場の真ん中にあるテーブルの上には、乾いた布巾が畳まれてあった。テーブルの足元には木組みの桶《おけ》が置かれていて、コップを洗うために水が溜められている。アントンは桶のそばに膝を曲げ、布巾を濡らした。

「……我が友人アントンよ。見解が食い違ったな」

隣の居間ではカルルが会話を続けている。アントンはその言葉を、丸めた背中で聞いた。

「愛とは〝厄介《やっかい》極まりないもの〟か、あるいは〝生きる意味〟か。果たしてそのどちらであろうな？」

正直なところ、どちらでも良かった。この不毛な会話は一体いつまで続くのか。布巾を固く絞って立ち上がる。

「もう一つ、尋ねてもいいかな」

「何でしょう」

振り返ったアントンは絶句した。調理場の出入り口のすぐそば——隣の居間からは死角となる壁に背を付けて、赤い髪のフランツィスカがじっと息を殺していたからだ。

調理場から見とおすことのできる隣の居間では、カルルがイスから立ち上がっている。

「——村で暴れた残酷な魔女は、若い神父にとって〝生きる意味〟に成り得るのか?」

「…………」

フランツィスカは、アントンが贈ったとんがり帽子を被《かぶ》っていた。丸みを帯びた大きな目に、そばかすのある白い肌。目が合うといつもなら愛嬌《あいきょう》たっぷりに微笑《ほほえ》んでくれる彼女も、さすがにこの状況では笑ってなどいられないのだろう。赤茶色の瞳を恐怖に潤《うる》ませていた。

——なぜ、まだ逃げていない……?

アントンは驚きのあまり立ち竦《すく》んでいた。小屋のドアがノックされた時、調理場の裏戸から逃げなさいと言ったはずなのに。自分が時間を稼ぐから、早く小屋を出るようにと。

思わず振り返り、裏戸のそばにある窓を見る。外に人影を見つけた。辺りを警戒するその男は、ローブの下に魔術師《ウィザード》の法衣を着ていた。小屋の裏戸はすでに、異端尋問官に見張られていたのだ。

「どうした？　窓の外が気になるか」

隣の部屋からカルルが尋ねる。アントンは動揺を隠して向き直った。

出入り口の右側の壁に隠れるフランツィスカのほうへ、視線が泳がないように努める。

「いえ……」

「すまない、まどろっこしい言い回しだったな？　言い方を変えようか、我が友アントンよ。答えてくれ。君が魔女を村から連れ出したのは、愛のためか？」

「……魔女を、連れ出したのは」

アントンは絞った布巾を手に、調理場の出入り口に向かって足を踏み出した。努めて友好的な柔らかい笑みを浮かべて。そしてそれは不自然な笑みだった。

「動かないでくれ」

カルルは左の手のひらを前に突き出し、アントンを制止した。

「あるいは動くなと、強めに言ったほうがいいか？」

「…………」

そして突き出したまま左手の形を変えて、調理場を指差す。

「そこに、いるんだな？」

「…………」

何か言わなくてはならない。そう焦るほどに喉《のど》が締まって、声が出ない。アントンは布巾を両手で握ったまま、顔から噴き出す汗を拭うことすらできずにいた。まるでヘビに睨《にら》まれたカエルのように、立ち尽くすばかりである。

反対に、カルルが一歩足を踏み出す。

「子供を食い殺した魔女を……アントン、君は赦《ゆる》せるのか？　聞けば、君は人々に愛された立派な神父だったそうじゃないか。誰よりも信心深く、信者たちの模範として相応《ふさわ》しい君ほどの男がなぜ、魔女と共に堕ちる？」

また一歩、カルルは左手を前に突き出したまま、調理場へ近づく。床板がギッと軋《きし》んだ。

「お話し、しましょう。せっ……席に、お戻りください」

何とか吐き出した台詞《せりふ》がこれだった。カルルは止まらない。

「なぜだ？　愛ゆえか。君は先ほど、愛とは〝生きる意味〟だと……それ以外のものはクソだと言ったな？　じゃあ私はクソか？　答えろ、アントン」

「待って……ください。来ないでっ！」

アントンが叫んだその直後、カルルの突き出した左腕が、轟《ごう》と激しく燃え上がった。

法衣の袖口《そでぐち》が焼け焦げて破れ、露わとなった腕は、肘《ひじ》から先が灼熱《しやくねつ》色に染まっている。まるで鍛冶屋《かじや》がハンマーを打ち下ろす前の赤熱した鉄のように、赤く染まった腕は熱気を放ち、瞬間的に室内の温度が上昇する。

「っ……！」

　また一歩、カルルは足を進める。

　彼を調理場に入れてはいけない。フランツィスカが見つかってしまう。カルルの歩みを止めるべく、アントンが前に出ようとした、その時。視界の端でフランツィスカが、被《かぶ》っていたとんがり帽子を脱いだ。それから目を閉じ、深呼吸をして――。

「魔女ならここよ。魔術師様」

　フランツィスカは、カルルの前に姿を現した。

　アントンに背を向けたまま、熱き魔法に臆することなく、カルルの元へと歩いていく。

　思わぬ展開にカルルは目を丸くして、熱く熱した左腕を下ろした。そして笑みを噛《か》み殺す。

「……魔女が神父を庇《かば》って出てくるとは。君も愛にくるっていたか」

　カルルはフランツィスカを迎え入れるように、両腕を広げた。そして左腕を真っ赤に熱したまま、その華奢《きゃしゃ》な身体《からだ》を抱き締める。魔女と相対する魔術師としては、あり得ない行動だ。魔法使いである魔女へ迂闊《うかつ》に触れるというのは、毒を持っているかもわからないヘビを素手で触るに等しい、あまりに無謀な行為だった。

　しかしカルルはそれをやってのけ、フランツィスカの背に左腕を回した。するとまるで焼き印のように――ジュウッ、と熱せられた左腕によってフランツィスカの背中が服ごと焼かれ、その熱き抱擁にフランツィスカは身体を仰《の》け反《ぞ》らせた。

「んっ……。ああっ……」

辺りに、皮膚《ひふ》の焼けるニオイが漂う。

「ほら、な？」カルルは歯を剝《む》いて笑った。「私の言ったとおりじゃないか、アントン」

カルルは背中を丸めて身長差を補い、フランツィスカを抱き締める。そして黒々とした瞳で、フランツィスカの肩越しにアントンを見た。彼の歪《ゆが》んだ愛をなじるように、熱されていない右手の指で、フランツィスカの赤い髪を撫《な》でる。

「愛とは極めて、厄介《やっかい》なものだろう？」

アントンはその様を眺めるだけで、何もできない。

神なる竜はアントンに魔法の才能を与えなかった。

この怪物から、愛する人を護《まも》る術《すべ》を与えなかった。

一体この男は、何なのだ？　酒を持ち歩き、神の悪口を言い、魔女を抱擁する。何もかもが、アントンの知る魔術師像とは掛け離れていた。常識知らずで、無法者で、嗜虐《しぎゃく》的で。膝《ひざ》から崩れ落ちたアントンへ、カルルは喜悦に満ちた視線を注ぐ。

魔術師でないアントンにできることと言えば、神へ祈りを捧げることだけだ。

神よ。神なる竜よ。あなたに問いたい。彼が正義ですか。愛を軽んじるあの男の暴力が正しいのですか。だから彼には魔法の才を与え、私には、与えなかったのですか。

神よ。あんな者を赦《ゆる》すなら、今まで捧げた私の祈りは何だったのだ？

フランツィスカを傷つけたあの男に罰が下らないというのなら、神よ。

──あなたはやっぱり、クソ野郎だ。

2

村の教会で農婦グリーンに別れを告げた後、リオ・ロンドは村の外れにやって来ていた。

四年前、〝魔女の晩餐〟の舞台となった家畜小屋跡である。小屋はすでに取り壊され、今は更地《さらち》となっていた。当時、小屋のそばで紅葉を散らしていたナラの樹が一本、青々とした枝葉を広げて、ぽつねんと立っている。

「清々しいくらいに何もないな」

羽根付き帽子のつばを摘《つま》み、もう一方の手を腰に当てて、離れたところから更地を眺める。

隣に並び立つ修道女エイミーもまた、腰に手を当てていた。

「四年も前のことですしねえ……取り壊されていて当然ですよ。残念ながらフランツィスカに関する情報は手に入らなさそうですね」

もう一方の手はLの形にして、丸いあごを挟んでいる。リオに倣《なら》って探偵気取りである。

「君も魔法使いなら、何かこう、感じるものはないのか？　魔力の残滓《ざんし》があったりとか」

「無茶言わないでくださいよ。四年も前の魔力の形跡なんか追えるんだとしたら、それもう何かしらの固有魔法です」

「つまり君の固有魔法は、そういったタイプのものではないと」

「エイミーの魔法はもっと、人の役に立ついいものです」

「使えないな」

リオは肩を竦《すく》めた。更地《さらち》を背にして歩きだす。

「はああ!? 使えるし。めっちゃ使えるもん」

隣に付いてくるエイミーを無視し、歩きながら腕を組んだ。

「水車小屋の独居房も見てみたかったが……すでに焼け落ちているなら、ここと変わらんか」

農婦グリーンの話によると、フランツィスカが幼少期によく閉じ込められていた独居房は村人たちに火を放たれて、ここにあった家畜小屋と同じように取り壊されてしまったという。

「父親であるミュラー氏は飢饉《ききん》で死に、神父アントンは行方不明のまま……。〝とんがり帽子のフランツィスカ〟の物語に登場する主要人物から話が聞けないのは残念だが、取りあえず手に入れた情報を時系列順に並べてみるか……」

歩きながらリオは、膨《ふく》らんだ肩掛けカバンから三枚の書字板《ディプティク》を取り出した。

「何枚持ってるんですか？ それ」

「たくさんだ。清書するまでは消せんからな。重くて敵わん」

リオはその中から一枚を選んで開く。村へ来る道中、馬車でザミオやアビゲイルから話を聞きながらメモした最初の書字板である。

「フランツィスカは幼い頃、町の娼婦《しょうふ》であった母親の結婚に伴い、このエイドルホルンへとやって来た。しばらくして母は亡くなり、粉挽き職人であった義理の父……ミュラー氏との二人暮らしが始まる。だが手の掛かる問題児がゆえに疎《うと》まれて、村人たちからも〝惚《ほう》け〟と蔑《さげす》まれ、忌《い》み嫌われていた」

「ミュラー氏に殴られて歯が欠けていたんですよね。それは何だか可哀想《かわいそう》です」

「ふむ……。問題を起こすたびに、罰として水車小屋の離れに閉じ込められていた。フランツィスカにとって、この村は居心地の良いところではなかっただろうな。そんな彼女に救いが現れたのは、十二歳の頃――」

リオは歩みを止めぬまま一枚目の書字板をしまい、二枚目を開く。

「村の教会に派遣されてきた神父アントンは、アーモンド色の髪をした、若くてハンサムな青年だった。竜のペンダントを手作りするくらい手先が器用で、信心深い男だ」

「かつて魔術師《ウィザード》に憧れていたんですよね。でも才能が開花せず、神父さんになった」

「村人たちからの評価も高い、心根の優しい人間だったようだな。神父アントンは、フランツィスカを水車小屋の独居房から救い出し、長期間閉じ込められて衰弱していた彼女を町の病院へと連れて行った」

しかし世の中とはわからんものだな――リオはつぶやいてあご髭《ひげ》を撫《な》でる。

「ペンダントを手彫りするほどに信心深く、本棚を見る限り努力家で、弱者を見過ごせない優しさを持つ彼も、魔法の才能には恵まれなかった。よもや魔法とは、意地悪な者にしか使えないものなのか？」

「そんなわけないでしょ」とエイミーがムッと唇を尖《とが》らせる。

「魔法とは竜の奇跡なのです。望めば誰でも使えるわけじゃありません。神なる竜に選ばれた特別な人だけ。その特別をどうやって選出しているのか……竜の御心は、私たちにはわからないけれど」

エイミーはぽつりと言った後、リオに向かって「はいはーい」と手を挙げた。

「疑問ならエイミーにもあります。聞きたいですか？」

「いや、別に」

「町の病院で体力を回復させたフランツィスカはまたこの村へと戻ったんですよね。それもアントンさんが来る前と同じように、ミュラー氏と一緒に水車小屋で暮らしている。虐《いじ》められていたのに、どうしてでしょう？　エイミーならこれを機に町で暮らすけどな」

「……ふむ」

別に、とは言ったものの、エイミーの提議した疑問はもっともだ。

「農婦グリーンの証言によれば、村へ戻ってきたフランツィスカは、家業の粉挽き作業を率先して手伝い、この頃から病気で床《とこ》に伏しがちだったミュラー氏の面倒も見ていたようだな。自身を虐めていた相手なのに、甲斐甲斐《かいがい》しく薬を煎《せん》じて飲ませてやっていたとも聞く」

「魔女らしからぬ献身ですね。そこまでして村に戻ってきたかった理由はやっぱり……アントンさんでしょうか？　フランツィスカはアントンさんを愛していたのかな」

「十二歳でか？　恋心というよりも、親恋しさだろう。生まれて初めてできた母親以外の味方に、依存してしまったのかもしれない」

「十二歳でも恋はします。ロンドさんはぜんぜん乙女心をわかってないですね。あなたホントに詩人ですか？」エイミーはぎろりとリオの横顔を一瞥《いちべつ》した。

「だから、彼にもらったとんがり帽子を大切に被《かぶ》っていたんですよ。きっと」

つばの広いとんがり帽子は、悪目立ちする赤い髪を隠すため。それからのフランツィスカは、神父アントンにもらったこの帽子をずっと被り続けている。

リオは二枚目の書字板《ディプテイク》をしまい、三枚目を開いた。

「それから三年後。〈煉瓦《れんが》の町リッカ＝ミランダ〉の孤児院が火事に見舞われる。村の教会では一人の孤児を引き取ることになった。当時三歳だった少年ジャックだ」

〝ジャック〟〝三歳〟〝黒髪で小柄〟――書字板の蠟《ろう》には、農婦グリーンから仕入れた情報が刻まれている。

「神父アントンと楽しく過ごしていたフランツィスカにとっては、邪魔者が現れたことになるな。村で唯一の依存相手を、孤児に奪われた。二人の関係は本当に良好だったのだろうか」

「やな言い方っ。グリーンさんは、仲良く見えたって言ってたじゃないですか。まるで姉弟みたいに、フランツィスカはジャック君の面倒を見ていたって」

「そう見えていただけかもしれない。もしかして内情は違っていたのかも。フランツィスカは、母親の死による孤独を一度経験している。だからこそ、神父アントンがジャックに奪われるのを、過剰に恐れていたのかもしれない。ジャックという存在を、嫌っていたのかもしれない――」

「どうしてそんなこと言うの……」

「それはもちろん、少年ジャックがフランツィスカに食い殺されているからさ」

リオは改めて書字板《ディプティク》に視線を落とす。そこにはグリーンから聞いた〝魔女の晩餐〟の惨状もメモしてある。壁や天井にまで飛び散ったピンク色の血液。首を齧《かじ》られた仔ヤギの死体。焼き菓子と化して暴れる雌鶏《めんどり》。そして下半身を失い、内臓をこぼした親ヤギとその悲鳴。

四年前のあの夜、甘い香りの充満する家畜小屋に、フランツィスカは立っていた。齧った少年ジャックを抱え、口元をピンクの血で染めて。振り返ったフランツィスカは、赤茶色の瞳を細くして笑ったのだ。

エイミーはリオの前に回り込み、足を止めさせた。

それからリオの両手に自身の手を重ね、パタンと書字板を閉じさせる。

「だってそれは、飢饉《ききん》でお腹が空いたからでしょ！　フランツィスカだって食べたくて食べたわけじゃっ……て、何でエイミー、魔女を擁護してるの？」

まるで我に返ったように目を丸くし、背筋を伸ばすエイミー。リオは肩を竦《すく》める。

「二人の確かな関係はわからんが、フランツィスカが少年ジャックを食べてしまったことは事実だ。神父アントンはジャックを墓へと埋葬し、その翌朝にフランツィスカを連れて、森へ消えた」

村人たちはすぐに馬を走らせた。魔女発生を報《しら》せるべく、近隣の町リッカ＝ミランダへ。

「だがこの辺境の村は、町から遠く離れている。リッカ＝ミランダから馬を走らせても二晩はかかる。異端尋問官たちがやって来たのは、魔女発生から六日が過ぎた頃だった」

フランツィスカはその翌日、魔女発生から七日目に、森の中の小屋で発見されて捕まった。

「今一度確認するが、君はまったく知らないんだな？　当時のことは」

「はい！　まったく知りません。四年前はまだ魔法学校にいましたから。アビゲイル先生たちは当時からカルル様とチームを組んでいたから、討伐にも参加されてるはずですけど……」

「まったく、困ったものだ」

リオは三枚目の書字板をカバンにしまって歩きだし、エイミーを通り越す。

「僕はてっきり、魔女は一人で森へ逃げ隠れていたのかと思っていた。共に逃げていた神父がいたなんて、そんなこと異端尋問官たちは一言も言わなかったぞ？」

「言う必要がなかったからじゃないですかー？」

「アホか君は。どう考えても必要だ。ちゃんと話してくれなければ、正しい物語を女王に献上できないではないか」

「……たぶん、言いたくなかったんじゃないかと思いますよ」

リオの後を付いて歩きながら、エイミーは声の調子を落とす。

「だって、アントンさんはルーシー教の神父です。神父が魔女を連れて逃げただなんて、あまり公にしたいことではないじゃないですか」

「……それでもだ。もう一度彼らに話を聞く必要があるな。彼らなら何か知っているかもしれない。森へ入った神父アントンが、一体どこへ消えたのか……」

先を歩くリオに、エイミーが続く。二人は家々の立ち並ぶ村の中を進んでいく。

リオは歩きながら腕を組んだ。考えるのは当然、この村に暮らしていた少女のことだ。

森で捕らわれたフランツィスカは、〈煉瓦《れんが》の町リッカ＝ミランダ〉へと連行され、魔女裁判にかけられた。初めから魔女と決めつけられた裁判だ。形だけの裁判であったことは容易に想像できる。そしてフランツィスカは、リッカ＝ミランダの広場で火あぶりとなった。

――〝ああ、お腹が空いた。お腹が空いた〟

――〝私はまだまだ、食べ足りないぞっ！〟

魔女に堕ちてしまったその少女に思いを馳せた。

毛先の跳ねた赤い髪。頬《ほお》にはそばかすがあって、いつも裸足《はだし》で。大好きな神父からもらったとんがり帽子を被《かぶ》っている。教会の花壇で赤い花を育てていて、孤児ジャックの面倒を甲斐甲《かいが》斐《い》しくみていた。聞き得た情報をつなぎ合わせ、その姿を思い描く。

フランツィスカはよく笑う。赤茶色の瞳を細め、欠けた歯を覗《のぞ》かせて。

「〝とんがり帽子のフランツィスカ〟か……その姿が何となく見えてきたな」

ぽつりとつぶやいたリオの横顔を、エイミーが覗き込んだ。

「え？　笑ってます？　変な人」

「これが笑わずにいられるものか。偉大なる我が祖父に言わせてみれば、〝美しき悲劇が美しき詩を生む〟――だ。ひっそりと森に建つのは〝お菓子の家〟。そこに住む〝魔女X〟は、フランツィスカを連想させる〝とんがり帽子〟を被っているんだぞ？　かの魔女が死に際に叫んだ怨嗟《えんさ》どおり、『まだ食べ足りない』と蘇《よみがえ》ったのだとしたら……実に奇っ怪な物語じゃないか。悲劇はまだ続いているのかもしれない」

「もう。悲劇を期待しないでくださいよ……。ロンドさん、楽しんでません？」

「もちろん楽しんでいるが？　仕事は楽しんでやるものだ。君は違うのか」

「楽しいわけないじゃないですか。嫌ですよ、魔女狩りなんて。でも罪なき人々を魔女から護《まも》るために、誰かがやらなきゃいけない。それが異端尋問官という、誇り高きお仕事です」

横を歩きながら、エッヘンと胸を張るエイミー。だがリオの視線は冷たい。

「嫌な仕事によく誇りが持てるものだ。変な奴」

「変じゃないし！　言い付けてやるから。アビゲイル先生に言い付けてやる」

「ああ、好きなだけ言い付けるがいい。改めて伝えておくが、この僕は女王アメリアより遣わされた特使だ。委任状がこのカバンにある限り、この僕が一番偉いということを忘れるな？」

「カルル様にも言い付けてやるから」

「待て、話し合おう。それだけはちょっとやめてくれ」

言い争いながら二人は、道幅の広い坂道を下っていく。

辺りは午後の柔らかな日差しに照らされていた。野花の周りで蝶が舞い、小鳥がどこかで鳴いている。牧歌的でのどかな風景が続く。

坂道の両脇は土手になっており、土の詰められた麻袋が堤防のように重ねられていた。人一人分ほどの高さがあって、その高い土手の上には、両脇共にブナの木々が生い茂っている。

見上げれば枝のいくつかに、釣り鐘型のカゴが垂れていた。ワラを編んで作られた養蜂カゴである。ブンブンとハチが飛び回る中、木々の下で数人の養蜂職人たちが幹にハシゴを掛けている。カゴの回収作業を行っているのだ。

エイミーは彼らの姿を見て、「ぎょっ」と目を丸くした。

男たちは白い防護服に身を包んでいた。フードを深く被《かぶ》り、手袋をして、肌が一切見えないよう隙間《すきま》なく全身を覆い尽くしている。ワラのカゴを底だけ切り取ってフードの円い縁に縫いつけ、それをフェイスガードとしていた。つまり顔面も完全防備の状態だ。そのため表情が全くわからない。全身を防護服で覆い隠し、黙々と働く彼らはどこか、人ではないような雰囲気を醸している。

「何だか……妖精さんたちみたいですね」

「中は汗だくのおじさんだぞ、たぶん」

坂道を下り終わって曲がるところに荷馬車が一台停まっていて、そこでも全身真っ白の職人たちが働いていた。地面に並べた養蜂カゴを、次々と荷台に積み込んでいる。その様子を監督していた親方らしき職人が、坂道を下りてきた二人に気付き近づいてくる。当然ながら彼もまた、真っ白な防護服に身を包んでいる。

「こらこらこら！　肌を晒《さら》してこの辺りをうろちょろするな。刺されても知らないぞ」

馬車に積まれた養蜂カゴには、遠目に見ても大量のハチが纏《まと》わりついているのがわかった。

「ハチは黒い服に集まってくるからな。そこの修道女《シスター》さんなんかいい的《まと》だ」

頭部を覆うウィンプルから靴の先まで、全身黒ずくめの修道服を着たエイミーは、「ひっ」と短い悲鳴を上げてリオの背中に隠れた。顔のわからない職人にリオが尋ねる。

「採取の時期か？　採れたてのハチミツはさぞ甘いのだろうな」

「いいや、本格的な採取は秋だ。まだまだ先だよ。これはカゴを吊《つる》す場所を移動させてるんだ。季節によって咲く花が違うからな。次は菜の花畑の横に置いとくのさ」

「ほう、なるほど」

「だが採れたてのハチミツが甘いのは、そのとおりだな。あんたらもこの〈ミツバチ坂〉に、直接採れたてのハチミツを買いに来たのか？」

「売ってくれるのか？」

「そりゃ買値次第だな。またカヌレに垂らしてなんて言うんじゃないだろうな」

冗談を言ったのか、職人は笑った。

だがエイミーは驚いてリオの背中から顔を出す。

「カヌレって言いました？　もしかして、ここに来たんですか？　二人組の旅人が」

「おう、来たぞ？　フードを被《かぶ》った男女二人組が。どうしてもハチミツを食べたいんだと言ってな。ホントはさ、直接販売は組合に禁じられてるんだが、たんまり金を持っていたから少し分けてやった。あんたたちも欲しいんなら――」

「その人、魔女らしい感じはしなかった？　脅してきたとか、邪気を感じたとか……」

エイミーの口から出た魔女という単語に、職人は少し身体《からだ》を引いた。

「魔女……？　いや……ちゃんと金は払ってくれたが？」

面で隠れたその表情はわからないが、声にわずかな不安が混じる。当然だろう。この村は四年前のみならず、今現在も魔女災害の懸念がある最中なのだから。

「何だい、あの旅人たちは魔女と関係あるのか？　勘弁してくれよ」

「いや、関係はない」

リオがすかさずフォローする。

「魔女狩りを目的とする僕たちとしては、目に映る何もかもが怪しく思えてな。ハチミツ好きの気のいい旅人たちでさえ凶悪な魔女に見えてしまう。気にしないでくれ。職業病だよ」

「はあ……」

困惑する養蜂職人に背を向けて、リオはエイミーへと振り返り、声を潜めた。

「……感心しないな。旅人が魔女と確定してもいないのに、いたずらに村人の不安を煽《あお》ってどうする」

「疑惑がある以上、警戒は促しておくべきですっ……！」

エイミーもまた、声を潜めて反論する。

「ここに来てたんですね、怪しげな旅人たち。先生たちに報告しなきゃ。早く行きましょ。ハチも怖いし！」

〝お菓子の魔女〟と〝魔女X〟に加え、〝鏡の魔女〟らしき者まで現れて問題が山積みだ。

「……まったく魔女の話題が尽きないな、この村は」

リオは職人へと向き直り、穏やかに微笑《ほほえ》んだ。

「それではご機嫌よう。邪魔をしたな」

「ああ。あんたたちも魔女狩りに来たんなら、頑張ってくれ。頼りにしてるからな」

二人は養蜂職人に別れを告げて、荷馬車を通り過ぎる。

と、少し歩いたところで、再び彼の声を聞いた。

「こらヘンゼル、ぼーっとするな！　日が暮れる前に終わらしちまうぞ」

二人揃《そろ》って足を止め、振り返る。職人が声を掛けたのは、やはり全身を白で覆い隠した人物だった。荷台でもそもそと立ち上がったその者は、小柄で細く、着ている防護服がぶかぶかだ。

「ヘンゼル……と言ったか？」

聞き覚えのある名前に、二人は顔を見合わせた。

3

防護服を脱ぐと、あどけなさの残る少年の顔が現れた。熱がこもって暑かったのだろう、額に玉のような汗をかいている。ヘンゼルの父は炭焼き職人だ。当然、息子であるヘンゼルも普段は炭焼きの仕事を手伝っているが、養蜂が忙しい時期で人手が足りず、駆り出されていたのだった。短い髪は父親譲りの黄土色。木陰に差し込んだ木漏《こも》れ日《び》が、その白い顔にまだら模様の影をのせている。

「ハチミツビスケットだ。食べたことはあるか？」

木の根元に腰掛けたヘンゼルに、リオはビスケットを差し出した。

ヘンゼルはそれを、おずおずと受け取る。

「……何回かは。謝肉祭《カーニバル》の時とか」

やはりハチミツビスケットはこの村において、高級菓子であるらしい。養蜂が盛んながら採れるハチミツは販売用だ。貧しい村の住民たちは、ハチミツビスケットなどという嗜好品《しこう》を滅《めっ》多《た》に食べない。リオたちが齧《かじ》ったビスケットは、来客用として焼かれたものだった。

「ああっ、ビスケット！　持ってきてたんですか？　いつの間に……」

隣に立つエイミーが目ざとく声を上げたので、欲しがる前に「もうないぞ」と先手を打つ。

「おや、まあ。ロンドさんはこのエイミーが、食い意地の張った修道女《シスター》だとお思いで？」

「まごう方《かた》なき食い意地の張った修道女だろう。よだれを拭け」

「え、よだれっ？」

エイミーは口元を拭う仕草をした直後、「出てないじゃん！」と抗議する。鬱陶《うっとう》しいことこの上ないが、あしらい方はわかってきたような気がする。

「そりゃあ食べたいですけど？　けどさすがに少年のビスケットを横取りするほど、食い意地張ってませんし！　そりゃあね。食べたいですけどね」

大の大人が目の前で食べたいと連呼するので、ヘンゼルも食べにくそうだ。緩く膝《ひざ》を抱えるようにして座りながら指先でビスケットを摘《つま》んでいるものの、それを口に運ぼうとはしない。

歳を尋ねれば十歳だと答えた。そして妹は七歳だった。

「ヘンゼル。君は森の中ではぐれた妹を捜し回り、〝お菓子の家〟を見つけたそうだな。そして窓から部屋の中を覗《のぞ》き込んだ。何が見えた？　詳細を教えてくれないか」

「……何がって、家だよ。中は普通の家」

ヘンゼルは地面に視線を落としたまま、つぶやく。リオは四枚目の書字板《ディプテイク》を開いた。

「外はお菓子なのに、中は普通なのか。テーブルなどはあったのか？」

「あったよ。暖炉《だんろ》とか、ベッドとか。あと本棚があった。暗くてよく見えなかったけど、そこには木彫りの人形が並んでいた。たくさん」

「木彫りの……？」

「角が二本生えた小人が、こうやって膝《ひざ》を抱えて座ってるみたいな、不気味な人形」

「……角？　小鬼《インプ》か？　たくさんというのは、どれくらいだ」

「二十個とか、三十個くらい？　棚に載りきらないくらいだよ」

「そんなにですか。それは何だか……悪魔的ですね」

リオとエイミーは思わず顔を見合わせた。木彫りの人形と聞いて連想するのは、手先が器用だったという神父アントンだ。人形がたくさん並んでいたというのなら、その人形を作っているのはアントンではないのか。

「……彼は、生きていたのか？」

「あの、ヘンゼル君！　アントンさんは？　神父さんは見た？　若くて、背の高い……」

エイミーの質問にヘンゼルは首を横に振った。

「見てない。俺が見たのは……魔女だけ。暖炉のある部屋の向こうの……調理場にいた」

「そこで魔女は鍋を火に掛けていた」と、リオが尖筆《スタイラス》を手に会話を続ける。

「煮込まれていたのは君の妹、グレーテルだったんだな？　なぜそれがグレーテルだとわかった？　君は遺体をその目で見たのか？」

「ちょっと、ロンドさん……！」

それはヘンゼルに悲惨な体験を思い出させるような、あまりに残酷な質問である。

エイミーが思わず割って入り止めようとしたが、リオは手のひらでそれを制した。

「重要な質問だ。もし勘違いの可能性があるのなら、グレーテルは〝魔女X〟の人質となっているかもしれない。そうなれば単純な討伐戦ではなく、救出戦だ。難易度も跳ね上がるだろう。この辺りをハッキリさせておかないと、君たちの動きも鈍ることになるのでは？」

「それはまあ、そうかもですけど……」

エイミーはむず痒《がゆ》い顔をする。納得のいっていない顔だ。

「……腕、見たんだ」

ヘンゼルはぽつりとつぶやいた。

「腕？　グレーテルのか」

「うん。魔女が持ってた。千切れた腕。それにブレスレットがついてて。紐《ひも》で編んだものだった。グレーテルのだ」

「間違いないのか？」

「うん。だってあれは、俺が編んだものだから。ホントはキラキラのブレスレット、欲しがってたんだけど、そんなもん買えないから。俺が代わりに麻紐《あさひも》で編んで、あげたものだったから。間違いない」

リオはすかさず書字板《ディプテイク》に尖筆《スタイラス》を走らせる。

「あいつ、ずっとあれ噛《か》んでた」

「あれとは、ブレスレットのことか」

「あの時、森で迷子になった時。俺、パン持ってたんだ」

話が飛ぶ。一言も漏《も》らさないようにと、リオは聞き耳を立てる。

ヘンゼルの言うパンとは、ライ麦で作られたクリスプ・ブレッド——パリパリに乾いた、クラッカーのように固いパンのことである。安価で長期間保存にも適しているため、冒険者や船乗りたちがよく携帯している。貧しい村でも常食されているパンだった。

「森に入る前に、父さんがグレーテルと分けなさいって、くれて。あいつは、あればある分だけ食べちゃうから、俺が持ってて。家に帰るまで食べ物それだけだから。お腹空いた時に、少しずつ分けて食べてた。でも、どれだけ歩いても、ぜんぜん森から出られなくて」

語りながらヘンゼルは、ぼんやりと足元を見つめていた。風に揺れる雑草を見ながら、四方を果てしない木々に囲まれたあの時の恐怖を、思い出しているのかもしれなかった。

「パンもなくなっちゃって。あいつはお腹が空いた、もっと食べたいって泣いたけど。俺もうないって、言って。本当はあと一枚だけ残ってたんだ。でも俺のほうが身体《からだ》が大きいから、俺のほうが多く食べて当たり前だって、思って。嘘ついて」

「…………」

エイミーは語るヘンゼルの横顔を見つめていた。凄惨《せいさん》な体験を語っているのに、少年の顔は無表情のままだ。何も感じないように心に蓋をしているのかもしれない。まだ十歳の心は、そうでないときっと潰れてしまうのだ。

「あいつはひもじさ紛らわすために、ずっとブレスレットを噛んでたんだ」

木々の葉が風にそよぎ、ヘンゼルの頭にかかったまだら模様の影を揺らした。ぼうっと草を見つめ続けるヘンゼルの目の端から、つと一筋の涙がこぼれ落ちる。

「俺はお兄ちゃんだから、本当は、守らなきゃいけなかったのに。朝、森の中で目を覚まして。あいつがいないって気付いた時、俺たぶんあいつ、ご飯探しに行ったんじゃないかって、思って。ひもじかったんだよ。たぶん、あいつお腹空いて起きちゃったんだよ。あいつの分のパンは、俺が、ぜんぶ食べてしまったから」

嘘なんてつかなきゃよかった──そうつぶやいて、ヘンゼルはうなだれた。

「俺の、妹だったのになあ」

「…………」

エイミーは我慢できずに洟《はな》をすすった。あまりに激しい空腹は、人をくるわす。先ほど聞いた農婦グリーンの言葉を思い返す。死を覚悟するほどの空腹を、エイミーは知らない。実際に体験してみなければ、その苦しみはわからない。ブレスレットを編んであげるほど妹想いの兄が自身を優先してしまうほど、飢餓とは人をくるわすものなのだ。エイミーはそれを改めて思い知った。

エイミーにヘンゼルを責めることなどできない。どんな言葉を掛けてあげられるかもわからない。ではリオなら、傷ついた少年にいったいどんな言葉を掛けるのだろうか。エイミーは修道服の袖口《そでぐち》で目元を拭い、隣に立つリオを見た。

「なるほど。質問を続けても？」

「………」

どんな言葉も掛けなかった。予想を超えた冷たい男である。

「君たち兄妹は二晩もの間、森を彷徨《さまよ》い歩いたそうだな。〝お菓子の家〟を発見したのは、森へ入ってから三日目。その日のうちに君は村への生還を果たしている。そもそも、君たち兄妹はどうして森に入ったんだ？　普段から森で遊んでいたのか」

「……森ではよく遊んでたよ。小川もあるし、遊び場だった。でも奥までは入らない。日が沈んだら危ないし、子供だけで森に入っちゃダメだって、村の決まりがあるから。けどあの日は、父さんがいたから。あの日は、父さんの仕事の手伝いをするために入ったんだ」

「炭焼きの手伝い……薪《まき》拾いか」

ヘンゼルは頷《うなず》いた。薪拾いは、炭焼きには欠かせない作業の一つだ。

「森に入って、カシとかナラとか、クヌギの枝を探すんだ。父さん一人じゃ大変だから、俺たちもよく手伝ってた。グレーテルは……あいつは小さいくせに働き者で。どんどん森の奥に入ってくから、俺心配で追い掛けて。それで、戻ったら。父さんもおばさんも、いなくなってた。それで……帰れなくなって」

「おばさん？　誰だ、それは」

リオは尖筆《スタイラス》を握る手を止めた。書字板《ディプテイク》から顔を上げる。

「新しい母さん」

ヘンゼルは逃げるように目を伏せた。新しい母さん――つまり彼の父、ゲオーグは再婚したのだ。そしてヘンゼルは明らかに、継母の話をしたくないようだった。

「新しい母さんは嫌いか」

「嫌い。すぐ怒るし。母さんって言わないと殴るし」

「……ロンドさん」

エイミーがそっとリオの袖口を引いたのは、何だか嫌な予感を覚えたからだ。家族四人揃《そろ》って森へ入り、夫の連れ子を置き去りにして夫婦だけが村に戻ってきた。もしかして、兄妹は森に置き去りにされたのかもしれない。もしそうであれば、あまりに残酷な現実だ。これ以上ヘンゼルに傷ついて欲しくなくて、エイミーはリオを止めようとしたが――。

「君たちは親に捨てられたのか？」

リオはさらりと言ってしまう。

「ちょっと、ロンドさんっ！」

あまりに無遠慮な言い方に、エイミーは思わず声を荒らげた。

「……わからない」

ヘンゼルは首を横に振った。今にも消え入りそうな声だった。

「捨てられたのかも。俺たちにパンをくれたのは、最後のご飯として、くれたのかも」

〝悪い子は森に捨ててしまうよ〟――村の大人たちは、子供を叱る時によくそんな脅し文句を使う。〝森に住む魔女に食わせてしまうよ〟と。そして森には本当に魔女がいて、グレーテルは食べられてしまった。

「俺たち、いらない子だったから、捨てられたのかな？」

「…………」

リオは、ヘンゼルが指先に摘《つま》んだまま持て余すビスケットを見た。祝い事がなければ食べられないそのご馳走に彼が口をつけないのは、どうやら食い意地の張ったエイミーに遠慮していたからではなさそうだ。

——遠慮している相手は、妹か。

「……一流の詩人である我が祖父に言わせてみれば、〝美しき悲劇が美しき詩を生む〟——だ。礼を言おう。君の体験は実に悲劇的である。いい作品が生まれそうだ」

「最っ低！　最低です、ロンドさん！」

エイミーは非難の声を上げる。リオの言葉は、辛い体験を語ってくれたヘンゼルを侮辱しているようにさえ思えて、さすがに聞き流すことはできなかった。詩人とは心情を詠《うた》う職業であるはずなのに、どうしてこうも人の心がわからないのか——。

だがリオはヘンゼルを見下ろしたまま、憤るエイミーに人差し指を立て、言葉を飲み込ませる。書字板《ディプティク》を気取った仕草で閉じて、尖筆《スタイラス》と一緒にカバンへしまった。特使としての役目は一旦休憩だ。ここからは詩人として語りかける。

「簡単に、ではあるが。ここに僕の作った物語の概要を披露《ひろう》しよう。——君たち兄妹は、森に捨てられたのかもしれない。ひもじい村には、食べさせられなくなった弱者を森に置き去りにするような、そんな風習がある。だから森の奥深くへと連れて行かれながら、両親の企みに気付いた兄は、村へ戻るための作戦を考えるんだ——」

言ってリオは、自身のパンツのポケットを、拳《こぶし》で軽く叩いてみせた。

「兄はポケットに入っていたクリスプ・ブレッドを砕き、両親にバレないよう道に撒《ま》いた。帰る時の道しるべにするためにね」

「……？」

ヘンゼルは顔を上げた。確かに自分たちは両親に森の奥へと連れて行かれた。だがヘンゼルはクリスプ・ブレッドを食べてしまったと証言したのだ。道に撒《ま》いてなどいない。リオの紡ぐ物語は、フィクションだ。自身の語ったものとは少し違っている。

「かくして森に置き去りにされた兄妹は、兄の機転によって帰路に就《つ》く。お腹を空かせた妹は、兄がポケットに忍ばせたクリスプ・ブレッドを欲しがったが、残念。兄はすでにそれを持っていない。道しるべを作るために、ぜんぶ使ってしまったからな。ただその甲斐《かい》あって村へはすぐに帰れる、はずだった――」

パチン、とリオは指を弾いた。大げさな語り口調で両手を広げる。

「だがここで問題発生だ。帰り道を示してくれていたクリスプ・ブレッドの欠片《かけら》が、途中から消えてなくなってしまっていた。何と、小鳥たちが食べてしまったのだ」

兄妹は森の中を彷徨《さまよ》い歩き、森の中に一軒の家を見つける――リオはそう続けた。

不思議な家だ。屋根には瓦の代わりにライ麦のパンが載っていて、壁や柱は焼き菓子で出来ている。ドアの前にある大きな水瓶には、とびきり甘い木苺のジャムが満たされていた。

「それは〝お菓子の家〟だった。腹ぺこの妹は家に齧《かじ》りついた。兄は警戒し、やめたほうがいいと妹を止めたが、空腹には勝てず、結局は自身も齧りつく。〝お菓子の家〟は甘く、美味《おい》しかった」

「……お腹の空くお話ですね」

語られる光景を想像したのか、エイミーがむず痒《がゆ》い顔をする。

「空かしてくれて結構。だがまだ安心はするな？　この家には……」

「魔女が住んでます！」

「そう。子供を食べてしまう〝お菓子の魔女〟がな」

哀れな兄妹は、とんがり帽子を被《かぶ》ったこの魔女に捕まってしまう。

「魔女は兄を牢屋に閉じ込めて、小さな妹を奴隷《どれい》としてこき使うことにした。この妹は、小さいくせに働き者であったからね」と、リオは先ほどヘンゼルの語った言葉を引用して、グレーテルをそう表現した。

「魔女は彼女に料理の準備をさせるんだ。兄を丸ごと煮て食べるため、とても大きな鍋をぐつぐつと煮立たせるよう命令する」

果たして兄は魔女に食われてしまうのか。

「さあ準備はできたかい？」――リオはガラガラ声で魔女を演じた。

「スープの温度を確かめるべく、魔女は大鍋を覗《のぞ》き込んだ。だがその時だ。兄が機転を利かせてクリスプ・ブレットを道に撒いたように、今度は妹が機転を利かせた。鍋を上から覗き込んだ魔女の尻を――」

「まさか、突き落としたんですか！」

エイミーが思わず声を上げたので、リオは唇の前に人差し指を立てた。

「僕より先に続きを言わないように」

「うあ、ごめんなさいっ」

慌《あわ》てて口元を覆うエイミー。それを横目に、リオは「どんっ」と両手を前に突き出した。

「大鍋の中で魔女は暴れた。ぎゃあああっ！　何てことをしてくれるんだい！」

妹はテーブルの上にあった鍵を取って、兄が閉じ込められている牢屋へと走った。

「かくして妹は兄を救出し、二人は喜んで抱き合った。魔女は〝お菓子の家〟の中に金銀財宝を溜め込んでいて、それは兄妹が不自由なく生きていくには充分な量だった」

「どうして魔女は金銀財宝を溜め込んでいたんですか？」

「決まっているだろう。悪いヤツだからさ。悪いヤツというのは、溜め込むんだ」

適当に答えて最後にリオは、物語を締めくくる。

「兄妹二人は〝お菓子の家〟で、それからも幸せに暮らしましたとさ。めでたし、めでたし」

エイミーは「良かった」と胸を撫《な》で下ろし、音の出ない拍手を送った。

「ロンドさんのことだから、どんな悲劇になっちゃうのかとヒヤヒヤしました……あれ？　でも悲劇じゃなくていいんですか？　おじいさんが言うには、悲劇こそがいい詩になるって」

リオは肩を竦《すく》める。

「〝美しき悲劇が美しき詩を生む〟――。祖父の言葉に異論はないが、僕に一言付け加えさせてもらえるなら、〝だがハッピーエンドに越したことはない〟だ。詩にするなら、僕はそんな物語がいい。……泥臭くとも、笑って終われるような物語がいい」

聞き手の好みに依《よ》るところではあるがね――そう言ってリオは物語の余韻を払うように、ポンと小気味よく手を叩いた。

「さて、僕は作家ではなく詩人だ。これからこの物語を編纂《へんさん》し、余計な部分は削って詩にするわけだが、その際のタイトルを決めなくてはならない。迷っていてね。〝ひもじい村〟か、あるいは……〝ヘンゼルとグレーテル〟か」

ヘンゼルは顔を上げた。

「君が名前を使ってもいいというのであれば、だが」

「……いいよ。その代わり今のお話、グレーテルの墓の前で聞かせてあげてもいい？」

「もちろん」

リオはヘンゼルの正面に膝《ひざ》を曲げた。上着のポケットから、ハンカチに包まれた何かを取り出す。指先で捲《めく》って差し出したそれは、一枚のビスケットだった。

「え！　もうないって言ってませんでした？」

エイミーが素《す》っ頓狂《とんきょう》な声を上げたが、無視をする。

「名前を使わせてくれる礼だ。僕の代わりにグレーテルの墓に供えてやってくれ」

ヘンゼルは先ほどあげたビスケットを、食べないまま手に持っていた。リオはそれを摘《つま》み取り、ハンカチの上のビスケットと重ねる。二枚を一緒にして包み、改めてヘンゼルへ渡した。

「二人一緒であれば、妹に遠慮することなく食べられるだろう」

「………」

ヘンゼルは唇を嚙《か》んで、差し出された二枚のビスケットを受け取る。

「ねえ。さっき、もうないって言いませんでした？　ねえ」

リオはエイミーの方向をまったく見ずに立ち上がり、ヘンゼルへと手を差し出した。

「さて、君の父親にも話を聞きたいのだが。家まで案内してくれるか？」

「家には……いないはず。この時間だったら多分、まだ仕事してる」

リオの手を摑《つか》んだヘンゼルは、強い力で引き起こされた。尻の汚れを叩いて払う。

「あ、でも今だったら……案内できるかも」

4

エイドルホルンの炭焼き職人は、チームを組んで森の中を転々と移動する。

その先々で炭焼き窯《がま》を組み立てては薪《まき》を燻《いぶ》し、木炭を生成するのだ。

木々の採れる時期によっては森の奥まで入ることもあるが、魔女災害の恐れがある今、好き好んで森の奥深くまで足を伸ばす職人はいない。ヘンゼルが「今だったら案内できる」と言ったのはそのためだ。

ヘンゼルの父である炭焼き職人ゲオーグの作業場は現在、比較的、森の入り口付近に切り開かれた広場にあった。

鳥の鳴き声が響く中、リオとエイミーはヘンゼルの案内で森を歩いた。村からそう遠くないとはいえ、背の高い木々に四方八方を囲まれた森の中は薄暗く、森歩きに慣れていなければ方向を見失ってしまいそうだ。

程なくして焦げ臭さを感じ、リオは羽根付き帽子のつばを摘《つま》んで顔を上げた。枝葉の向こうに見えた空に、濛々《もうもう》と白い煙が立ち上っている。一見して山火事のようにも思えるあの煙こそが、向かう先に炭焼き窯があるという証だ。

三人は、森の中に切り開かれた広場へと出る。平坦に均《なら》された空き地には、こんもりと膨《ふく》らんだ土の山が一つ置かれていた。真っ黒な足元の土と同じ色の、真っ黒いドームだ。表面のあちこちから白い煙を吹き出している。炭焼き窯である。

ドーム型の窯は端から崩されており、熊手を構えた四人の職人たちが、ガラガラとドームの内部から黒炭を掻《か》き出していた。そのうちの一人、丸い帽子を被《かぶ》り、エプロンを着けた炭焼き職人が、木々の間からやって来た三人に気付いて身体《からだ》を起こす。黄土色のあご髭《ひげ》を蓄《たくわ》えた男だ。ゲオーグは首に掛けていた手拭いで、首の後ろの汗を拭いた。

少年ヘンゼルは二人を案内した後、まだ作業が残っているからとすぐに養蜂職人の元へ戻っていった。父親とは一言も会話を交わさなかった。

「ひょうっ！　でっかーい！　これが炭焼き窯《がま》ですか。近くで見ると迫力ありますねえ」

間近で見る炭焼き窯は存外に大きい。エイミーはドーム型の窯を見上げていた。土で固められた表面からは、まるで濃霧のように濛々《もうもう》と白煙が噴き上がり続けている。

エイミーは窯を回り込み、崩された箇所から中を覗《のぞ》いてみる。空洞から発せられる熱気に顔をしかめた。中に積み重ねられていた木材はすでに炭化し、カラカラに燻《いぶ》された黒炭を職人たちが掻《か》き出している。黒炭の香ばしいにおいが、辺り一帯に漂っていた。

「森を行く先々でこんな大窯を作るのか。大変な作業だ」

「……慣れてしまえばすぐだ。難しいことはない」

リオとゲオーグは並び立ち、少し離れたところから大窯を眺めていた。

窯内の温度を調節するため、土手の中腹辺りにはいくつか給気口が開けられている。この穴から白煙が吹き出して、窯全体を包み込んでいるのだ。風向きが変わり、吹き出す白煙をもろに浴びたエイミーが「ぎゃあ」と悲鳴を上げていた。

窯から掻き出された黒炭には、すぐさま水が掛けられて、他の職人やその妻たちによって次々と麻袋に詰め込まれている。広場の端には荷馬車が停まっていた。ここで作られた黒炭はこれから町へと運ばれて、料理や暖房のみならず、製鉄やガラス製造など様々な分野で使用されることになるだろう。他にも筆記用具や歯磨き粉など、黒炭は人々の生活の様々なところで使われている。

煙を浴びて煤《すす》けた修道服を払いながら、エイミーがリオの元に駆け寄ってきた。

「ひゃあ。こんな大窯作って回るなんて、大変なお仕事ですねえ」

「慣れてしまえば難しくないそうだ」

今さっきゲオーグとした会話を、エイミーと繰り返す。

リオは隣に立つゲオーグへと尋ねた。

「この仕事は長いことやっているのか？」

「……ガキの頃から。この村には他に選べる仕事がない。だから薪《まき》割りの子は薪割り屋に、炭焼きの子は炭焼き屋になるのが普通だ」

「へえ！　だからヘンゼル君やグレーテルちゃんにも仕事手伝わせてたんだ。へえ！」

ゲオーグとは反対側に立つエイミーが声を上げる。妙に当たりが強いのは、この男に、ヘンゼルとグレーテルを森に捨てた疑惑が持ち上がっているからだろう。今のところ疑惑に過ぎないというのに、エイミーはそうに違いないと言わんばかりに憤慨していた。

「ヘンゼルに……森での話を聞いたのか？　魔女の話を」

ゲオーグはリオに尋ねた。ヘンゼルの案内でやって来たのだのだから、想像はつく。

「ああ。よくできたお子さんだ。働き者で、妹想いで」

「……まったくだ。自慢の息子さ」

「へえ！　じゃあなぜ森に捨てようとしたんでしょうね。あんないい子を、ね！」

エイミーはまるで独り言のように言う。だがその大きな声は、当然リオを挟んで向こう側に立つゲオーグの耳に届いている。

「……捨てたりなど、していない」

「何？　何ですって」

ぽつりとつぶやいたゲオーグに向かって、エイミーがいよいよ「あん？　あーん？」と詰め寄るが、すかさずリオが修道服の襟首《えりくび》を掴《つか》み「やめなさい」と引き戻した。

「捨てたりなどしない。するわけがない」

「してたでしょう！　子供たちを想うのなら、殴って無理やり母さんと呼ばせるような女性とは、再婚するべきじゃないですっ」

「…………」

ゲオーグは顔をしかめた。エイミーは首根っこを掴まれたまま、フーフーと息を荒らげている。猫みたいだなと、リオは思った。

「……あの子たちの母親は、四年前に死んだ。飢餓のせいだ。その時、グレーテルは三歳で、母の顔を覚えていない。二人には、新しい母親が必要だと思ったんだ。だが確かに……修道女《シスター》さんの言うとおりだ。まったく、母親になるには相応《ふさわ》しくない女だった」

ゲオーグは、丸い帽子を鷲摑《わしづか》みにして脱いだ。広い額の禿頭《とくとう》が晒《さら》される。

「本当に、捨てようとしたわけじゃないんだ。後悔している。あの時、森ではぐれた時。もっと二人をよく捜しておくべきだった。子供二人を連れて、森の奥深くになど入るべきじゃなかった。もうヘンゼルには、炭焼きの仕事など手伝わせないつもりだ。後悔しているんだ。本当に。本当に……」

ゲオーグはまるで懺悔《ざんげ》するかのように、ぎゅっと強く合わせた手の中で、帽子を握り潰している。潤《うる》んだ瞳や小刻みに震える指先に、嘘は感じられない。純朴そうに見えるこの男に、そんな演技ができるようにも思えない。

襟首を解放されたエイミーは腕を組み、リオへと鋭い視線を移す。

「信じられますか？　本当にただ、森ではぐれてしまっただけだと思えます？」

「さあ。僕にとってはどうでもいい話だ」

「わぁお、冷たっ。人でなし！」

「ただ、炭焼き職人の子である少年ヘンゼルが養蜂家を手伝っているのは、ゲオーグ氏の後悔も理由となっているのかもしれないな」

リオはゲオーグに向き直る。

「手伝わせたくないから、現場を追い出したのか？」

「そうだ。森にまだ……あの魔女がいるなんて知っていたら。絶対に子供たちを森へなど連れていかなかった。あの小屋にフランツィスカが戻ってると知っていたら……」

「……あの小屋。そうだ、それを聞きたかった」

リオはカバンから書字板《ディプテイク》を取り出した。〝麻紐《あさひも》のブレスレット〟や〝新しい母〟など、先ほどヘンゼルから得た情報がメモされている。その記述の下の空いたスペースに尖筆《スタイラス》を立てる。

「あなたは、教会の執務室でこう証言したな？　ヘンゼルの目撃した〝お菓子の家〟を、改めて一人で確認しに行ったと。そして森の中に建つその家は、確かにお菓子で出来ていたと。ヘンゼルとグレーテルは迷い込んだ森の奥で偶然、家を見つけた。だがあなたは、広大な森の中で即座にその家を見つけることができている。なぜ〝お菓子の家〟の場所がわかった？」

「あ、確かに」

エイミーは目を丸くしたが、ゲオーグは「簡単なことだ」とつぶやいた。

「ヘンゼルは〝お菓子の家〟のドアの前に、大きな水瓶があったと言っていたから」

「……？」

それはリオも記憶している。その水瓶の中には、なみなみと木苺のジャムが満たされていたという。だがそれがいったい何だと言うのか。

「炭焼き屋たちはドアの前に、水瓶を置くんだ。炭で手が真っ黒になるからな。そのまま家に入ってベタベタ触ると、どこもかしこも炭だらけになってしまう。だから家に入る前に必ず水瓶で手を洗うんだ」

「……なるほど」

「ちょっと、何がなるほどなんですか？　エイミーにもわかるように説明をください」

「つまりヘンゼルの目撃した〝お菓子の家〟は、〝お菓子で作られた小屋〟ではなく、元々あった小屋が、〝お菓子に変えられた小屋〟だということだ。そうだろう？」

ゲオーグは頷《うなず》いた。

「俺たちが夏の間に使っていた炭焼き小屋だ。それが、いつの間にかお菓子に変わっていた」

「去年の夏までは普通の小屋のままだったのか？」

「いや……実は、四年前から――」と、ゲオーグは唾《つば》を飲み込んだ。

「打ち捨てられている小屋だ。魔女が隠れていた小屋なんて、誰も使いたがらないから」

「……〝お菓子の家〟は、四年前にフランツィスカが逃げ込んだ小屋と、同じ小屋なのか」

「そうだ。あの時も……小屋の前には、水瓶があった」

〝あの時〟――ゲオーグの言葉に、リオは引っ掛かりを覚えた。

「……あなたはもしや見たのか？　その小屋でフランツィスカが捕らわれるのを」

ゲオーグはハッとした。身体《からだ》を背け、明らかな動揺を見せる。

「いや、忘れてくれ」

「町からやって来た異端尋問官たちは、森歩きに慣れていないはずだ。闇雲に森の中へ入っても迷い込むだけ。四年前、フランツィスカを捕らえにやって来た彼らを、小屋まで連れていった案内人がいたはずだ。この場所まで僕たちがヘンゼルに案内してもらったようにな」

「…………」

「それが、あなただったのか」

ゲオーグは手早く帽子を被《かぶ》り直した。「話は以上だ」と去ろうとする。

「待ってくれ。話を聞かせてくれないか」

リオがその手首を摑《つか》んで引き留める。教会の執務室で、魔術師《ウイザード》たちと対面したゲオーグは異様に怯《おび》えていた。特に異端尋問官カルルに対して恐怖を覚えていた。それはもしかして、フランツィスカを捕らえた時の体験に起因しているのかもしれない。いったい何があったのか。これは魔術師以外の者の口から聞かなくてはならない。

「僕は宮廷詩人であって、魔術師ではない。彼らとは、魔女災害を記録するために同行しているに過ぎない。だから約束しよう。ここで得た情報は決して口外しない。そしてあなたが望むなら――」リオはゲオーグの手を放し、パタンと書字板《ディプテイク》を閉じた。

「詩にせず、女王にも献上しない。尋ねるのは個人的な探究心からだ。あの日、小屋で何があったのか」

「…………」

リオはエイミーへと振り返る。

「君は教会に帰れ」

「えー！　ここにまで来て帰れだなんて、ひどいよっ。エイミーもお話聞きたいのにい」

「ダメだ。僕は詩人で外部の者だが、君は曲がりなりにも異端尋問官であろう。君がいるとゲオーグ氏が話しにくくなるんだよ。さっさと帰れ。しっ、しっ」

「言わないから、ここで聞いたことは絶対に言わない！　こう見えてエイミー、めっちゃ口固いんだよ？　触る？　ほら。触ってみ？」

ほっぺたを向けて、ぐいぐいと近づいてくるエイミー。リオはその柔らかな頬《ほお》を押し返す。

「えーい、寄るな寄るな、君なんぞ信じられるか。そもそも、君自身が言わないと決意したところで、まぬけすぎてポロリと口を滑らせかねん」

「うおお、言うねえ。エイミー、ちっともまぬけじゃございませんが？　ここまで一つでもまぬけなとこあった？」

「まぬけなとこしかないじゃないか。どこから来るんだ、その自信は」

するとゲオーグが小声で尋ねる。

「修道女様《シスター》……。あんた俺を、叱ってくれるか」

「え」

リオとエイミーは二人して言い合いをやめ、ゲオーグを見た。

「俺の再婚が間違っていたと、子供たちのために怒ってくれたみたいに、俺の過ちを聞いて叱ってくれるか。苦しいんだ。あの光景が忘れられない。四年前のあの日から、俺は火が怖い。

炭焼き職人なのによう」

エイミーは背筋を正した。ゲオーグの望みは懺悔《ざんげ》だ。ならば一人の聖職者として、その告白を聞き届けるのは職務である。

「もちろんです。私でよければ聞きましょう。どのような罪も深く反省し、悔い改めるのであれば、神なる竜はきっと安息を与えてくださる」

ゲオーグは再び脱いだ帽子を胸に宛《あて》がい、エイミーに向かって深く頭《こうべ》を垂れる。

「……感謝します」

顔を上げたゲオーグは、窺うように二人を見た。

「ヘンゼルが見たという魔女は……領主のイサク様が言ったみたいに、俺もフランツィスカが蘇《よみがえ》ったものだと思ってる。復讐《ふくしゅう》するために、蘇ったんだ。けどその相手は、俺たち村の人間じゃない。その相手は……魔術師《ウィザード》だ」

「…………」

「ずっと後悔している。四年前、あの人たちを小屋へ案内したことを……」

「その小屋に、フランツィスカはいたんだな？　神父アントンは？　一緒にいたのか」

「いた。アントンさんは、フランツィスカを取り戻そうとして……あの魔術師の前に飛び出してきた──」

5

その小屋は、森の奥の切り開かれた広場にぽつんと建っていた。

秋だった。赤や黄色に染まった枝葉が、木枯らしにさわさわと揺れていた。冬の近いこの時期、小屋は誰も使っていないはずなのに、煙突からは煙が立ち上っている。小屋のそばには、神父アントンが連れていたヤギが繋《つな》がれていた。

小屋に一人で入った異端尋問官カルルが、魔女フランツィスカを連れて小屋から出てくるのを、炭焼き職人ゲオーグは、少し離れたところから見つめていた。丸い帽子を被《かぶ》り、森歩きのために必要な長い棒を地面に突き立てていた。

人をお菓子に変えて食う〝お菓子の魔女〟は、拍子抜けするくらい簡単に捕らえられた。手首に魔力を封じるための白い石枷《いしかせ》を嵌《は》められ、裸足《はだし》のままテラスの小階段を下りてくる。肌身離さずにいたとんがり帽子は被っておらず、赤くて長い髪を冷たい空気に晒《さら》していた。

その肩にカルルが手を添えて、後ろを歩く。二人が出てきたことで、広場に散開していた修道士《モンク》二人が集まってくる。小屋の裏側に回っていた二人の魔術師――アビゲイルとザミオも姿を現した。

カルルがフランツィスカを連れて、広場を横切ろうとしていたその時だ。

「お待ち下さい、どうか！」

神父アントンは小屋のドアを開け放ち、テラスを駆け下りてきた。乱れた前髪に青白い顔。あご辺りを無精髭《ぶしょうひげ》で覆っていたアントンは、ゲオーグが今まで見たことがないくらいに憔悴《しょうすい》しきっていた。

アントンは、フランツィスカを連れたカルルの前へと回り込み、彼らの歩みを阻んだ。

「どうか、お慈悲を。彼女は魔女じゃありません！　あの家畜小屋の惨劇《さんげき》は、事故なのです。孤児や家畜を食べた行為に、彼女の意思は一欠片《かけら》も介在していないのです！」

「ほう……？」

カルルは長い髭を撫《な》でた。聞く者の臓腑《ぞうふ》を震わす、低い声で問う。

「あの悲劇に彼女の意思が介在していないのなら、この女は誰の意思で孤児を食べたのだ？」

「それは……」

「アントンさん。いいよ、もういいから」

捕らわれのフランツィスカが首を振る。だがアントンは彼女を見なかった。彼女を救うために、彼女へ視線を揺らす余裕などなかった。アントンは真っ直《ます》ぐに正面のカルルを見つめたまま、訴える。

「すべては、モズトルのせいです」

「モズトル……？」

「はい。〝農耕神モズトル〟です。食欲に任せて我が子を食らい、自ら両腕を切り落として堕ちた異教の神です。かの暴食の神が、彼女に孤児を齧《かじ》らせたのです」

少しだけ間を開けて、カルルは笑った。「異教の神か」と。乾いた秋の空気のように、冷たい笑い声だった。

「我が友アントンよ。この女が堕ちた神と通じていたのなら、それはもう立派な魔女だ」

「っ……」

アントンは地面に膝《ひざ》をついた。言葉が通じない。カルルを説得できるだけの力を、自分は持ち合わせていない。悔しさに両拳を握り締める。カルルはフランツィスカの背を押して、そのそばを通り過ぎた。

これからフランツィスカは〈煉瓦《れんが》の町リッカ＝ミランダ〉に連行され、証言台に立たされる。判決有りきの魔女裁判を受けることになる。異端尋問官に連れられた被告人のほとんどは、弁解も虚しく有罪が言い渡されて、火刑に処される。

魔女なんかじゃないと否定し、赦《ゆる》してと泣きじゃくりながら炎に巻かれる女たちを、アントンは町の広場で何度か見ている。彼女たちが本当に魔女だったのか、あるいは冤罪《えんざい》だったのか。今となっては確かめようもないが、反省の機会すら与えられず、民衆の蔑視を一身に浴びて焼かれる姿はあまりに惨めだ。

苦しみ喘《あえ》いで大口開けた焼死体の顔と、フランツィスカの姿が重なった。想像してしまえば止まらなかった。アントンは声を上げる。愛する人を、助けたかった。

「神なる竜は、見ておられます……！」

「見ている……だから何だ？」

カルルは再び足を止めて、振り返る。

「我々が神意に背いているとでも言いたいのか？　アントン」

「背いております。……だって神は、人間の過ちを赦《ゆる》してくださる存在のはず」

アントンはよろよろと立ち上がり、振り返る。再びカルルと対峙《たいじ》する。

「人間は愚かです。多かれ少なかれ、必ずどこかで道を踏み外し、過ちを犯します。しかし竜はそんな人間たちを赦してくださる。そうですよね？　私はそう学びました！」

「………」

声が震える。余りの恐怖に視界が滲《にじ》む。それでもアントンは叫び続ける。自分は魔法が使えないから、フランツィスカを力尽くで取り戻すことなどできない。だから言葉で訴える。届け、響けと願いながら、その心に訴える。これが神父としての自分の戦い方――。

「神なる竜は寛大で、慈愛に満ちていて。愚かな人々の罪を赦し、導いてくださる。たとえ魔女に堕ちたとしても、神は決して、私たちを見捨ては――……」

「黙れ、アントンッ。このクソ野郎が！　魔女は魔女だ。すでに人間ではない」

「人間です！　あなたたちにとっては魔女だとしても、私にとっては紛れもなく、彼女は大切な一人の人間なのです！」

異端尋問官の前で魔女を庇《かば》い、彼女を人間だと主張する。アントンの行動は常軌を逸していた。魔女と共に心中する気か——と、周りで見ていたアビゲイルやザミオはそう思った。哀れなこの田舎神父は、魔女にくるわされてしまったのかと。

だがカルルの評価は違った。その勇気ある行動に感心し、感銘を受けた。

「……それがお前の愛か。友であるこの私を敵に回してでも、愛する者を護《まも》りたいんだな?」

カルルはフランツィスカの肩から手を離し、アントンの元へ歩く。

「心打たれたよ、アントン。だが残念ながら、私は愛が信じられない」

カルルはアントンの前で立ち止まり、大仰《おおぎょう》に手を広げた。

「さあどうする。彼女は魔女か、あるいは君の愛すべき人か。判断は神に委ねるとしようか?決めていただくんだ。君は彼女のそばに立ち、彼女を弁護するといい」

「……よろしいのですか」

「君のまっとうな権利だ。何を確認する必要がある?」

「それは……正当な裁判ですか」

「まさか私を疑っているのか?」

心外だ、と言わんばかりにカルルは目を丸くし、胸に手を当てた。

「むしろ私は彼女の無実を望み始めているんだ。なぜなら君の愛が勝り、彼女の無実が証明された時、この私もまた、愛を信じられるようになるのかもしれない。ともすればまた君のように、誰かを強く愛することができるのかもしれない。私はそれを、心の底から望んでいるのだから」

「…………」

アントンは戸惑った。カルルが愛を信じられないように、アントンは彼を信じることができない。怪物のようなこの男の言葉を信用してもいいのだろうか。わずかでも、フランツィスカは命を繋《つな》いだと言えるのだろうか。正当な裁判さえ行われれば――減刑の余地が与えられるなら――アントンは命を懸けてフランツィスカを弁護するつもりだ。その一縷《いちる》の望みに縋《すが》る。

「さあ我が友アントンよ。どうか私を信じてくれ」

言ってカルルは右手を差し出した。

アントンは戸惑う。魔術師《ウィザード》に憧れ、執務室の本棚に魔法関連の文献を揃《そろ》えていた彼は当然、魔術師たちに握手をする習慣がないことを知っている。それはお互いに固有魔法を明かさない魔法使いたちにとって、未知なる魔法からそれぞれが身を守るための暗黙の了解だった。相手が魔法使いでないとしても、魔法使いとは通常、握手を避けるものであるはずだ。

だが逆に言えば、それだけ魔術師との握手とは、相手を信頼していることの証になるのかもしれなかった。カルルは神父アントンに信頼を求めた。そしてアントンは、フランツィスカの魔女裁判へ参加するために、それに応えなくてはいけなかった。

カルルへの信頼を示すために、差し出された手を握る以外に選択肢はなかった。

アントンに差し出された右手とは反対の、カルルの法衣の左袖は、焼け焦げていた。先ほど小屋の中でフランツィスカを抱き締め、その背中を焼いた時に燃えたからだ。アントンは焦げた袖口《そでぐち》を見て、あの恐ろしい光景を連想する。

だが魔法の炎に包まれていたのは左腕だけであって、今、差し出されている右腕ではない。わずかな逡巡《しゅんじゅん》の後に、アントンはカルルを信じて、その手を握った。

「……よろしく、お願いします」

カルルの手は、温かかった。

大きな手に握り返された直後から、その手が熱くなるのを感じる。

「……？」

アントンは顔を上げた。

カルルはじっとアントンを見つめていた。憐れむような目で、その反応を探るように。

怖気《おぞけ》を覚え、反射的に腕を引いたが、強く握られた手を引き抜くことはできなかった。

「はっ、はっ……！　何でっ」

やがてカルルの右手は赤熱し、熱せられた鉄のように赤く発光する。耐えがたい熱が、握られた手を通してアントンの身体《からだ》に伝播《でんぱ》する。その細い肩や丸まった背中から、じわりと煙が立ち上り始めた。

「ああっ……。熱い、熱いッ」

全身の毛が逆立つ。臓腑《ぞうふ》が焼け、身体《からだ》の中から燃えたぎる。声を上げれば口元から、煙が噴き出した。熱さの余り腰を引き、カルルから距離を取ろうともがくが、腕が抜けない。やはり離してもらえない。

「っ……！」

カルルの背後に立っていたフランツィスカは、その場に崩れ落ちた。だが彼女は声を発さなかった。枷《かせ》をされた両手を口元に持っていき、曲げた人差し指を強く噛《か》みしめて、ただ目を見開いていた。苦しみもがくアントンを赤茶色の瞳に映し、黙ってその姿を見つめ続けていた。

「ふううぅ。ぐううっ……！」

アントンはこめかみに青筋を浮かべながら、正面の大男を睨《にら》みつける。

ぼやけた視界に、髭《ひげ》を蓄《たくわ》えたシルエットを捉えている。轟《とどろ》くような彼の声を聞く。

「神なる竜よッ！　我々に裁きを与えたまえ。神道を行くのは私か、この愛を信ずる神父か」

カルルは握っていないほうの左腕を広げ、天を仰いだ。

「どうか！　迷える我々に公正なる裁きを！」

瞬間、アントンの全身が炎に包まれた。

「かっ、はっ……。がぁぁぁああっ……！」

「ああっ……！」

その光景を目の当たりにして、ゲオーグは悲鳴を上げて尻餅《しりもち》をついた。握っていた長い棒が地面に転がる。寒空に火の粉が舞い上がった。肌に感じる熱は本物だ。アントンを包み込んでいるのは、幻ではない、本物の炎である。それなのに、不思議なことに手を繋《つな》いだカルルの身体は燃えていなかった。

「どうしたッ!?　さっさと神に弁護しろ、アントン。焼け死んでしまうぞ！」

いよいよ膝《ひざ》をついたアントンを、カルルは叱責《しっせき》した。

「立て！　魔女を庇《かば》うお前の愛が正しければ、神はお前を助けるはずだ。反対に、神意を誤って解釈した私には天罰がくだされることだろう！　この空は見る見るうちに厚い雲に覆われ、神より放たれた雷がこの私の身体を貫くだろう！」

叫んだカルルは次に、小首を傾《かし》げてみせる。

「ところが、どうだ……？」

見上げた空に雲はなく、アントンを焦がす炎の煙だけが揺れている。

黒く焼けたアントンの手首がぽろりと崩れ、その身体が地面に倒れた。

うなだれるフランツィスカの背後に、ザミオが立った。フランツィスカの腕を引っ張り上げ、無理やりに立たせる。アビゲイルはやれやれとため息をつき、袖口《そでぐち》で鼻を覆った。広場には焦げたにおいが漂っていた。

カルルは、手の中で炭化したアントンの手首を放した。手のひらを打って煤《すす》を払い、残り火の揺れる焦げた遺体を見下ろす。憐れみを含んだ、悲しい目で。

「……竜の御心のままに。残念だよ、アントン。天罰が下ったのは、お前のほうだったな」

6

炭焼き職人ゲオーグの話を聞いたあと、リオとエイミーはゲオーグの職場を後にした。ちょうど黒炭を積んだ馬車が出るというので、その荷台に乗せてもらい村へと戻った。

次に、水車小屋を見に行こうという話になった。フランツィスカの義理の父であったミュラー氏は死に、離れの独居房は焼けてなくなっているというが、新たに就任した粉挽き職人から、新たな情報が得られるかもしれない。フランツィスカのことを直接知っているわけではなさそうなので期待値は小さいが、二人は水車小屋へ続く道を歩いている。

炭焼き職人ゲオーグの証言は、エイミーを無口にさせていた。

神父アントンは、異端尋問官カルルによって焼き殺されていた。エイドルホルンの村人たちは、それを知らされていなかった。四年前、尋問官たちは神父アントンの存在をなかったことにしていた。炭焼き職人ゲオーグにも、口止めをしていたのだ。

「魔女と神父の逃避行か。確かに、教会としては隠しておきたいスキャンダルなのかもな」

「ぐっ……ひっく」

思考を続けるリオのそばで、エイミーは嗚咽《おえつ》を噛《か》み殺して泣いている。ゲオーグの前では毅《き》然《ぜん》としていたエイミーだったが、リオと二人きりで村の居住区を歩き始めてからは、気が緩んだのか泣きっぱなしだった。

「もう泣くな。鬱陶《うっとう》しい」

「……ひど。リオさんは人の心を持っていないんですか？　ちゃんと慰めてください」

「僕に何が言えようか。神父アントンを殺《あや》めたのは、君の上司じゃないか。魔女を庇《かば》っていた時点で有罪。それは君にとってもそうなんじゃないのか？　なあ、異端尋問官ちゃん」

「茶化さないでください。そりゃあエイミーだって異端尋問官の端くれですけど……でも」

複雑な想いが渦巻いているのだろう。エイミーはむず痒《がゆ》い顔をしている。

「異端尋問官だって、私刑は禁じられています。疑いがあるなら、ちゃんと裁判に掛けるべきです。一方的に焼き殺してしまうなんて……」

その横顔を見ながらリオは「幼いな」とつぶやく。

「正義は常に強者によって作られ、行使される。弱者がどれだけ不条理を訴えても、強者にとっては『だから、何？』だ。弱者が強者と渡り合うには、同情に訴えるか、自身が強者になるしかない。神父アントンは残念ながら、そのどちらにも及ばなかった。それだけさ」

「冷たい人。氷で出来てるんじゃないの、この人」

「真理だろう。冷たいのは僕じゃなく、この世界だ」

祈るだけで問題は解決しない。敵に天罰はくだらないし、理不尽な悪はこれからも滅びない。他者の正義に文句があるのなら、自分自身で戦わなくては。神は気まぐれなのだから。

二人は真《ま》っ直《す》ぐ伸びる一本道を歩いていた。馬車の往来に使われる広い道だ。蹄《ひづめ》や車輪の跡がいくつも残っていて、ぼこぼことしていた。轍《わだち》のない箇所には雑草が生えている。人気《ひとけ》のない静かな午後だ。正午を過ぎてだいぶ経《た》つが、太陽はまだ照っている。

春の暖かな陽気の中を、二人は並んで歩いていく。

リオは歩きながら五枚目の書字板《ディプテイク》を取り出した。ゲオーグの証言は、黒炭を運ぶ馬車の荷台に揺られながら簡単にまとめてある。それを改めて確認しながら、浮かんだ疑問を口にする。

「……カルルに捕らわれ、連行されていく時、〝とんがり帽子のフランツィスカ〟は帽子を被《かぶ》っていなかった。帽子を小屋に置いていったのは、死を覚悟したからか……？」

「あー書いている。ゲオーグさんには詩にしないって言ったのに。嘘つき」

「もちろん詩にはしない。だがメモに取るくらいいいだろう。これは個人的なメモだ」

「ホントかなあ……？」

「神父アントンが焼き殺される時……フランツィスカは人差し指を噛《か》みしめながら、その姿をただじっと見つめ続けていた。彼女はアントンに依存していたはずだ。十二歳の時に独居房から救われ、また魔女災害発生時でさえアントンはジャックを食ったフランツィスカを見捨てることなく、むしろ率先して護《まも》るようにカルルの前に飛び出した――」

フランツィスカの唯一の味方。きっと最愛の人であったはず。

「そんな愛する者が目の前で焼き殺されようというのに、ただじっと見つめたまま、助けようともしなかったのだろうか？」

「彼女、白い手枷《てかせ》をされていたと言ってました。あれ、魔導具ですよ。魔法使いの魔法を封じるものです。助けようとしても、助けられなかったんだと思います。私たち魔法使いは、魔法が使えなければただの人ですから」

「ふむ……。それもそうなんだろうけど」

幼い頃から問題児であったフランツィスカ。人の言うことを聞かず、いつも裸足《はだし》で、欠けた歯を覗《のぞ》かせて笑っている。これまで聞き集めたフランツィスカの印象は、感情優先型の人物に思える。そんな彼女が、最愛の人の死を前にして、声の一つも上げないとは。

これまでの印象と違うフランツィスカの様子に、リオは違和感を覚えていた。

ゲオーグの証言に倣《なら》って、フランツィスカの仕草を真似してみる。曲げた人差し指の関節を噛みしめて、燃えていく神父アントンを、ただじっと見つめる。その時この赤い髪の魔女は、いったい何を考えていたのだろうか――。

「……あ。やばい」

エイミーがふと立ち止まった。二、三歩進んでリオが振り返る。

「何だ、今度はどうした？」

「わあー……。どうしよ、全然気付かなかった」

「……？」

「魔法です。どこかで魔法戦が行われてる……」

「……何だと」

魔法戦によって発散される魔力を感じ取ったのだ。その出所を探して、エイミーはキョロキョロと辺りを見渡す。つられてリオも周囲を警戒した。

「………」

二人は未だ幅広の一本道の上にいる。向かって右側は木々の生い茂った斜面となっていて、土砂崩れを防ぐための石垣や曲がりくねったスロープが上のほうに伸びている。見上げた斜面の上には、納屋や家畜小屋が建っていた。干し草が香り、ヤギの鳴き声が聞こえてくる。

対して左側の平地には、反り返った三角屋根の家々が立ち並んでいた。町とは違って密集度は低いが、家と家との間には背の高い木々が立っている。石垣にはツタが伸びて絡まっていた。どの家も古く、屋根や壁は苔むしている。

どこを見回しても緑が目に入る。のどかな田舎の風景だ。チチチとどこかで小鳥が鳴いて、木々の枝葉がさやさやと揺れる。木漏れ日《こもれび》の差す一本道で、二人は緊張して立ち尽くす。

「……あっち！」

エイミーが見上げたのは、道の右側。斜面にくねるスロープの上だ。直後、静けさを打ち破って破砕音が響き渡り、斜面の上に建つ家畜小屋の扉が内側から弾けた。

「メエエエエエェッ！」

いっそう大きく響き渡るヤギの鳴き声。家畜小屋の扉を背中で破り、空へと弾き飛ばされてきたのは、両手剣を握ったザミオだった。リオとエイミーの目の前で、弾かれたザミオは宙を舞い、二人の立つ位置から二十メートルほど先へと落下した。

「くあっ！」

背中を地面に打ちつけて、エビ反りに悶《もだ》えるザミオ。

「だっ……大丈夫ですか⁉」

エイミーが慌《あわ》てて駆け寄ろうとするが、事態はまだ続いている。

斜面の上から大きく飛び跳ねた人物を見上げ、エイミーは思わず足を止めた。

宙に跳ねるその魔女の姿は、逆光に黒く塗り潰されていた。血のように赤いドレスにローブを羽織り、振り上げる大鎌のシルエット。その刃が陽光にキラリと光って、エイミーは顔をしかめた。ローブとスカートをひるがえし、長い銀髪をなびかせて、一本道へ着地すると同時にその魔女は、上半身を起こしたザミオへと大鎌を振り下ろした。

ザミオは地面に尻をつけた状態ながらも、何とか頭上で剣を横にして、辛うじて魔女の大鎌を受け止める――ゴンッ。閑静な村に、布の巻かれた両手剣と、大鎌が打ち合う鈍い音が響いた。

魔女の握っていた大鎌は、きめ細かなレリーフが施され、そのすべてが銀色だった。

「メエ！」「メエ、メエ、メエ！」「メエッ。メエ！」「メエメェメエ！　メエ！」

破壊された扉から、大量のヤギたちが飛び出してくる。

そのヤギたちに混じってアビゲイルが土手の縁まで駆け寄り、一本道を見下ろした。

「ザミオあんたっ！　大丈夫なの？」

「大丈夫なわけ、ないでしょ……早く来てくれ！　〝茶色い子供たち《ブラウニーズ》〟！」

両手剣で大鎌を受け止めながら、ザミオは叫んだ。

直後、アビゲイルの背後にある破砕した小屋の中から、まるでゴブリンのような小柄なモンスターたちが次々と現れ、土手の上から一本道へとジャンプしてくる。

「……いいぞ。魔法戦だっ！」

四匹のモンスターを遠くに見て、リオは叫んだ。ちょうど開いていた書字板《ディプティク》に、尖筆《スタイラス》を走らせる。ゴブリンはリオにとって、初めて見る生き物だった。一見して上半身裸の子供のようだが、その頭部だけが異様に大きい。鼻の尖《とが》ったはげ頭に、あばらの浮いた痩せ細った胴体がくっついている。歪《いびつ》なシルエットをしたそのモンスターは、全身の肌が茶色であった。ぎょろりと剝《む》いた目に知性は感じられない。大きな口で『カミカミッ』と歯を打ち鳴らし、よだれをまき散らす様は飢えた亡者を思わせる。

ザミオの呼び声に応え、一本道へと降り立ったブラウニーたちは、短い手足をバタつかせて魔女に迫った。アンバランスな体型ながら、その動きは素早い。口を開け、前につんのめるようにして、嚙《か》み付こうとしてくる。

「……っ！」

　銀髪の魔女は、ザミオの剣から大鎌を離すと同時に、その切っ先を背後へ大きく振り回し、ブラウニーたちを散らした。その勢いのまま、二度、三度と大鎌を振る。魔女は踊るようにして湾曲した刃を振り回し、ブラウニーたちを牽制《けんせい》した。

「一対四……いや、ザミオ氏とアビゲイル氏を含めたら六か。卑怯《ひきょう》だな……」

「そんなこと言ってる場合!?　どっちの味方なんですか！」

　あごを摩《さす》るリオに、エイミーが振り返って叫ぶ。

　二人の約二十メートル先で、魔女の背中に隙《すき》を見た一匹のブラウニーが、大口開けてジャンプした――が、その大きな頭部は、振り返りざま横薙《よこな》ぎに振られた鎌の刃によって、上顎《あご》と下顎の境で斬《き》り裂かれた。

『アッ、ギャアアアアアッ！』

　頭が上下真っ二つに割れたブラウニーは、絶叫を残して宙に搔《か》き消える。その痛々しい悲鳴は、魔女を取り囲む残り三匹のブラウニーたちの勢いを削《そ》ぐ。

　ザミオは道の脇に立ち上がって剣を構えた。土手の上からはアビゲイルが全体を見下ろしている。二人の魔術師《ウィザード》と三匹のブラウニーに囲まれて、魔女は圧倒的に不利な状況にある。

　それなのに。魔女が銀の大鎌を振って構えを変えると、その動きを警戒してブラウニーや魔術師《ウィザード》たちが身構える。緊迫している。彼らを気圧《けお》し、場を制しているのは魔女のほうである。

エイミーは改めてその立ち姿を見る。春風に揺れる長い銀髪。頭上に構える大鎌もまた銀。湾曲した刃の根元には、ツタの絡まるようなきめ細かなレリーフが確認できる。堂々としていて勇ましく、大鎌を構えた姿は凜《りん》としていて、美しくさえあった。

「あれが……〝鏡の魔女〟」

旅人の正体は、懸念どおり魔女だった。早急に捕らえなくてはならない。

しかし魔術師たちは攻めあぐねている——と、次の瞬間。リオ以外の魔法使いやブラウニーたちは、別の箇所より膨《ふく》れ上がった荒々しい魔力を感じ取って身構えた。一斉に視線を滑らせた先は、一本道の先。エイミーやリオたちの立つ箇所とは、反対側だ。

長い一本道のその果てに、カルルが立っていた。法衣の袖が破れ、右腕を赤熱させて、赤く発光したその手に、ちょうど収まるくらいの石を握っている。

「……や、やばいかも」

エイミーは青ざめ、後退《あとずさ》りする。リオをも退避させるべく、彼の袖口《そでぐち》を引いたが、事情のわからないリオは動かない。戸惑いの表情を浮かべたまま、右腕を大きく振りかぶったカルルを見て眉根《まゆね》を寄せる。

「何だ……？　彼は何をしようとしている」

リオは魔力を感じ取ることができない——が、「……？」リオは、自身の指先が震えていることに気付いた。魔力を感じ取ることはできなくとも、迫る脅威を身体《からだ》が感じ取っていた。

だがその理由を頭で理解できない。いったい自分は、何に気圧されているのか。

赤熱した腕を振りかぶったカルルは、投石のモーションを行った。振り下ろしたその腕の先が光った、と思った次の瞬間――キュン、とか細い音がして、「熱っ……」

リオが顔の右側面に感じたのは、熱風だった。風に煽《あお》られ、羽根付き帽子が飛ぶ。

直後に後ろでパァアン、パン、パンと何かが連続して弾ける音がして、リオは振り返った。

自分たちが歩いてきた一本道の先には、白樺《しらかば》の木が生い茂っていた。そのうち最も手前に生えていた一本――成人男性が両腕で抱き締められるくらいの太さの木の幹に、穴が穿《うが》たれている。丸くくり抜かれたその穴の縁からは、煙が上がっていた。

「……？　何だ、あれは」

理解が追いつかず、リオは思わずつぶやいた。

「……〝火の球《ファイアー・ボール》〟です。たぶん」

エイミーが声を震わせながら答える。

二人は顔を見合わせた。見ればエイミーの被《かぶ》るウィンプルの、左側面が破けていた。

「……〝火の球〟？」

「……固有魔法の一つです。カルル様の」

カルルは纏《まと》った魔力を炎に変質させる、変質魔法の使い手だった。ただし炎と化したその魔力を、身体《からだ》に纏《まと》ったまま使うのではなく、強化魔法で耐熱処置を施した体内に溜めて使用する。その魔法の個性は、体内に蓄積した熱を伝播《でんぱ》させることで発揮される。触れることで直接相手の身体に熱を流し込むことも可能ながら、握り締めた石などに熱を伝播させ、強化した腕力を以て投げつけることも可能。〝火の球《ファイアー・ボール》〟とは、変質魔法×強化魔法の組み合わせで発現される、カルルの魔法の一つである。

「……つまり、腕を熱して戦うのか、彼は」

「……いえ、腕だけじゃなくて。全身どこでも熱せられるらしいですよ?」

カルルはその自信のためか、あるいは粗雑な性格のせいか、他の魔術師《ウイザード》と違い自身の固有魔法を隠さない。ただでさえ大柄で目立つ存在な上、使う魔法も強力なものだから、魔術師たちの間でも有名な炎使いであった。そのためエイミーは噂として〝火の球〟を知っていた。実際に目の当たりにしたのは、これが初めてのことであったが。

「……え? じゃあつまり今のは、燃やした石を投げただけ? 見えなかったぞ」

リオは顔を青ざめさせる。見えなかった。それが正直な感想だ。

投擲《とうてき》された炎の石は、リオとエイミーの間を割って、その背後に立つ白樺《しらかば》の木を穿《うが》った。パン、パンパンと弾けた音は立て続けに聞こえたので、雑木林に突っ込んだ石は、もう二本の樹木にぶつかってその幹を削ったのかもしれない。

目視さえできなかったその石が、顔面にでも直撃していたとしたら……。リオは熱風を感じた右頬《ほお》を摩《さす》る。まだ少し熱くてぞっとした。

見れば一本道の先に立つ〝鏡の魔女〟もまた、カルルの魔法に目を丸くしていた。頭上に構えていた大鎌の、弧を描いていた刃の部分が消えている。大鎌はただの銀の棒と化していた。

投擲されたカルルの石が、その軌道上にあった刃部分を熱で溶かしてしまったのだ。

魔女は、赤く熱せられた棒の尖端《せんたん》を、不機嫌に睨《にら》み付ける。

カルルの強烈な一撃は、場の空気を一変させた。魔女へ注がれていた皆の意識が、今はカルルへと向いている。

「引っ捕らえええいッ！」

呆然《ぼうぜん》とする一行に渇を入れるかのように、カルルは叫んだ。

大喝一声《だいかついっせい》に空気が震え、ザミオやブラウニーたちが動きだす。と、同時に――。

「……〝鏡よ、鏡《ミラー・ミラー》〟」

つぶやいた魔女の懐《ふところ》から銀色の液体が溢《あふ》れて出て、銀棒の尖端に再び湾曲した刃を構築していく。魔女は再生させた大鎌を振り回して一回転。ザミオやブラウニーたちを後ろへと退かせ、空いたスペースから包囲を抜けて走りだした。

カルルに背を向けて――つまり、リオやエイミーたちの立つ方向に向かって。

「まずい、こっち来るぞ」

「え。あっ……」

「逃がすんじゃないわよ、エイミー！」

走る魔女の後ろ姿を土手の上から追いかけながら、アビゲイルが叫ぶ。

「ロンドさんは下がってて！」

エイミーはウィンプルを乱暴に脱ぎ捨てた。鮮やかなオレンジ色の長い髪が露わになる。

前に出たエイミーが何をするのかと思えば……ただ、両腕を横に大きく広げただけ。まるで通せんぼをするかのように。そしてリオをその背に護《まも》るように。

「冗談じゃない……！」

リオは叫んだ。エイミーの背中越しに、肉迫する魔女の姿が見える。

魔女は駆けながら、大鎌の刃を下段に構えていた。湾曲した刃は、その足元から逆立つように上へと伸びている。予想される攻撃は、エイミーの脇腹から肩へ掛けて、振り上げの一撃。対するエイミーはただ、両腕を広げて魔女を待つ。

——こいつはホントに、アホなのか……？

リオはやきもきした。

「どけ！　君に庇《かば》われる僕ではない！」

エイミーの肩に手を掛けて、押《お》し退《の》ける。

「きゃっ……」

と、同時に手にしていた書字板《ディプティク》をパタンと閉じて、迫り来る魔女に投げつけた。書字板はくるくると回転し、魔女の顔面に当たるかと思われた——が、魔女は大鎌から左手を離し、その書字板を払い除《の》けるようにしてキャッチした。

その拍子に捻《ひね》った腰の勢いを殺さず、魔女は大鎌を頭上に振り上げジャンプする。

そして湾曲した鎌の鋭い尖端《せんたん》を、リオの頭の上へと降らせた。

「……っ！」

見上げたリオの顔が魔女で陰る。リオは背中をのけ反らせながら、腕を盾《たて》にして頭を護った。その手首の付け根から肘《ひじ》に向かって、大きく裂かれた傷口から血しぶきが上がる。

「くっ……があっ……！」

リオはそのまま尻餅《しりもち》をついた。拍子に肩掛けカバンから、無数の書字板がバラバラと散らばる。魔女は倒れたリオを飛び越して、一本道を駆けていった。

「うわ、血っ……血がっ」

びたびたと地面を鮮血で塗らしながら、リオは裂かれた左腕の手首を握り締める。

そのすぐそばを、三匹のブラウニーたちが駆けていく。少し遅れて、大剣を肩に担いだザミオもまた、魔女を追って駆け抜けていった。土手の上のアビゲイルは斜面のスロープへと飛び移り、そこからまた大きくジャンプして一本道に着地する。駆ける勢いもそのままに、ザミオに続いて魔女を追う。

道の端では、リオに押し退けられたエイミーが起き上がろうとしていた。オレンジ色の髪を垂らし、項垂《うなだ》れたその背中を一瞥《いちべつ》して、アビゲイルがすれ違い様に舌を打つ。

「ホント、使えない子ね」

「…………」

リオは、どくどくと脈を打つ腕を押さえたまま、よろよろと立ち上がった。

魔術師《ウィザード》たちの足音が遠のいていく。顔を上げて彼らの姿を目で追ってみれば、道の終わりに立つ穴の穿《うが》たれた白樺《しらかば》の木の前で折れ、駆けてゆくアビゲイルの後ろ姿が見えた。反対方向へ振り返る。その先にいたはずのカルルの姿もなくなっている。

あっという間の出来事だった。リオとエイミーは魔法戦に巻き込まれ、そして魔女と魔術師たちは去っていった。二人は一本道に取り残され、またも辺りは静けさに満ちる。

「はあっ……くそ。とんだ災難だ。血が止まらん」

リオは止血のためにポケットを探るが、持っていたはずのハンカチが見当たらない。

「ああ……。ビスケットを包んで渡したんだっけ」

持っていたハンカチは、ヘンゼルに渡したのだった。代わりになるものはないかと辺りを見渡して、落ちている布きれを見つけた。エイミーが脱ぎ捨てたウィンプルだ。エイミーは道の脇でこちらに背を向けたまま、上半身を起こした状態で項垂れている。

「これ、借りてもいいか？」

「…………」

ウィンプルを拾いながら尋ねてみても、エイミーは応えない。代わりに洟《はな》をすすって、肩を震わせる。泣いているのだろうか。リオは返事を待たずにウィンプルを噛《か》み、歯と右腕を使って負傷した左腕にキツく巻き付けていく。

「君は無事か？　怪我などしてないか」

横目に見たエイミーはやはり応えない。立ち上がろうともしない。オレンジ色の長い髪で隠れていて、その表情はわからない。リオは様子のおかしなエイミーに近づいた。

「……どうした。どこかに頭でもぶつけたか？」

「どうして……」と、エイミーは顔を上げて振り返った。

「どうして邪魔したんですか！」

「！」

その顔を見たリオは、ギョッとして足を止めた。

眉尻《まゆじり》を下げ、目に涙を溜めて、鼻水を垂らしたその顔がエイミーではなく、カルルのものだったからだ。オレンジ色の長い髪は、その前面だけがカルルと同じ、黒髪に染まっている。

声も体格もエイミーのままなのに、その顔だけが、カルルなのである。ただし彼はこのように、顔をくしゃくしゃにして泣きじゃくったりはしなさそうだが。

「……魔法か」

その目で見たものの姿を模倣《もほう》し、変身する。それはエイミー固有の錬成魔法だった。

変身系の魔法は、魔力を練って形を錬成するだけなく、一時的に自身の身体《からだ》を分解し、再構築させなくてはならないため、非常に難易度が高い。エイミーはこう見えて優秀な錬成魔法の使い手だった。ただし変身は現状、顔面に限られているため、その難易度とは相反して使い勝手は悪かった。

「いや顔のみって……何の意味があるんだ、その魔法」

「意味あるし！　顔だけでも、変身系は凄《すご》い魔法なんだから！」

エイミーは涙を拭いながら喚《わめ》く。カルルの顔をしながら、カルルらしからぬ表情で。

「顔だけだって、きっと魔女も驚いて足を止めてたはずなのに！　そうしたら捕らえることもできたのに！　ロンドさんが邪魔さえしなければ」

リオはため息をつきながら、踵《きびす》を返した。地面に落とした羽根付き帽子を拾う。

「君な。あの魔女だって変身するって話だろう？　それも半端に身体の一部をではなく、全身を変える。君も魔法使いの端くれなら〝トレモロの白昼夢《はくちゆうむ》〟くらい知っているだろ」

何年も前に、〈貿易都市トレモロ〉で発生した魔女災害だ。当時〝赤紫色の舌の魔女《マゼンタ》〟と呼ばれていた〝鏡の魔女〟は、館の婦人に化けて魔術師《ウイザード》たちを欺いたと言われている。

「変身を得意とする魔女が、顔だけ変身した君の姿を見て怯《ひる》むと思うか？　気持ち悪っ、と鎌を握る手に力を込めることはあっても、カルルと見間違えて立ち止まることはないと思うがね」

リオは帽子を太ももに叩きつけて土埃《つちぼこり》を払い、被《かぶ》り直した。

「つまり僕が止めに入らなかったら、君の身体は今頃真っ二つに斬《き》られていたかもしれない。責めるよりも、むしろ感謝して欲しいものだがね」

振り返ると、顔をしかめたカルルが「べー」と舌を出していた。修道女《シスター》の格好をしたカルルなど、見慣れることはない。

「……いつまでその顔でいるつもりだ」

リオは今一度ため息をつく。

辺りには、倒れた拍子に肩掛けカバンからぶちまけてしまった四枚の書字板《ディプティク》が散らばっている。リオは腰を曲げ、それらを一つ一つ回収していった。負傷した左腕は痛くて使えないので、右手で拾ってはカバンに入れていく。

「まったく。君のそれほど戦闘に向かない魔法は、初めて見たな」

「……別にいいです。エイミーは戦いなんてキライですから」

エイミーは道の脇に座ったまま魔法を解いた。顔面から柔らかな光を発しながら、角張った頰《ほお》が丸いほっぺたへと輪郭を変える。黒々とした瞳はオレンジ色に煌《きら》めき、ぺったりと撫《な》でつけられた黒髪は、ふんわりとした明るいオレンジ色の髪へと戻った。

「キライだとしても、戦わなくては蹂躙《じゅうりん》されて死ぬだけだ。君はもっと世の厳しさを知るべきだね」

「……現実的な詩人ですね。もっとロマンスを語ってくださいよ」

「ならば金を払いたまえ」

と、書字版を拾っていたリオの手が止まった。目に留めたのは、開かれた二枚の書字板《ディプティク》だった。一方はヘンゼルから聞いた証言をまとめた書字板。彼が〝お菓子の家〟の窓から覗《のぞ》いた部屋には本棚があって、そこには角の生えた小人が膝《ひざ》を抱えて座っているような、不気味な人形がたくさん並んでいたという。

「……小鬼《インプ》の木彫り人形……」

そしてもう一方の書字板は、教会の墓地で農婦グリーンからの証言をまとめたもの。

孤児ジャックは幼い頃からウサギが好きで、神父アントンが薪《まき》を削って作ったウサギの木像をオモチャ代わりにして抱き締めていた。そしてそれはお菓子に変えられ食い殺された、ジャックの遺体と一緒に棺へと入れられたという。

「……ウサギ」

「どうしたんですか？　ロンドさん」

二枚の書字板を並べてしゃがみ込んだリオのそばに、エイミーも膝を曲げた。

「……〝角〟じゃない。〝耳〟だ。〝お菓子の家〟の本棚に並んでいたのは、小鬼の木彫り人形じゃなくて、ウサギだ。神父アントンが孤児ジャックのために彫ってやったのと同じ、木彫りのウサギが並んでいたんだ」

「アントンさんのウサギ？　じゃあやっぱり、アントンさんが彫ったってことですか？　でもアントンさんは四年前に……」

「ああ死んでる。カルルに焼き殺されている」

四年前、フランツィスカを連れて森へ入ったアントンは、一週間足らずでカルルたちに追いつかれ、捕らわれている。その逃亡生活中に彫ったものだとしても、二十個から三十個はあまりにも数が多すぎる。では本棚に並ぶたくさんのウサギの木像は、いったい誰が彫ったものなのか。

「考えられるのは〝魔女X〟……？　やっぱり正体は蘇《よみがえ》ったフランツィスカなのでしょうか」

「……あるいは」

リオは、別の可能性を考えていた。ウサギが好きな、もう一人の人物の可能性を。

「小屋から連行された時、フランツィスカは大切なとんがり帽子を被《かぶ》っていなかった……。もしかして、託したのかもしれない」

「え……誰に？」

リオは答えず、仮定を確かなものにするため、炭焼き職人ゲオーグの証言を思い返す。

「目の前で焼き殺される神父アントンを見つめながら、フランツィスカは取り乱すこともなく、ただ指を噛《か》んだ。それはなぜだ……？」

ゲオーグの証言に倣《なら》って、リオもまた人差し指の曲げた関節を噛み締める。黙ったまま、声を上げず――「……まるで悲鳴を、噛み殺すかのように」

リオは口元から指を放し、立ち上がった。

「……悲鳴を聞かせたくない相手がいた。まさかあの時、小屋の中にいたのか？」

そう仮定すると〝魔女X〟の正体が見えてくる。

フランツィスカのとんがり帽子を被《かぶ》った、魔女の姿が。

「確認しなくては」

リオは再びしゃがみ込み、急いで書字板《ディプティク》をカバンの中にしまっていく。

「え？　何を？　ぜんぜんわかんないんですけどー？」

エイミーの質問を無視し、立ち上がったリオは踵《きびす》を返した。その背にエイミーの声が飛ぶ。

「あれ？　水車小屋を見に行くんじゃないんですか？　逆方向ですよー！」

「予定変更だ。君はもう付いてくるな。他の魔術師《ウイザード》たちと〝鏡の魔女〟を追うといい」

「えー！　ここに来て別行動？　イヤなんですけど！」

一本道を引き返したリオは、村の教会へと走っていった。

7

リオは立ち寄った納屋からスコップを一つ拝借し、一人で教会の裏に回った。村の共同墓地は、背の高い木々が生い茂る雑木林の中にある。

手前の列の最も新しい墓石には、見慣れたリオのハンカチが敷かれていた。その上にはビスケットが二枚置かれている。一枚はヘンゼルの分だと言って渡したのに、どうやら彼は自身の分も妹に供えたらしい。墓石には、グレーテルの名前が刻まれていた。

「…………」

リオはグレーテルの墓を通りすぎ、共同墓地の奥へと進む。ここへ来たのは墓参りをするためではない。先ほど農婦グリーンに案内されたのと同じ道順で、墓石の間を進んでいく。そして――。

「……〝ジャック・エイドルホルン〟」

魔女フランツィスカによって食い殺された後、ジャックの遺体は神父アントンによって埋葬された。当時は地面に杭《くい》を打ちつけただけの簡素的な墓だったが、見かねた村人たちが墓石を用意したのだと聞いた。リオはその墓石の前の土に、スコップを突き立てる。

空が赤い。日が沈み始めていた。辺りが宵闇に包まれてしまう前に、ジャックの墓を暴《あば》いておきたかった。〝お菓子の家〟に向かう前に、どうしても確認しなくてはいけない。

サク、ザ。サク、ザ――。辺りはやけに静かだ。カラスの鳴く共同墓地に、土を掘り起こす音が浮き立って聞こえる。斜陽に黒く浮かび上がる木々の陰が、春の夕風に揺れていた。

「わ、いた！」

静けさを破ったのはエイミーの声だった。

共同墓地の入り口から、土を掘るリオの元へと駆け寄ってくる。

「え！　何してるんですか。まさか墓を暴《あば》いてるの!?　ダメですよ、そんな！」

「うるさいのが来たな。だから付いてくるなと言ったんだ」

リオはエイミーをチラリと一瞥《いちべつ》したが、スコップを動かす手を止めようとはしない。ウィンプルで止血した左腕の怪我を庇《かば》いながら、流れる汗もそのままに穴を掘り続ける。

穴は結構な深さに達していた。エイミーはその縁からリオを見下ろす。

「これ、ジャック君の墓ですよね？　信じらんない！　死者への冒涜《ぼうとく》です！」

「離れる気がないなら、せめて黙っていてくれ」

と、その時——コンッ……。土に刺したスコップの先が、木の板を打った。リオは屈み、手早く土を払う。埋められていたのは細長い木箱だ。釘で封じられた子供用の棺である。リオはその天板と側板の隙間《すきま》にスコップを差し込んだ。テコのように動かす。

ギギ、ギギギ……と棺が軋《きし》む。

エイミーは慌《あわ》て、両手で頬《ほお》を挟んだ。

「ちょちょちょ、ヤバいですよ！　見る気ですか？　お菓子化した遺体でしょ？」

孤児ジャックが話のとおり〝魔女の晩餐〟の犠牲者であるなら、家畜小屋のヤギと同じように、その内臓や血液は甘いお菓子に変えられているはずだ。しかも四年の歳月を経て、遺体は見るに堪《た》えない姿となっているはずである。

……ガコッ。釘が抜け、天板は弾けるようにして開いた。

「きゃっ」

エイミーは思わず両手で顔を覆い、視界を塞《ふさ》いだ。しかし好奇心には勝てず、ゆっくり、ゆっくりと指をずらして墓穴を見下ろす。リオの肩越しに、開いた棺の中が覗《のぞ》けた。

「え……どうして」

「やはり……フランツィスカは、ジャックを食べていなかった」

リオの仮定が確信へと変わった。その棺は空っぽだった。ジャックの棺には、一緒に埋葬されたというウサギの木像どころか、お菓子化した遺体さえ入っていなかったのだ。

第三章

むさぼり食う両手

1

異端尋問官の一行は、列を組んで森の中を歩いていた。

空には丸い月が浮かんでいるが、一寸先は闇だ。背の高い木々が乱雑に生えていて、地上には一行の歩みを阻むように、大きな葉を広げた植物が生い茂っている。どこまで行っても草木ばかりの、同じような景色が続く。炭焼き職人ゲオーグの案内がなければ、大人でさえ迷子になってしまいそうである。

深い森は、時に異世界への入り口に例えられる。木々の間に塗り潰された暗がりからは、虫の羽音や野鳥の声が聞こえてきた。不思議なもので、見えないと夜風にざわめく葉音ですら妙な予感めいていて不気味だ。

リオは松明《たいまつ》を掲げて木々を見上げた。枝をくねくねと伸ばした歪《いびつ》な木は、今にも動きだしそうでおどろおどろしい。こんな森の中を二晩も彷徨《さまよ》い歩いたヘンゼルとグレーテルの心情を思う。その恐怖は余程のものであったに違いない。

野犬の遠吠えがどこからか聞こえ、エイミーが「ひっ」と小さな悲鳴を上げた。前を歩くリオの袖口《そでぐち》を摘《つま》む。

「おい、魔法使い。君がビビってどうする」

リオは松明を片手に振り返った。エイミーの怯《おび》えた顔は、彼女の持つ松明によって照らされている。被《かぶ》っていたウィンプルは負傷したリオの左腕の止血に使用しているので、オレンジ色の長い髪は晒《さら》されたままだ。

「しっかりしてくれ。野犬ごときにビビっていたら、僕を護《まも》れないだろうが」

「だって春の野犬は凶暴化してるって！　さっきゲオーグさんが言ってたじゃない」

それは森へ入る前、ゲオーグが一行に示した警告だった。

本日昼間に一本道で行われた戦闘の後、魔術師《ウィザード》たちは〝鏡の魔女〟を見失っていた。彼女を連れた〝キャンパスフェローの猟犬〟の狙いは、十中八九〝お菓子の家〟に住む〝魔女X〟を仲間にすることであろう。ならばイタズラや模倣《もほう》犯の可能性はあれど、この〝魔女X〟の正体を早急に確認しておきたい——そう判断したカルルは、明日の早朝であった森への出発を、急遽《きゅうきょ》この日の夜に変更したのだった。

だがその選択に、ゲオーグは強く反対した。

——「今から森へ出発すれば、小屋に着くのは深夜になる。夜の森は、あなたたちが思っている以上に危険だ。暗すぎて遭難してしまうし、春を迎えて野犬たちが、腹を空かせて活発に動きだしている」

そう警告したが、カルルは人の言葉を聞かない。

——「小屋まで辿《たど》り着ければ、それでよろしい。あなたの仕事は、我々を〝お菓子の家〟

へと導くことだけだ。私は難しいことを言っているか？」

四年前、神父アントンがカルルによって焼き殺される様を、ゲオーグは目の当たりにしている。――「野犬など恐るるに足らん。この私が焼き殺してやろう」

その恐ろしさを知っているゲオーグに、カルルの要求を断れるはずがなかった。

炭焼き職人ゲオーグを先頭にしてカルルとアビゲイルが前を歩き、リオとエイミーがその後に続く。〝鏡の魔女〟捜索も同時進行させるため、ザミオは村に留まっていた。

暗い森の中を、五つの松明《たいまつ》が連なって進んでいく。目的地はかつて神父アントンと魔女フランツィスカが隠れ住み、今は〝お菓子の家〟と化しているらしい森の中の小屋だ。

リオにとっては道筋の見えない迷いの森も、ゲオーグには道が見えているらしく、松明を掲げてどんどん先へと進んでいく。頼もしい限りである。時折立ち止まり、樹木の幹に意図的に付けられた塗料や、その根元に積まれた煉瓦《れんが》を確認していた。職人たちの間でしかわからないような目印があるのだ。

さらに森の奥へ入っていくと、木々が梢《こずえ》を広げて夜空を覆い隠してしまった。月明かりが遮られ、辺りはいっそう暗くなる。まるで森全体にインクをこぼして、黒く塗り潰してしまったかのようだ。火の粉を散らして燃え上がる松明も、夜を隅々まで照らすことはできない。そんな暗がりを黙々と歩いていると、方向感覚だけでなく、時間の感覚までおかしくなってくる。

いったいどれくらいの時間を歩き続けたのか。沈黙に耐えられなくなったエイミーが、再び口を開いた。

「……〝魔女X〟って、こんな恐ろしい森の中に、たった一人で住んでるんですかね」

話に聞く〝お菓子の家〟は、こうして実際に歩いて向かってみると、ずいぶんと人里離れた場所に建っているのだということがわかる。このような森の奥深くで、人が生きていけるものなのか……エイミーは疑問に思った。

「魔女だから寂しくないのかな……？」

「訊いてみればいいさ。これから会いに行くんだから」

リオは後方を一瞥《いちべつ》して、エイミーに応えた。

「ヤです。子供を鍋で煮て食べる魔女となんか、話したくありません」

〝魔女X〟の正体が何であれ、〝お菓子の家〟に住む魔女は、森に迷い込んだグレーテルを食べてしまった。魔女は厄災《やくさい》。エイミーにとって、その事実は変わらない。

「話してみれば、意外といい魔女かもしれないぞ」

「いい魔女！　そんなのあり得ない。二本足で立つ牛、みたいなものです」

「二本足で立つ牛……。どういう意味？」

「それはもう牛じゃない。牛から派生した怪物でしょ？　それと同じ。魔女は厄災です。魔女と化した時点でもう、人間じゃないんです。怪物みたいに、退治するしかない」

「ふむ。言い得て妙だが……」

リオは歩くスピードを落とした。ほとんどエイミーと並んで歩くような形で問い掛ける。

「ついさっき君は、大鎌を振るう〝鏡の魔女〟を見たな？　あれは人間に見えなかったか」

「…………」

エイミーは唇を固く結び、答えなかった。

魔女を肯定するようなことは、言いたくないのだろう。教会において〝いい魔女〟なんて言葉は存在しない。人々を脅かす悪を称して〝魔女〟と呼ぶのだから。だが答えないということは、エイミーには〝鏡の魔女〟が人間に見えたのだ。

「こんな詩がある」

リオはコホンと小さく咳《せき》をした。そして節《ふし》をつけて諳《そら》んじる。


――〝赤い魔女はお菓子が好きだ。甘く焼いたお菓子が好きだ〟

――〝一口食べればほっぺが落ちる。二口食べれば幸せになれる〟

――〝赤い魔女は友だちが好きだ。鏡の精霊エイプリルが好きだ〟

――〝一人で食べれば寂しいけれど、二人で食べれば幸せになれる〟


「……鏡の精霊？　〝鏡の魔女〟の詩ですか？」

「そう。魔女とは厄災《やくさい》。子供を食べるのかもしれないし、時に婚礼を血に染める。だが一本道での戦闘時、実際にこの目で見た〝鏡の魔女〟は、僕にはまるで人間に見えた。銀の大鎌を振るう姿は美しく、カルル氏の魔法に驚いて目を丸くする様は愉快だ。目を惹《ひ》かれた。知りたいと思った。僕の仕事の対象でないのが残念なほどにな」

「……罰当たりな人。あなた、斬《き》られてるのに」

「斬られるほど魔女に近づけたんだ。有意義な体験さ」

リオはウィンプルを巻いた左手を持ち上げる。肘《ひじ》まで捲《まく》り上げた袖口《そでぐち》は、血で黒く染まっている。

「本当に変な人ですね……」

またも野犬の遠吠えが響き、エイミーは肩を竦《すく》ませた。ゲオーグによると、この森には狼がいないという。そのためか野犬の群れがいくつか存在していて、森へ入った者たちを群れで襲うことがある。森の中では、決して松明《たいまつ》の火を絶やさないようにと言われていた。

「……犬といえば」とエイミーがつぶやく。

「二人の旅人のうち、女性が〝鏡の魔女〟だってことは、男性のほうがアレですよね」

「〝キャンパスフェローの猟犬〟か……」

〈火と鉄の国キャンパスフェロー〉を統治していたグレース家には、古くから仕える暗殺者《アサシン》がいる。正しく言えば、魔女を集めようとしているのは〝鏡の魔女〟ではなく、こちらのほうだ。

無謀にも王国アメリアに戦争を仕掛けようとしてグレース家は滅ぼされたが、猟犬は未だ魔女を集め続けている。その目的は恐らく、グレース家の再建。

「ロンドさんは見ましたか？　処刑されたバド・グレースの生首。レーヴェの広場で晒《さら》されてました」

「いや。僕はずっと王国アメリアにいるから」

「不気味な顔してましたよ。王国アメリアと戦うために魔女を集めるって……そんな罪深いやり方をして、家が滅んでもその計画だけが残ってるなんて……〝猟犬〟はまるでグレース家の怨念《おんねん》です」

「怨念か。確かにそう考えると不気味だな」とリオは失笑した。

「しかし魔女とは、味方に付けるだけで国を取り戻せるほどの戦力になるものなのか？　確か西の島国にもいただろう。最凶最悪と名高い魔女が」

「いますね。でも〈花咲く島国オズ〉はルーシー教圏外ですから、詳しい情報は入ってきません。最凶最悪かはわかりませんが、魔女と呼ばれてるくらいなんだから、きっと極悪な奴ですよ。脅威ではありますね。〝キャンパスフェローの猟犬〟が狙ってるかも」

「……ふむ。厄災《やくさい》たる魔女と暗殺者《アサシン》か。彼らが二人一組で行動しているのなら、暗殺者が〝鏡の魔女〟との戦闘に介入してくる可能性は充分にあり得るな。ザミオ・ペン氏一人に押しつけて大丈夫なのか？」

リオは松明《たいまつ》を片手に、負傷した左手であご髭《ひげ》を撫《な》でた。

ザミオの戦い方は、先ほど少しだけ目撃している。従えていた四匹のブラウニーたちを操作しているようには見えなかったから、あれらが召喚物だと考えると、彼は召喚型の魔術師なのだろうか。

「村に残ったのは彼の意志よ。〝お菓子〟より〝鏡〟に興味があるみたい」

リオの疑問に答えたのは、前を歩くアビゲイルだった。掲げていた松明に煙草《たばこ》を近づけ、その尖端《せんたん》に火種を灯《とも》す。煙草を咥《くわ》えたアビゲイルは、前を向きながら紫煙を散らした。

「大丈夫でしょ。あんたが心配することじゃないわ。あいつ、ああ見えて結構強くて、いやらしいから」


「――いたねえ」

ザミオは坂道を見上げる。捜していた旅人の背中は、〈ミツバチ坂〉の先にあった。

幅広い坂道の両脇には土の詰められた麻袋が積み重ねられ、高い土手の上にはブナの木々が生い茂っている。その広げた枝葉にいくつか垂れているのは釣り鐘型のカゴだ。ここは昼間リオとエイミーが訪れた、養蜂場にもなっている並木道だった。

日が落ちて夜となり、養蜂家たちの姿はすでにない。虫の声だけが聞こえる静寂を破って、ザミオが声を響かせる。

「〝鏡の魔女〟テレサリサ・レーヴェ！」

ザミオは布でグルグル巻きにした両手剣を、前に構えた。その肩にはブラウニーが一匹しがみついている。そして足元には二匹のブラウニーたちが『カミカミッ！』と歯を打ち鳴らしていた。

月明かりの差す坂道は存外に明るい。丸く灯《とも》る月の下、魔女はフードを被《かぶ》ったまま振り返った。昼間は持っていなかった酒壺《つぼ》を腹の前に抱きかかえている。

「………………」

「〈騎士の国レーヴェ〉を乗っ取ろうと画策し、レーヴェンシュテイン城にて多くの騎士《ナイト》を惨《ざん》殺《さつ》した邪悪な魔女が、こんな辺鄙《へんぴ》な村にいったい何のご用でしょうか？」

ザミオは声を上げて問い掛けた。彼女の目的が〝お菓子の魔女〟であろうと知りながら。

テレサリサはゆっくりと瞬きをして、小さなため息を一つ。

酒壺を小脇に抱えてフードを脱いで、銀色の長い髪を夜風に晒《さら》す。

――〝鏡よ、鏡《ミラー・ミラー》〟。

胸中につぶやくとローブの懐《ふところ》から銀色の液体が舞い上がり、テレサリサの頭上に銀色の大鎌を形成していく。月明かりに煌《きら》めく大鎌を右手一本で摑《つか》み、柄を地面に突き立てた。

ザミオが今一度声を荒らげる。

「この平和な村に何をしに来た。質問に答えなさい、魔女ッ！」

胡乱《うろん》げな紅い瞳で下り坂の先を見つめ、テレサリサはその問いに短く答えた。

「観、光……――」

深い森から切り開かれた空き地へと出て、リオは目を細めた。長いこと暗がりの中を歩いてきたせいで、その広場全体を淡く照らす月明かりが、やけに眩《まぶ》しく感じられる。広場の奥に建つ小屋は、月明かりを浴びてまるで発光しているかのように輝いている。煙突からは濛々《もうもう》と煙が立ち上っていた。

異端尋問官の一行は、広場の端から小屋を望んで、足を止めた。

「……あれが〝お菓子の家〟ですか？」

エイミーは広場の三角屋根の小屋に目を細める。ゲオーグがそれに応えて頷《うなず》く。

「マジで……お菓子になってんじゃないの」

アビゲイルにとっては二度目の訪問だ。四年前とは違う小屋の様子に驚き、思わずつぶやく。かつて村の職人たちが、共同で使っていた炭焼き小屋――魔女フランツィスカと神父アントンが隠れ住んでいた小屋の屋根瓦が今や、半分以上がライ麦パンに変化していた。

朽ちたテラスの支柱や手すりは、至るところが焼き菓子になっている。ドアの一部を見ればビスケットだ。壁の模様はまるでパイ生地のようにテカっていて、そしてドアの横には水瓶があった。ヘンゼルの証言どおりなら、水瓶の中は赤黒い木苺のジャムで満たされていることだろう。

「……どうやらイタズラや嘘じゃなかったみたいね。魔女だわ」

アビゲイルは辺りに漂う魔力の気配を感じ取った。あの〝お菓子の家〟は人の手ではなく、魔法という奇跡によって生み出されたものなのだ。

「それにしても、何この禍々《まがまが》しい魔力……魔獣？　マジで〝お菓子の魔女〟が蘇《よみがえ》ってんの？」

「行ってみればわかるさ」

息を呑《の》む一同の中でただ一人、カルルだけが歯を剝《む》いて笑い、誰よりも先に足を踏み出した。

2

四年前と同じようにカルルが代表して小階段を上がり、四年前とは違って一部が焼き菓子と化したドアを叩いた。

小屋は、すべてがお菓子に変化しているわけではないらしい。近づいてみると、壁や床のところどころに元の木目が見られる。四年前よりも小屋は朽ち、テラスの床板は至るところが割れていた。

ハチミツや砂糖菓子の甘い香りが鼻孔に触れる。それに加えてカルルは、お菓子と化した小屋から滲《にじ》む魔力を感じ取っている。これも四年前、小屋を訪れた際にはなかった傾向だ。

「………」

ノックをしてからしばらく待っても、ドアは開かれない。室内に動く者の気配もない。カルルは少しだけドアノブを引いて、隙間《すきま》から部屋の中を覗《のぞ》いた。誰もいないことを確認し、中へと足を踏み入れる。

アビゲイルとゲオーグは、小屋から少し離れた所から、テラスに立つカルルの後ろ姿を眺めていた。リオとエイミーも待機を命じられていたが、カルルが小屋の中へと消えると、リオは持っていた松明《たいまつ》をエイミーに押し付けた。

「ちょっと行ってくる」

「え？　行くって、どこ行くんですか？」

「いよいよ〝魔女X〟とご対面だ。こんな重要な場面を見逃すわけにはいかないだろう」

「ちょっと、ロンドさんっ……！」

リオはエイミーの制止を無視し、テラスの小階段を小走りで駆け上がった。カルルと同じようにドアを少しだけ開き、隙間から中を覗く。

室内は暗かった。暖炉《だんろ》には薪《まき》がくべられていて、居間は温かな火の灯りに照らされている。中央には大きなテーブルが一つ置かれていて、そのそばに立っていたカルルが、リオの気配に気付いて振り返った。

ドアから顔を覗《のぞ》かせているリオを睨《にら》み付け、出ていけと言おうと口を開いたと同時に、リオは滑るようにして、するりと居間へ入ってくる。そして後ろ手にドアを閉め、人差し指を唇の前に立てた。

「……魔女を捜すのだろう？　手伝おう」

「………………」

暖炉《だんろ》で薪《まき》がパチパチッと爆《は》ぜる。言い争っている場合ではないと判断したのか、カルルはリオを捨て置き、前へと向き直った。その大きな背中の後ろで、リオは胸を撫《な》で下ろす。

リオは改めて室内を観察した。中央に置かれたテーブルやイスも、壁際のワラが敷き詰められたベッドも、それらはお菓子化されていなかった。それどころか、床や天井を見ても通常の家と変わらない。炎の影が揺れる壁に指先を触れてみる。手触りは何の変哲もない木壁である。

「……何だ、内装は普通なのか」

身体《からだ》の重たいカルルが動くと、床板がギッ……と軋《きし》んだ。リオが小声で尋ねる。

「……あなたは四年前もここへ来ているな？　中の様子は変わらないか？」

「……ああ。禍々《まがまが》しい魔力と、甘ったるい菓子の匂い以外はな」

リオはテーブルの上に、彫りかけの木像とナイフを見つけた。尻を地面に付けて座り込んだ、手のひらサイズの木像だ。その頭には二本の耳が立っている。辺りに人の気配はないが、木くずもそのままに作業途中で放られた木像を見れば、つい先ほどまで、魔女はこのテーブルに向かって座っていたのかもしれない。

壁際には本棚があって、ヘンゼルの証言どおり、棚のある段には、数十体もの木像が並んでいた。どれもモチーフは動物で、地面に尻を付けて座っている。本棚に近づいたリオは、一つだけ明らかにクオリティの違う一体を見つけ、それを手に取ってみた。

年季が入っているのかカドが取れていて、一目でウサギだとわかる。他の歪《いびつ》な木像たちは、恐らくこれを参考にして作られたものだ。並ぶ木像を左から順番に見ていけば、少しずつ上手《うま》くなっているのが興味深い。

その下の段には、四冊の書籍が立て掛けられていた。

——魔術書……。神父アントンの買い集めていた本か。

リオはそう直感した。背表紙に書かれた本のタイトルが、どれも魔術や神話に関するものばかりだったからだ。アントンが村を出る際、教会の執務室から持ち出したものだと考えられる。そのタイトルを読めば【邪神——正しい呪いの払い方】や【農耕神と土着信仰】など。

アントンはいったい何を調べようとしていたのか。

邪神や農耕神というキーワードで、リオが連想したのは歌だった。村に来る途中、カルルたちにせがまれて歌った、この地方に伝わる遊び歌だ。自身の子供を果実に変えて食べてしまった、食欲旺盛な異教の神——。

四年前、カルルにフランツィスカを連れて行かれそうになった神父アントンが、彼女を救うため咄嗟《とっさ》に口に出した神様。それもまた〝堕ちた農耕神モズトル〟ではなかったか。アントンは、フランツィスカが〝農耕神モズトル〟と通じていたと訴えた。ジャックを食べてしまった原因は、この暴食の神にそそのかされてしまったからだと。

カルルたちによって一笑に付されたその言葉が、ここに邪神の本が並んでいることによって、真実味を帯びる。アントンは邪神について調べていた。それは〝お菓子の魔女〟の魔法が、邪神に関係しているからではないのか――。

すん、すん……とカルルが鼻を鳴らしている。直後にリオも居間に漂うにおいに気付いた。菓子の甘さとは違う、肉の煮込まれた美味《おい》しそうなにおいだ。

コポコポと煮立つ音が、隣接する調理場から聞こえていた。居間と調理場は扉で区切られていないため、リオの立つ位置からでも中の様子を窺うことができる。月明かりが差し込むだけで薄暗く、奥にはカマドがあって大きな鍋が掛けられている。

二人の立つこの居間に魔女の姿はない。ならば調理場にいる可能性は大だろう。

カルルも調理場を警戒し、目を向けていた。足を一歩、踏み出したその時、迂闊《うかつ》にもその爪先をテーブルの足にぶつける。ゴッ、とテーブル上に立っていた木像が倒れ、ゴロゴロと机上を転がった。

木像がテーブルの縁から落下する――直後「っと……」近くに立っていたリオがうんと腕を伸ばし、床にぶつかるギリギリのところでそれをキャッチした。リオは胸を撫《な》で下ろし、身体《からだ》を起こしてカルルを睨《にら》み付けた。

「……気を付けたまえ」

カルルは鼻で笑った。

「テンキュー、女王様《マイ・クイーン》……――」

と、軽口を叩いた、その直後だった。カルルの背後の空間が渦を巻き、捻《ねじ》れて歪《ゆが》む。次の瞬間そこに現れたのは、人間一人を鷲掴《わしづか》みにできそうなほどの、巨大な手首だった。

「……は？」

思わず頰《ほお》を引《ひ》き攣《つ》らせたリオの目の前で、五指を広げた手首は、カルルの身体を背後からぎゅっと握り締めた。まるで幼児が人形遊びをしているかのように、カルルを握り締めた巨大な拳《こぶし》は、居間の壁を――二人が入って来たドアのある面をぶち抜く。

飛び散る木片と、舞い上がる粉塵《ふんじん》。リオは思わず身体を丸め、頭を守ってしゃがみ込む。壁が破壊されたことで視界が開け、月の下に晒《さら》された居間が一気に明るくなった。

外の広場で待機していたアビゲイルとエイミー、そしてゲオーグは、突如壁を突き破って現れた巨大な拳に仰天《ぎょうてん》し、目を見開いた。破砕音を轟《とどろ》かせた勢いそのままに、カルルを握り締めた拳はまるで気に入らないオモチャの人形をそうするかのように、カルルを森へと投げ付ける。

カルルの身体は広場の上空を滑空し、森の中へと突っ込んだ。バキバキと枝葉を折る音が続き、やがてドシンッ、と重たい衝撃音が響き渡る。直後に、驚いた鳥たちが木々の間から一斉に飛び立っていく。

リオは、壁一面が破砕された居間で立ち上がった。

「……何だ。今のは」

足早に室内と室外の境界を跨《また》ぎ、テラスへと出る。一部が焼き菓子と化した手すりに手をついて、広場を見渡した。エイミーが「何があったんですか!?」と騒いでいた。

「あの男……森へ投げ捨てられたのか……？」

リオは頭上を見渡した。丸い月が粛々《しゆくしゆく》と夜空を溶かしているが、あれだけの存在感を放っていた巨大な手首は、いつの間にか掻《か》き消えている。

ギッ……と床板の軋《きし》む音がして、リオは反射的に振り返った。

さっきまでカルルと二人で立っていた居間に、何者かがいた。室内の奥側は天井がまだ残っており、陰になっていてその姿は見えない。だが、とんがり帽子の特徴的なシルエットは確認できる。

「……〝魔女X〟」

〝魔女X〟は居間を歩いた。先ほどまでテーブルの置かれていた、居間の中央辺りで立ち止まり、その姿を月光に晒《さら》す。彼女はヘンゼルの証言どおり、つばの広いとんがり帽子を被《かぶ》り、そして赤い髪をしていた。

手に持っていたライ麦パンを嚙《か》み千切り、もぐもぐと頰《ほお》を膨《ふく》らませながら――。

「……うちは怪物立ち入り禁止なのです」

抑揚のない声で言う。その瞳は、フランツィスカと同じ赤茶色。しかしその声や立ち姿は、明らかに幼かった。十八歳で火刑に処されたフランツィスカよりも、はるかに若い。大人用のローブを着ているが明らかにサイズが合っておらず、袖口《そでぐち》は垂れて踵の後ろに裾《すそ》を引きずっていた。

「アビゲイル先生！」

その姿を見て、エイミーはアビゲイルへと振り返る。

「あの子がフランツィスカですか⁉」

「……違う。警戒して。あれはフランツィスカじゃない」

短く答えたアビゲイルは、口元に煙草《たばこ》の紫煙を散らして、身構える。とんがり帽子や赤い髪など、フランツィスカとの共通点はある。だが四年前に捕縛し、自分たちが連行した魔女とは顔が違う。

「あいつは〝お菓子の魔女〟じゃないわ！　別の魔女よ」

「いや、彼女こそ本物の〝お菓子の魔女〟だ」

テラスの上でリオは断言した。少年ジャックの墓を暴《あば》いた時に確信していた。

四年前、フランツィスカはジャックを食べてはいなかった。そして家畜小屋のヤギや雌鶏《めんどり》をお菓子に変えたのも、フランツィスカではなかったのだ。

〝魔女の晩餐〟が発生したあの日。神父アントンとフランツィスカは、夕食後に教会から姿を消したジャックを捜して村を駆け回っていた。夜になり、フランツィスカは農婦エイダの家畜小屋でジャックを見つける。その時にはすでに、小屋のヤギや雌鶏《めんどり》たちは、飢饉《ききん》のひもじさに喘《あえ》ぎ苦しむジャックによってお菓子に変えられ、齧《かじ》られてしまっていた。

小屋に近づいてくるエイダたち夫婦の気配に気付いたフランツィスカは、ピンク色の水飴と化したヤギの血をジャックの身体《からだ》や自身の口元に塗りたくり、自身が食べた振りをした。

「つまりフランツィスカは、君を庇《かば》って魔女の振りをしただけ。本当の魔女は君だ。〝お菓子の魔女〟は最初っからジャック、君だったんだ」

「………………」

ジャックは無表情のままリオを見返し、ごくりとパンを飲み下す。

「あの子が、ジャック……？　女の子に見えるんだけど……」

広場でエイミーが小首を傾《かし》げる。直後、ジャックはリオから目を逸《そ》らして、森を見た。エイミーとリオもその視線を追って振り返る。ちょうどカルルの突っ込んだ箇所だ。仄暗《ほのぐら》い森の奥に、キラリと何かが光った——。「マズい、あれだ」とリオがつぶやいたと同時に、投擲《とうてき》された燃える石がまるで流星のように一筋の線を描き、壁の破壊された部屋に立つ、ジャックの顔を目がけて飛んでくる。

「──〝火の球《ファイアー・ボール》〟だ！」

リオが叫んだ時にはすでに、ジャックの赤い髪はふわりとそよぎ、パンパンッとその背後で着弾の音が響き渡っている。ジャックは放たれた火球のスピードに目をしばたたかせて、後ろを振り向いた。居間と調理場とを隔てる壁に、こぶし大の穴が開いている。石は調理場の壁をも穿《うが》ち、穴からは外の景色が覗《のぞ》いていた。

「……人生とは、何が起こるかわからぬものだ。よもやこの歳になって、〝高い高い〟と宙に放られる経験ができるとはな。面白いッ……！」

右肩に手を置いて、赤熱した右腕をぐりぐりんと回しながら、カルルが森から姿を現した。

「だが……何だ？　デカいのは手首だけか。そりゃあ、当たらんわな」

木々に突っ込んだ衝撃で法衣はボロボロに破れ、厚い胸板やすねが露わとなっている。長い髭《ひげ》には葉っぱがくっついていた。昼間の投擲ですでに破れていた右袖は、さらに大きく裂けている。

「……何が当たらんわ、よ」

アビゲイルがエイミーの隣でため息交じりにつぶやく。

「インパクト凄《すご》いけどノーコン過ぎて、基本当たんないのよ、あれ」

「あ、そうなんですか？」

エイミーは目を丸くした。

「君は……四年前の魔女とは違うな？　似ているが、違う。何者だ」

カルルは破れた法衣を剝《は》ぎ取り、上半身裸となった。そして両腕を頭上に大きく広げる。発熱するよう変質させた魔力を、肉体強化した両腕に溜め込むことで、両腕を赤熱させていく。対して小さな魔女はカルルの質問に答えない。ただじっとカルルを見つめたまま。リオは一見して無表情に見えるその頰《ほお》が、ぴくりと引《ひ》き攣《つ》るのを見た。

――……怒っている。

魔女は静かに、口を開いた。

「……アントンは言いました。〝備えなさい、不運は突如としてやって来る〟――幸運もまた突如としてやって来るのですね。すごく、すごく会いたかったです」

抑揚なく訥々《とつとつ》と。緩やかに流れる小川のような口調で。

「怪物みたいに低い声。姿は見ていなくても、その声を覚えています。あなたがフランツィスカを連れていった。あなたがアントンを焼いて殺した。忘れないように、忘れないようにと毎日あなたのことを考えていたら、夢にまで出てくるようになりました。でも――」

ジャックはライ麦パンを嚙《か》み千切る。そうして手元に残った食べかけのパンを、ぽいと前へ放り投げた。床板に転がったパンを中心に、魔法陣が浮かび上がる。

「がっかりです。夢で見たよりも、小さいのですね」

「おお……これは」

召喚魔法だ。リオは発光する魔法陣を避けて後退《あとずさ》りした。パンを中心に描かれた魔法陣は、複雑な模様と見たこともない文字で構成されている。リオさえも知らない、古い文字で。

「さあ、待ちに待った復讐《ふくしゅう》の時です。力を貸してください、モズトル」

――トポンッ。食べかけのパンが、魔法陣の中心に沈んでいく。

直後、ジャックの頭上で二カ所、空間がキリキリと渦を巻いて歪《ゆが》んでいく。渦の中心から現れたのは、先ほどカルルを放り投げた巨大な手首だった。それが今度は左右合わせて二つ。前腕を少し残して斬《き》り落としたような手首には、それぞれ金の腕輪が装飾されていた。

「……今、モズトルと言ったか？」

ジャックは確かにそうつぶやいた。ならばジャックの召喚したその巨大な両手首は――。

「〝堕ちた農耕神モズトル〟が……自ら斬り落とした手首？」

あまりに旺盛な食欲のために、息子をも果実に変え食べてしまったモズトルは、自戒の念を込めて手首を斬り落とした。ジャックはその落とされた邪神の、手首のみを召喚したのだ。

巨大な手首の纏《まと》う禍々《まがまが》しい魔力に、カルルはぶるりと打ち震える。

「ははははっ、魔女め！　これ以上私を滾《たぎ》らせるな。殺してしまう」

「フランツィスカを返してください。さもなくば……」

ジャックは両腕を広げた。するとその動作に呼応して、巨大なモズトルの手首もまた、ジャックの左右に手を広げる。まるで羽ばたく鳥が、大きく羽を広げるように。

「──〝ぶっ殺してやらぁ、このクソが〟です」

カルルが小屋に向かって駆けだすと同時に──……タタンッ、と足を踏み出したジャックもまた巨大な両手を頭上に広げ、月明かりの照らす広場へと飛び出した。

3

春の森を照らす月光は、ひもじい村にも降り注いでいる。エイドルホルンの〈ミツバチ坂〉では、〝鏡の魔女〟テレサリサを三匹のブラウニーたちが取り囲んでいた。

召喚物とは一般的に、殺すことができないと言われている。だが一定のダメージを与えることで、一時的に消失させることは可能だ。召喚には多大な魔力を要する。術師が再び召喚を実行すれば、それだけ魔力を消耗させることができるし、召喚までの間、術師自身は無防備となる。だから前衛の召喚物を狙うという戦法は、間違いではないが──。

「ああもう。すばしっこい奴ら……」

テレサリサは銀の大鎌を振りながら、イラ立ち混じりにつぶやいた。酒壺《つぼ》を小脇に抱えながら、右腕一本でブラウニーたちを散らしているが、的としては充分に大きなその頭部に、銀の刃が当たらない。

『カミッ!』『カミカミッ……!』『カミッカミッ』

歯を剝《む》き出して飛び掛かってくるのを避け、大鎌を振り回して牽制《けんせい》する。それで精一杯だ。

「……しかもこいつら、いかにも召喚に魔力を必要としなさそうな小物ね」

一度に三体――……昼間に蹴《け》散らした一体を含めれば四体も同時に召喚できるのだから、恐らく一体につき消費する魔力は、たいしたものではないのだろう。実際にブラウニーたちから発せられる魔力は、召喚物独特の禍々《まがまが》しいものではあるものの、それほどの脅威を感じない。ならば一体ずつ減らして術者の魔力切れを狙うのは、効率が悪すぎる。

手っ取り早い戦略は、術者を直接狙うというもの。だが多くの召喚型がそうであるように、ザミオはブラウニーたちの背後で眼鏡を月明かりに光らせたまま、前に出てこようとしない。

――あんなに大きな剣を持っているくせにね。

ザミオは剣身に布をぐるぐると巻いた両手剣を握っている。昼間の戦闘時も彼は剣を握っていたが、一度も布を剝《は》がさなかった。あれでは打つばかりで肉は切れまい。だがまるで隙《すき》を探るような粘り気のある視線を向けられていることに、テレサリサは気付いている。そのお気入りの武器を使いたくてしょうがないといった、ウズウズとした執着《しゅうちゃく》も感じられる。それなのに、彼はよほどの慎重派なのか、いつまで経《た》っても戦闘に参加しようとしない。

ならばとテレサリサは術者への接近を諦めて、反対にバックステップで距離を取った。操作魔法の使い手である自分の戦い方に持ち込む。ブラウニーたちの囲いから抜け出すと同時に、大鎌を前方へと放り投げた。

「蹴《け》散らせ、エイプリルッ！」

前に出した腕を引いた直後、大鎌は銀色の液体と化し、人の形を再構築した。豊満な胸にくびれた腹部。滑らかな銀色の肌が月明かりに艶《つや》めく。その首の上には、つるりと卵のような頭部が載っている。精霊エイプリルは、その身体《からだ》を構成する素材と同様の、銀色の剣を握っていた。踊るようにそれを振り回し、ブラウニーたちと対峙《たいじ》する。

召喚物たちが精霊へ目を向けている隙《すき》に、テレサリサは坂道の脇に積まれた土嚢《どのう》を駆け上がった。ブナの木々が立ち並ぶ土手の上に移動する。振り返って坂道を見下ろすと、ブラウニーたちが大口を開けて、精霊エイプリルに飛び掛かっているところだった。

ガイン、ガインと金属音を響かせて、左腕や右脚の太ももに嚙《か》みつかれるエイプリル。生きてそれぞれが自分の意思を持つ召喚物とは違い、手鏡の鏡面から発生させた精霊エイプリルは、テレサリサが直接見て操作しなければ動かない、操り人形のようなものだ。テレサリサは腕を伸ばし、エイプリルを暴れさせる――が。ブラウニーたちの咬合《こうごう》力は思いの外、強かった。

固いはずのエイプリルの身体が、ぐしゃり、ぐしゃりと嚙み潰されていく。太ももを嚙まれてよろけたエイプリルの肩に、三匹目のブラウニーが飛び乗る。そして光沢を放つうなじへと嚙みついた。「あっ」とテレサリサが声を上げた瞬間に、エイプリルの首はブチブチブチッと嚙み千切られてしまった。

ブラウニーはエイプリルの肩にしがみついたまま、顎《あご》を上に向けてその頭部を頬張《ほおば》り、咀《そ》嚼《しゃく》を始める。

「うわあ……ごめんね、エイプリル」

エイプリルに意思はないが、囮《おとり》となってくれた彼女が噛み砕かれていく凄惨《せいさん》な光景を目の当たりにして、テレサリサは顔をしかめた。

『カミッ』『カミカミッ……！』『カミカミ！』

地面に崩れ落ちたエイプリルに興味を失ったブラウニーたちは、次に土手の上に立つテレサリサを見た。ターゲットを再びテレサリサへと定め、土嚢の積み重なる土手へと殺到する。

テレサリサは踵《きびす》を返した。

〝鏡《ミラー》よ、鏡《ミラー》〟――と胸中に唱え、懐《ふところ》の手鏡から発生させた銀色の液体を、その手の中でロープ状に形成する。ロープを伸ばす先は、枝葉を広げたブナの木だ。

土手をよじ登った三匹のブラウニーは、手足をジタバタと動かして、テレサリサへと猛追する。テレサリサはロープを縮ませて、枝の上へとジャンプして逃げる。

『カミカミッ！』『カミカミッ！』『カミッ……！』

ブラウニーたちはそれでも真《ま》っ直《す》ぐにテレサリサを追って、木の幹をよじ登ってこようとする。開閉する大口からよだれをまき散らすその姿を、テレサリサは木の枝に立って見下ろした。愚直に突き進むブラウニーたちを見て、地獄絵に描かれるような飢えた亡者を連想する。

「……こわ」

この坂道沿いに並ぶ木々は養蜂場として使用されているため、枝の至るところに釣り鐘型のカゴ――ミツバチの養蜂カゴがぶら下がっていた。それはテレサリサが足場にして立つ枝にも一つ吊《つる》されていて、幹にしがみつき、『カミカミ』と鳴きながら少しずつ登ってくるブラウニーたちのちょうど真上にあった。

テレサリサは銀色のロープを刃へ変えて、カゴを一つ斬《き》り落とした。落下した養蜂カゴは、幹にしがみつく一匹のブラウニーのその大きな頭の天辺に当たって跳ねた。

『イギィッ！』

カゴが地面に落ちた衝撃で、中から大量のハチが溢《あふ》れ出す。羽音を鳴らしてハチたちは、近くにいる者を――幹によじ登るブラウニーたちを襲い始める。針の猛威に晒《さら》されたブラウニーたちはハチを嚙《か》み潰して対抗するが、数があまりにも多すぎた。

幹から滑り落ちていくブラウニーを見て、テレサリサは薄く笑った。

「ふふ。召喚物にもハチは有効なのね。発見だわ」

この世のものではないと恐れられる召喚物が、ハチに追われて慌《あわ》てふためく姿は滑稽《こっけい》だ。

「まるで児戯だな。がっかりさせないでください、〝鏡の魔女〟！」

ザミオが坂道からテレサリサを見上げている。彼女にこのまま逃げられてしまわないよう、挑発している。

「…………」

だが枝の上に立つテレサリサはあごを上げて、銀色のロープを伸ばした。さらに上へとジャンプして、枝葉の茂る木の中へと身を隠す。慌てたのはザミオだ。せっかく見つけた魔女を、ここでまた逃がすわけにはいかない。

「逃げる気ですか！　卑怯《ひきょう》者め。私と戦えっ」

見失わないよう、ザミオは足を踏み出した。瞬間、バサバサと木葉を散らし、テレサリサが木の中から躍り出た。上空で銀の大鎌を振り上げて、湾曲したその切っ先でザミオの顔面を貫かんばかりに落下してくる。

「っ……！」

ザミオは咄嗟《とっさ》に両手剣を掲げ、振り下ろされた大鎌の柄を受け止めた――が、勢いに圧《お》されて尻餅《しりもち》をつく。昼間、一本道でテレサリサの大鎌を受け止めた時と同じ格好だ。だがここに、助けてくれる仲間の魔術師《ウィザード》たちはいない。三匹のブラウニーたちも土手の上だ。

「卑怯、ねえ……？」

テレサリサは両手を使い、ぐぐぐ……と握る柄を押してザミオの頭上に大鎌を押し込む。

だが単純な力比べなら、力のあるザミオのほうに分がある。横にした剣で、大鎌を押し返していく――が、その時。大鎌の尖端《せんたん》がザミオの目の前でウニョニョと伸びて、ザミオの口内へと入った。テレサリサがニッと紅い瞳を細める。

「どの口が言ってんの？　ねえ。これ？」

「なっ……か、あ。待っ――」

ザミオの眼鏡が、魔女の嗜虐《しぎゃく》的な笑みを映した。

テレサリサは大鎌の尖端《せんたん》を操作して、ザミオの頬《ほお》を内側から斬《き》り裂く。

鮮血が地面に撥《は》ねて、ザミオの絶叫が閑静な夜空に響き渡る。

「あああああっ……！」

その悲鳴に土手の上のブラウニーたちが振り返った。テレサリサに、召喚物たちとともに戦うつもりはない。狙うは元より術者である。ザミオの握っていた両手剣が地面に転がる。

ザミオは血に濡れた顔を両手で覆い、テレサリサの足元に崩れ落ちた。


広場の中央で、カルルとジャックは拳《こぶし》を打ち合わせた。真っ赤に熱せられたカルルの拳と、ジャックの顕現させた巨大な拳。二つの拳がぶつかるたびに衝撃音が上がり、空気が震える。

ジャックの左右に浮かんだ二つの手首は、ジャックの両腕の動きと連動していた。ジャックが右腕を振れば、右の巨大な手首が拳を握ってカルルを打つ。ジャックが左腕を立ててガードすれば、左の巨大な手首がカルルの赤熱したパンチを防いだ。巨大な両腕が動くたび、その手首を装飾する金の腕輪が擦《こす》れて、ジャラジャラと音を立てる。

どちらも引かず、月明かりの下で激しい攻防が続いている。一方は小柄な少女であるが、繰り出すのは邪神の拳だ。カルルはそれを受け流し、反撃を繰り出す。人と神とが打ち合っているのだと思うと、異様極まりない光景である。

リオは居ても立ってもいられずに、テラスの手すりを越えて広場へと着地した。

戦闘中の二人の元へ走る途中で、エイミーが駆け寄ってくる。

「ロンドさん、説明してください！　あの子が〝お菓子の魔女〟なら、フランツィスカは何だったんですか？　魔女じゃなかったの？」

「ああ。ジャックを庇《かば》って魔女の振りをした、ただの人さ」

リオは走るスピードを落としたが、歩みを止めることはない。視線は広場の中央へ注ぎながら、後から付いてくるエイミーの疑問に答えた。

「ジャックはフランツィスカに庇われ、生きていたんだ。神父アントンがカルル氏に焼き殺された時も、恐らく小屋の中で息を潜めていた。だからフランツィスカは〝悲鳴を嚙《か》み殺した〟――その絶叫を聞いたら、当時まだ六歳だったジャックが、小屋から飛び出してくる恐れがあったから」

「そんな……。けどジャックは少年のはずでしょ？　あの子、男の子なんですか？」

「いや、見てのとおり女の子だと思うぞ。教会では、男子として育てられたんだ。髪を短く切られ、男子名を付けられて」

「おかしいですよ、どうして⁉」

「そりゃあ、教会が女人禁制だからだろう。若い独身男性である神父アントンは、女の子を引き取ることができなかったんだ。だから男の子として育てた」

「え……」

エイミーは追い掛けるスピードを落とした。リオとの間に距離が空く。

確かに教会には、男女間に関する厳しい規律がある。若い神父が一人で管理する教会に女性が一人で泊まってはいけないし、余計な誤解を生まないよう、基本的に男女が二人きりになってはいけない。そして独身の神父は、女児を孤児として引き取ってはいけない。だから神父アントンは、ジャックに男子の振りをさせた。

空気を震わす熱気を肌に感じ、リオは拳《こぶし》を打ち合う二人よりも、少し離れたところで足を止めた。その背中に追い付いたエイミーへ続ける。

「……だがあの子は魔女だった。六歳の時、飢えたジャックは家畜をお菓子にして食べてしまい、魔女災害を引き起こした。だから神父アントンとフランツィスカはジャックの死を偽装して、森へ隠した。二人してジャックを護《まも》ったんだ」

「……どうして隠すの？　エイミーは腑《ふ》に落ちません」

エイミーはリオの横に並び立つ。

「教会で預かっていた子が魔力を発現したのなら、その時点で魔法学校に入れるべきでした。人に危害を加えていないなら、魔女認定なんてされなかったはずです。それどころか、魔法の天才として特待生扱いですよ。召喚型はエリートクラスなんだから」

「召喚するのが、邪神でもか？」

「う、それは……」

ジャックの召喚するモズトルは、堕ちた農耕神だ。食欲に負けて、自身の子供を食べてしまった暴食の邪神。邪《よこしま》な神と通じた時点でそれは魔女――そういう排他的な宗教観が、アントンに魔女ジャックを隠させた。

「そして異端尋問官たちに追い詰められ、殺された」

「…………」

「それから四年もの間、ジャックはこの森の中に一人で暮らしていた。自身の住む小屋を〝お菓子の家〟に変えて食いつなぎながら」

森の中で〝お菓子の家〟が発見された今回の魔女騒動は、四年前に発生した魔女災害、〝魔女の晩餐〟の延長線上にあった。〝お菓子の魔女〟は一度死んで蘇《よみがえ》ったのではない。四年前からずっとこの森の奥深くに住んでいたのだ。

広場中央にて、カルルとジャックの肉弾戦は続いている。

「ううう っ……！　ううぅっ！」

唸《うな》るような声を上げて、ジャックは巨大な拳を振るう。

カルルはジリジリと後退しながら、ジャックの猛攻を受け流していく。カルルの両腕はまるで石窯《がま》から出されたばかりの鉄のように赤く、高温発光している。その腕は焼きごてのごとく、触れるものすべてを焼き尽くす。

モズトルの巨大な拳《こぶし》も例外ではなく、カルルの腕に当たるたび、その打撃面から蒸気を発していた。だが邪神の拳の勢いは落ちない。ジャックの振るう腕の動きに合わせ、拳のラッシュが止まらない。

「ううう、ぐがあっ！」

巨大な拳の右ストレートを、背中を丸めたカルルはクロスした腕で受け止めた。その衝撃にカルルの身体《からだ》が圧《お》され、両脚を踏ん張った地面には、まるで轍《わだち》のような二本の跡が伸びる。

「……あれが魔法戦か？」

激しい打撃戦にリオは思わずつぶやいた。エイミーが応える。

「カルル様はめちゃくちゃ接近戦タイプらしいですから……。相手もそうならああなります」

ジャックが追撃に走る。巨大な右手を頭上に大きく振り上げて――やはり肉弾攻撃だ。だがジャックが接近するその直前、カルルは屈んで地面の砂を握った。その口元には笑みが浮かんでいる。

「あいつ、目潰しをする気か」

「いえ……あれはたぶん――」

カルルは下から上へ払うようにして、握った砂を、迫るジャックに向かって投げつけた。

ジャックは急ブレーキを掛け、両手首を立てて砂を防ぐ。瞬間、バチンッと耳をつんざく破裂音が響き渡り、巨大な手の甲で砂が弾けた——と同時に、投げつけた砂の軌道に沿って炎が上がり、盾《たて》にした手の甲が瞬間的に燃え上がる。

「〝火の鞭《ファイアー・ウイップ》〟です」

「〝火の鞭〟……!?」

鞭状の炎は砂が飛び散ってすぐに掻《か》き消えたが、巨大な手の甲にはダメージが見られた。鞭の当たった箇所が斜めに焼けただれており、濛々《もうもう》と煙が上がっている。

「あっ、ついですね……！」

ジャックが忌々《いまいま》しげに顔をしかめる。

怯《ひる》んだその姿に向けて、カルルは腰を落とした。

「んぬぅぅぅぅうッ……！」

前に突き出した右腕を腰元に引きながら、纏《まと》う魔力を右の拳へと凝縮していく。半裸状態である背中や首からは、蒸気が立ち上っていた。赤く発光する右腕が温度を上げて、青色へと変色していく。

魔力を感じ取ることのできないリオにも、ヒリつくようなプレッシャーは伝わる。つつ、と汗がこめかみを流れた。熱せられた空気に触れて、肌が焼けるように熱い。地面を踏み締めるカルルの足元が、ゆらゆらと揺れ動いているように見える。

「今度は……何だ？」

「……〝火の拳《ファイアー・パンチ》〟だと思います」

「〝火の拳〟……!?　彼は何だ、ファイアーと付けば何でもありなのか？」

要は纏《まと》った魔力を凝縮させ、一気に放つという変質魔法特有の必殺技〝チャージ〟である。ただ力を溜めてぶん殴るという至極《しごく》単純な行為が、灼熱《しゃくねつ》の魔力を纏わせれば〝火の拳〟という大技になる。

対してジャックの頭上に浮かぶ巨大な両手首は、甲を焼けただれさせた状態のまま、手を半開きにして拳《こぶし》を握ることさえできずにいる。リオは思わず前に出た。

「あれは食らっちゃマズいだろ。ジャックは今、無防備だっ」

助けに向かおうとしたその袖を、エイミーが摑《つか》んで引き留めた。

「ちょちょ、何考えてるんですか！　危ないですよ！」

「僕に触るな、離せ！」

「いやいやいや！　ってかあなた、どっちの味方!?」

カルルが魔力をチャージする最中、ジャックはポケットの中から一枚のクリスプ・ブレッド──平たいパリパリの乾パンを取り出した。何をするかと思いきや、サクとその小さな前歯で齧《かじ》る。戦闘中の休憩にしては、あまりに最悪なタイミングである。

するとジャックの左右に浮かんでいた両手首が、ふっと搔《か》き消えた。

「おい、消えてしまったぞ！」

リオは思わず声を上げた。が、その消え方を見たエイミーが眉根《まゆね》を寄せる。

「違います。あれ、わざと消したんですっ……」

神の両手首を失い、ジャックは今や無防備である。しかしカルルに躊躇《ためら》いはない。容赦なく足を踏み込んだ――瞬間。ジャックは食べかけのクリスプ・ブレッドを、地面に放った。

すると先ほどと同じように、クリスプを中心にして魔法陣が浮かび上がる。食べ物をシェアする――それがモズトル召喚の条件。とぷんっとクリスプが地面に沈んで消えた、その直後。

「……おいで、〝むさぼり食う両手《グラタナス・ハンズ》〟」

ジャックは唱えた。

「ふんぬぅぅうッ……！」

魔法陣に足を踏み込んで、抉《えぐ》るようなカルルの青い拳が、小柄なジャックのボディーを捕らえる――が、その燃えたぎった拳が突き上げられる直前、歪《ゆが》んだ空間から顕現した巨大な右手首が、二人の間を割るようにして差し込まれた。そしてジャックの身体《からだ》を包み込み、拳が当たる寸前で後ろへと退かせる。

轟《ごう》ッ！　と派手な風切り音が轟《とどろ》き、空気が震える。カルルの空振りした拳の軌道に沿って瞬間的に炎が上がり、その熱を放出させるように夜空に昇って掻き消えた。

大振りなパンチは大きな隙《すき》を生む。巨大な右手首に包まれて、カルルと距離を取ったジャックの左側には、右手首と対となる左手首が顕現している。それも焼けただれていたはずの手の甲が、どちらも回復した状態で。その巨大な左手が人差し指を振り下ろし、カルルを指差した。

瞬間、青から赤色に戻りかけていたカルルの右腕が、パンッと弾けた。肘《ひじ》の辺りから指先まで、筋肉隆々の太い腕全体が、茶色くカサカサした質感へと変化する。

「あれは……」

焼き菓子だ。リオは息を呑《の》む。生身の腕が、一瞬にしてお菓子へと変化したのだ。

カルルが怯《ひる》んだその一瞬の隙《すき》を突いて、ジャックは両手を前に差し出した。その動きに呼応して、巨大な両手首がカルルの身体《からだ》を左右から包み込むように五指を広げる。カルルは咄嗟《とっさ》に両腕を左右に立て、ガードした。巨大な両手首に、挟み込まれるような格好で。

「くっ……ふッ！」

カルルは左腕にまだ魔力を纏《まと》っている。自身の生み出した熱を感じている。だが焼き菓子と化した右腕は、感覚を失っていた。いったいどんな症状に見舞われているのか──確かめる時間すら、この小さな魔女は与えてくれない。

正面にジャックを見据《す》えたカルルは歯を剝《む》き出し、呵々大笑《かかたいしょう》した。

「かははッ……！　驚いたな、小さき魔女よ。これほどの召喚物をポンポンと出し入れされては、エリートクラスの召喚魔術師たちも真っ青だな。お前の魔力は無尽蔵か？」

「……笑うな、怪物」

ジャックはじっとカルルを睨《にら》みつけたまま。

「このまま、虫みたいに握り潰してあげます」

目の前の空間を包むようにして、前へと突き出した両手に力を込める。

「……ヤバいね、あの魔女」

二人の戦闘を眺めていたアビゲイルがつぶやいた。巨大な両手首の火傷ダメージをリカバリーするために、ジャックは邪神の手を再召喚した。それは普通の魔術師ができるようなことではなかった。同じ魔法使いだからこそ、ジャックの魔法の恐ろしさがわかる。

リオはエイミーに尋ねた。

「……ヤバいのか？」

「ヤバいですよ。召喚魔法は強力だけど、それだけ大量に魔力を消耗するんです。一度召喚したら、丸一日かけて魔力を回復させないと次の召喚を行えない魔術師だってざらにいます。なのにあの魔女は、戦闘中に召喚を繰り返した。それも腕だけとはいえ、神レベルの召喚物をです。ヤバいです」

「……なるほど」

形勢逆転である。巨大な両手首に左右から挟み込まれたカルルの右腕は、その圧力に耐えられず、さらさらと崩れだしている。このまま砕けてしまえば、巨大な手首に挟み潰されて終わりだ。

いよいよ声を上げたのはアビゲイルだった。掲げていた松明《たいまつ》を投げ捨てる。

「手を貸すよっ！　いいね？」

「好きにしろ」

カルルが応えると同時にアビゲイルは、ローブの懐《ふところ》から、筒上に丸められた木炭紙を取り出した。広げた紙面には、魔法陣が描かれている。ジャックが、モズトルの手首を召喚した時に発生させた魔法陣と形と似てはいるが、別物である。アビゲイルの血で描かれたその紋様は、黒く滲《にじ》んでいた。

「……彼女も召喚型なのか？」

リオがつぶやく。アビゲイルの魔法を見るのは初めてだ。

だがエイミーは肩を竦《すく》め、思わぬことを言った。

「尋ねるまでもなく知っているはずですよ。ロンドさんは一度見てるでしょ」

「……見ている？」

アビゲイルは広げた木炭紙の魔法陣の中央に、右手を近づける。そして親指と人差し指をスリスリと擦《こす》り合わせた。妙な仕草だが、それがアビゲイルの召喚方法だった。程なくして魔法陣が発光し、円の中心から、尖《とが》った鼻先が姿を現した。くんくん、くんくんと小刻みに動いた鼻は、指のにおいに誘われるようにして魔法陣から出てくる。尖った鼻が近づいてくると、その分だけアビゲイルは指を下げ、鼻の主をこちら側へ誘った。

そして鼻がある程度出てきたところで――ぎゅむっと鷲掴《わしづか》みにして引っこ抜く。

『イギィッ！』

地面に放られた召喚物は、大きな頭部に、ぎょろりとした目玉と尖った鼻がついていた。手足の短い、アンバランスなシルエット。確かにリオはその姿を一度見ている。出てきたのは、全身が茶色のブラウニーである。

「あれは……ザミオ・ペン氏の召喚物じゃなかったのか？」

「ですです。お昼はザミオ様のサポートをしていましたが、何を隠そう〝茶色い子供たち《ブラウニーズ》〟は、アビゲイル先生の召喚物なのです」

ブラウニーはジタバタと地面の上に立ち上がる。そして――。

「走れ、ブラウニー！」

『カミカミッ……！』

主人の合図で歯を打ち鳴らし、ジャックとカルルの拮抗《きっこう》関係を崩すべく駆けだした。

4

『カミッ』『カミカミッ……！』『カミカミッ』

一方〈ミツバチ坂〉では、テレサリサによって地面に倒されたザミオを見て、三匹のブラウニーたちが踵《きびす》を返し、土手を滑るように駆け下りていた。歯をカチカチと打ち鳴らし、手足をジタバタ動かして、大鎌を手にしたテレサリサの背中へと迫る。

テレサリサは背後を一瞥《いちべつ》し、獰猛《どうもう》なブラウニーたちを迎撃するべく大鎌を構え直そうとした——が。ぎゅむ、とその脚に何かがまとわりついているのに気付いて視線を落とす。ベタベタとした粘着性の何かだ。それはスカートを巻き込んで、ふくらはぎ辺りまで脚を覆っている。おかげで反転ができない。片脚を抜こうにも自由が利かない。

「……？　何、これ」

魔力だ。粘性の強いものに変質されている。

「ふひっ、ははっ。驚いてくれたなら嬉《うれ》しいですね……〝鏡の魔女〟！」

地面に倒れていたザミオは、大鎌で裂かれた頬《ほお》を押さえながら、両手剣を拾って握り直した。立ち上がって猫背のままテレサリサを見据《す》え、不可解に小首を傾《かし》げる彼女の姿を眼鏡に映す。

「そうさ、僕は召喚型じゃない。魔力をネバネバしたものに変質させる、変質魔法の使い手なのです。この魔法は非常に強い拘束《こうそく》性を誇るけれど、警戒されては当てられない。だからカモフラージュするための、別の魔法が必要なんだ。そうやってあなたのっ、気を、逸《そ》らすための魔法が！」

ブラウニーたちはザミオの固有魔法〝気持ちのいい何か《イット・フィールズ・グッド》〟でテレサリサを拘束するための

囮《おとり》に過ぎない。ザミオはふらつきながらも両手剣を構える。だがその剣身には、未だグルグルと布が巻きついている。剣身を覆い隠したまま、その切っ先を動けないテレサリサの正面へと向けた。

「あなたは死ぬ、テレサリサ・レーヴェ！　だがその手柄をブラウニーたちにはあげないっ！　お前は、俺の獲物だっ！　俺と、この〝クロゴケグモ《ブラック・ウイドウ》〟の――」

ザミオは剣の鍔《つば》にあるセーフティーを指先で外し、柄《え》を捻《ひね》った。瞬間、両手剣の剣身が、剣の切っ先を中心に花開く。布を破って広がったのは、節《ふし》のある八本の脚だった。その両手剣は剣にあらず。剣の形をした捕獲器だったのだ。

クモを模した八本の長い脚は、あっという間にテレサリサの全身を鷲摑《わしづか》みにする。

「っ……！」

すかさず脚の先についた針が、次々とテレサリサの首や手足、背中や臀部《でんぶ》へと突き刺さっていく。その様を見て、ザミオは思わず「あはっ」と声を上げた。口の端を吊り上げてほくそ笑む。これだ。この光景を見たかった。一撃必殺を当てる、そのために、ずっと機会を窺っていたのだ。

剣の形をしたその武器は、〈火と鉄の国キャンパスフェロー〉産の変形武器であった。手掛けたのはとある陰気な工匠で、その者の手がける変形武器には、作り手の性悪《しょうわる》さを映した一つの特徴があった。使い勝手やデザイン性が無視されて、敵の身体《からだ》をどう破壊するかに重きが置かれているのだ。

例えば、ノコギリ状の刃に糞尿を塗《まぶ》して負わせた傷を治りにくくするものだったり、剣先に返しを作って身体《からだ》から抜けにくくしたり。非人道的で残酷なこの工匠の作品は〝陰惨シリーズ〟と呼ばれ、キャンパスフェローの職人や騎士《ナイト》たちからも嫌われていた。ただしどんな作品もそうであるように、このシリーズにもマニアは存在する。ザミオもその一人である。

自身の固有魔法とこの変形武器は相性がいい。囮《おとり》を使ってでもテレサリサの足を止めたのは、一度起動させてしまうと折り畳むのに時間が掛かるがゆえに、一戦闘につき一度しか使用することのできないこの捕獲器で、確実に仕留めるためだ。

そしてこのクモ型捕獲器の、ザミオが摑《つか》む柄《え》の尻部分には、レバーが付いていた。これこそ〝陰惨シリーズ〟の真骨頂。ザミオがどうしても使いたかった機能である。

「ふははッ。これ、何だと思いますか？　テレサリサ・レーヴェ」

「…………」

「このレバーを引くと！　あなたの身体へと食い込んだ八本脚の先から、血が吸い出される。脚に沿って繋《つな》がれた、透明な管がわかりますか？　ここから吸いだした血が見える仕組みだ。つまりこれは、八本の巨大な注射器なんだ！　捕らわれた者は、生きながらにして血を吸い出される恐怖に苛《さいな》まれる」

「……あなた、趣味が悪すぎる」

針がうなじ辺りへと食い込んでいるため、テレサリサは小首を傾《かし》げた状態でザミオを睨《にら》みつける。

「ホントは捕らえるだけでいい。すでに僕の任務は終了している。このレバーを引けば、あなたは死んでしまうかもしれないからね！　あなたは生きたまま捕縛しなければならない。けどここに来てッ！　レバーを引かないことなんてできるか？　我慢できないでしょ、普通。間違ってしまうかも。しまうよね？　ああっ、ああっ……」

と、我慢の限界を迎えたザミオは、思い切りレバーを引っ張った。八本脚の注射針が一斉に起動し、テレサリサの体内から血を吸い出す。だが管を満たすその液体は、赤色ではなく、銀である。そしてその色は少しばかり、ザミオを冷静にした。

「……何だと？　これは発見だ。魔女の血は銀色なのか」

「んなわけないでしょ」

言下に八本脚に捕らわれたテレサリサの身体が、ぐにゃりと歪《ゆが》んだ。持っていた大鎌が溶け、紅い瞳やドレスが銀色に変わり、ザミオを見つめるその表情がすーっと消えていく。

いったい、いつから入れ替わっていたのか――ザミオが〝気持ちのいい何か《イット・フィールズ・グッド》〟でその脚を搦《から》め捕《と》ったときにはすでに、テレサリサは精霊エイプリルだった。

「え、嘘……」

ザミオはニコリとぎこちない笑みを浮かべる。そして顔の前に、人差し指を立てた。

「ちょっ……と、待って？　もう一回。もう一回だけっ——」

　エイプリルは腕を前に突き出した。その指先から伸びた銀色の刃が、笑うザミオの眼鏡の中心を割って、頭を貫く。

　そのつるりとした頭部のあご部分が窪《くぼ》み、エイプリルは喋った。テレサリサの声で。

「ふふ。最期《さいご》の台詞《せりふ》がそんなのでいいの？　あなた」

　テレサリサ本人は〈ミツバチ坂〉の脇に立つブナの木枝に腰掛けて、ザミオが絶命するのを見届けていた。

「……あと私、まだ結婚していないから。〝テレサリサ・メイデン〟だから」

　手のひらに作った銀の杯《さかずき》に、酒壺《つぼ》を傾けてハチミツ酒を注ぐ。始めにブラウニーたちから逃げるため、登った樹木である。テレサリサは茂る枝葉の中から精霊エイプリルを放ち、見晴らしのいい枝の上から操作していたのだ。

　脚を組みながら銀の杯を傾け、勝利の美酒に酔う。

「ああ、うまっ……」

　くらりとするほどの甘味と香り。そして柔らかな舌触り。ハチミツ酒の美味《おい》しさは想像を超えていて、テレサリサは目を丸くする。

『カミカミッ！』『カミカミッ……！』『カミィッ！』

　ザミオの捕獲器の中で、銀色の液体と化して溶けてしまったテレサリサを見て、三匹のブラウニーたちは戸惑っていた。だがすぐに彼女の姿を木の上に発見し、またもよだれを散らしながら土手を登り始める。

「さて……あいつらはどうしようか」

テレサリサは眼下に迫るブラウニーたちを見下ろし、ため息をついた。

額を貫かれたザミオは坂道の上に倒れ、絶命している。だが彼は術者ではなかったのだから、死んでもブラウニーたちが消えることはない。追い立てられるようなこの状況を打破するには、召喚者を見つけて倒すか、直接ブラウニーたちと戦って倒すかだが、この三匹を相手に戦う理由もモチベーションも、テレサリサにはなかった。

彼らは愚直に見えても凶暴な召喚物だ。先ほど相手をした精霊エイプリルの姿を思い返せば、嚙《か》みつかれた手足はひしゃげ、首は食い千切られていた。思いのほか強い咬合力《こうごう》をどう攻略するべきか……。テレサリサは、木の枝に腰掛けながら考える。

幹を登り始めたブラウニーたちを見下ろしつつ、銀の杯を傾けて唇を濡らした。

「ああー……めんどくさあい」

ふとテレサリサは、見下ろした先にブラウニーが二匹しかいないことに気付いた。

樹木に群がるブラウニーたちは、三匹いたはずなのに。

「……？　もう一匹は――」

『カミカミッ！』

耳障りな鳴き声は、すぐ背後から聞こえた。油断していた。一匹のブラウニーがいつの間にか幹の逆側を登り、テレサリサのすぐ後ろの枝にまで迫っていた。

「っ……!?」

ブラウニーは足場にした枝を飛び跳ねて、テレサリサの首筋に向かって大口を開ける。

懐《ふところ》の手鏡から、新たにエイプリルを繰り出すには間に合わない。テレサリサは咄嗟《とっさ》に銀の杯《さかずき》の形状をダガーナイフに変えて、腰を捻《ひね》りながら身体《からだ》を反らした。その拍子に、酒壺《つぼ》が膝《ひざ》の上から転がり落ちる。

ダガーナイフ一本では、大きな口を撃退するには心許《こころもと》ない。加えて足場も悪かった。飛び降りたとしても、そこには二匹のブラウニーたちが大口を開けて待っている。ピンチだ。だが次の瞬間、思わぬ事が起きた。

飛び掛かってきたブラウニーが、宙で弾けて掻《か》き消えたのだ。

幹を登ってきていた二匹のブラウニーたちも——降ってきた酒壺を『ピギィッ!』と脳天で割った後、一匹残らず光の粒子となり、虚空に消滅する。

やかましい鳴き声がはたと消え去り、夜は静寂を取り戻した。

「……?」

なぜか助かった。テレサリサはダガーナイフを構えたまま、きょとんと目を丸くする。

「……え？　どうして」

カルルとジャックの戦闘が繰り広げられていた〝お菓子の家〟の広場でも、アビゲイルによって召喚された一匹のブラウニーが、歯牙を打ち鳴らしながら光の粒子となって掻き消えていた。術者が――アビゲイルが魔力の供給を断ったからだ。意図して断ったわけでなければ、その理由は魔力切れか、あるいは絶命したかである。

「何してるんですかっ……！　ロンドさん！」

エイミーは目の前で起きた出来事が信じられず、声を荒らげた。

時はブラウニーが召喚された直後に遡《さかのぼ》る。

ブラウニーが放たれると、リオは肩掛けカバンの中を漁りながら、アビゲイルのほうへと歩いた。取り出したのは、ダガーナイフである。素早く鞘《さや》から抜き取ると、アビゲイルの背後から腕を回し、その首へと刃を宛てる。そして横一線にかっ切った。殺気もなく、躊躇《ためら》いもなく、あまりに自然な流れだったのでエイミーもアビゲイルも、いったい何が起こったのか理解できなかった。

首よりどろりと流れた鮮血が、アビゲイルの白い肌を血に染める。

リオはそのまま切り返したナイフを、アビゲイルの腹部へと刺し入れた。

「はっ……かっ……？　おまっ」

口元から噛《か》んでいた煙草《たばこ》が零《こぼ》れ落ちる。その咥《くわ》えていた部分が血に濡れている。

膝《ひざ》をつき、倒れるアビゲイルを見て、エイミーが絶叫する。

「何で？　何のつもりなの、ロンドさんっ！」

倒れたアビゲイルの身体《からだ》から大量の血が溢《あふ》れ、地面を濡らした。

リオは無表情のまま。その視線はジャックへと注がれていた。

5

森の奥でカルルが巨大な両手首に挟まれ、〈ハチミツ坂〉でザミオが絶命したちょうどその頃。エイドルホルンのとある家では、食事に招かれた旅人が郷土料理に舌鼓《したつづみ》を打っていた。

切られたリンゴを摘《つま》み上げると、コーティングされたハチミツがとろりと垂れる。急いで口に運び、前歯で嚙《か》み切る。しゃく、と小気味いい音がして、口内にリンゴとハチミツの上質な甘酸っぱさが広がっていく。

「……うん、美味《うま》い」

柔らかな果肉とコクのあるハチミツのハーモニーに、旅人は感嘆のため息をついた。

「驚いたな。この村の料理にはハズレがない」

日が落ちて真っ暗なため、室内には至るところに燭台《しょくだい》が置かれている。淡く照らされた窓際のテーブルには、熱々のスープやザワークラウトなど、数々の手料理が並んでいた。

〝リンゴのハチミツ漬け〟もその一つだ。旅人は指先に残ったハチミツを舐《な》め取った。

「また、嬉《うれ》しいこと言ってくれるじゃないの」

大きなトレーを両手に持って、キッチンから農婦が姿を現した。身体の大きい、ふくよかな女性だ。昼間に教会でリオやエイミーと言葉を交わした農婦グリーンである。

「褒《ほ》めてもらっても、もうこれ以上は何も出ないわよ？」

ニコニコと朗らかに笑いながら、トレーからテーブルに移したのは、鶏肉一羽を丸ごと使ったハチミツ煮である。キャベツの敷かれた大皿に、ゴロゴロと肉の欠片《かけら》が載っている。テーブルには旅人一人しか着いていないが、取り皿は二人分用意されていた。

配膳しながら農婦グリーンは、チラリと旅人の顔を横目に見た。

「それにしてもあなた、灯りのそばで見ると本当に男前ね」

「褒めてもらっても、何も出せませんよ」

旅人はグリーンの言葉を借りて曖昧《あいまい》に笑った。

「でも驚き。こんなにハンサムなのに、女性だなんて。私てっきり男の人だと思っていたわ。フード被《かぶ》っていたから。女の騎士さんなんて私、見たの初めて」

「まあ、珍しいでしょうね」

ヴィクトリア・パブロは〈火と鉄の国キャンパスフェロー〉の騎士である。長い金髪は後ろにまとめ、ポニーテールにして垂らしている。手甲《てっこう》や甲冑《かっちゅう》はリッカ＝ミランダに預け、装備していなかったが、ローブの下には片手剣を帯剣していた。

背が高く、背筋の伸びたヴィクトリアは、フードを深く被《かぶ》れば男性に見えた。テレサリサと並んで歩く姿を見掛けた村人たちは、この旅人たちが男女の二人組だと勘違いしていた。

「何もない辺鄙《へんぴ》な村だけど、ご飯はすごく美味《おい》しいでしょ？　どうぞ旅を楽しんで」

「恐れ入ります」

ヴィクトリアは恭《うやうや》しく頭《こうべ》を垂れた。

ヴィクトリアたちが元々この家を訪れた理由は、持参したカヌレを温め直すためだった。採れたてのハチミツを手に入れ、カヌレをコーティングしようとしたまでは良かったが、乾燥して固くなってしまったカヌレに、どうしても火を通したいとわがままを言ったのはテレサリサだ。最高のカヌレを完成させるべく最高のハチミツを手に入れたのに、肝心のカヌレがパサパサでは意味がないと駄々をこね、ちょうど近くの家の調理場にいたこの農婦に、カマドを貸してもらえないかと声を掛けたのだ。

火を借りたかっただけなのに、農婦はこの村では珍しい旅人たちに、夕飯までご馳走してくれた。それも大層な肉料理だ。思わぬ出費になってしまったな、とヴィクトリアは胸中につぶやく。金を払うとは言っていないが、これほどもてなしてもらったなら、払わないわけにはいかないだろう。

「ハチミツ煮ですか。湯気の立つうちに食べてしまいたいが……」

ヴィクトリアは料理に手を伸ばさない。テレサリサを待っているのだ。

「あの方、まだ戻らないの？　遅いわねえ」

「彼女の分まで手をつけてしまうと怒られそうだ」

テレサリサはああ見えて食い意地が張っている。養蜂場で養蜂職人と意気投合し、ハチミツ酒を譲り受ける約束を交わしたはいいが、うっかりもらい忘れてしまっていたことに気付き、食事途中であるにもかかわらず、受け取りに行ってしまったくらいだ。

すぐに戻ると言っていたが、テレサリサはまだ帰ってこない。

これだけ食べて待っていようと、ヴィクトリアは半分齧《かじ》ったリンゴの欠片《かけら》を口に含む。

「もしかして、迷子になっているんじゃ……」

グリーンが心配そうに窓の外を見た、その時だ。荒々しい蹄《ひづめ》の音を響かせて、一台の荷馬車がやってきた。窓の外に急停車した荷台から、小太りの中年男が飛び降りる。

小柄なその中年男は、襟の黄ばんだみすぼらしいシャツを着ていた。夜はまだ冷えるというのに薄着で、いかにも貧困層らしい格好をしている。だがアンバランスなことに口髭《くちひげ》は上品に整えられていて、黒檀《こくたん》のステッキを握っていた。そして何やら慌《あわ》てている様子である。

男は窓にベタリと顔面を張りつけ、ヴィクトリアたちのいる部屋の中を覗《のぞ》き込んだ。窓際のテーブルでリンゴを頬張《ほおば》るヴィクトリアを見つけ、家を大回りして玄関のドアを開け放つ。

「ああっ！　良かった、ここにいた！　このたびは申し訳ありませんっ。しかしこれには事情が……聞くも涙、語るも涙の悲しい事情があるのですっ！　およよっ」

早足で家に入ってきた中年男は、グリーンを押《お》し退《の》けてテーブルのそばに立ち、リンゴの欠片《かけら》で頬《ほお》を膨《ふく》らましたまま、ぽかんとするヴィクトリアへ頭を下げた。頭の天辺が禿《は》げていた。

顔を上げた男は、今にも泣きそうな表情で両手を広げる。

「見てのとおり、賊です。賊に襲われ、着物も荷物もすべて奪われてしまって……。約束の時間までに『熊の一撃《ベア・パンチ》』へ辿《たど》り着くことができなかったのは、そんな事情があるのです！」

「……………」

シャク、とヴィクトリアはリンゴを噛《か》んだ。

男は言い訳を続ける。気持ち早口になっている。

「路銀もですよ？　路銀も奪われ、一文無しでは馬車を雇うこともできず、下着と物々交換で何とかここまでやって来たのです！　褒《ほ》めてもらいたいくらいっ。褒めてもらいたいくらいです！」

「……それは、ご苦労様です」

ヴィクトリアはおずおずと会釈した。その反応に違和感を覚えたのか、男が眉根《まゆね》を寄せる。

「あれ？　もしかしてあなた、異端尋問官の方じゃない？」

「いえ、ただの旅人です」

「え、そうなの!?　旅人さんがここにいるって聞いたから来たのに！　こんな辺鄙《へんぴ》な村に来る旅人って普通、異端尋問官の人たちだって思うじゃない！　関係ないの!?」

その辺鄙な村に暮らす農婦がすぐそばにいるというのに、失礼極まりない男である。

「じゃあ異端尋問官の人たちは？　まだ来てない？」

出ていって欲しいという感情を顔に出したまま、グリーンが苦々しく答える。

「教会の方々は、今日の夕方に森へ出発しましたよ」

「え、そんな！　もう？　早いな」

「あの、あなた……。いったいどちら様なの？」

「あ、と。これは失礼」

グリーンの問いにコホンと一つ咳《せき》をして、中年男は踵を揃《そろ》えた。背筋を伸ばし、ステッキを腋《わき》に挟む。みすぼらしい格好をしているのに、その立ち姿には不思議と気品が漂っていた。額の上で帽子のつばを摘《つま》む仕草をする。本来なら、羽根付き帽子を被《かぶ》っているはずなのだろう。

「わたくし、宮廷詩人のリオ・ロンドと申します」

あごを上げ、胸を張って男は名乗った。

「女王アメリアの命により、異端尋問官の魔女狩りに同行し、その記録を編纂《へんさん》する大切な役目を負っていたのですが諸事情により――て、今話しちゃったとおりですけど、まあそんな事情で待ち合わせ場所に遅刻してしまって……」

「……ロンドさん？　それは嘘よ。あなた別人じゃない」

グリーンは男に疑惑の目を向ける。宮廷詩人リオ・ロンドとは、昼間に教会の調理場で会っている。目の前にいるこの男と、ビスケットを美味《うま》いと食べてくれたハンサムな彼とでは、似ても似つかない別人だ。

「いやいやいや」と、男は首を振った。

「私がまごう方なきリオ・ロンドですよ。あなた、誰と間違っているのですか？」

「どういうこと？　じゃあ昼間のあの方は、いったい……？」

「黙っていてすまない、修道女エイミー。〝キャンパスフェローの猟犬〟は僕だ」

広場で組み合うジャックとカルルを注視しながら、ロロ・デュベルは正体を明かした。あごに張りつけていた付け髭《ひげ》を剝《は》がす。その足元の血だまりに倒れたアビゲイルは、ぴくりとも動かない。すでに絶命しているのだろう。

「えっ」

エイミーは状況を飲み込めず、ロロの横顔を呆然《ぼうぜん》と見つめる。

血で濡れたダガーナイフを手に、羽根付き帽子を被《かぶ》ったロロの格好は〝ロンドさん〟のものと変わらない。だがその表情や纏《まと》う雰囲気が一変している。ピリと緊張感の漂う立ち姿は、今日のほとんどを共に過ごした者と同じ人物だとは思えなかった。

戦闘に巻き込まれることを恐れ、エイミーの遥《はる》か後方に控えていた炭焼き職人ゲオーグもまた、混乱していた。宮廷詩人が魔術師《ウィザード》を殺した――ゲオーグにしてみれば同士討ちだ。何がどうなっているのか、皆目見当がつかない。

戸惑う彼らを放って、ロロは広場の戦闘を観察していた。

アビゲイルを倒した今、戦況はジャックに有利だ。だがロロの目的は魔術師たちを倒すことではない。〝お菓子の魔女〟を仲間に引き込むことである。

魔術師たちと行動を共にしていたロロを、ジャックは警戒するかもしれない。その信用を獲得するために、カルルは自分が殺さなくてはならない。叶《かな》うなら、ジャックを救う形になれば理想的だ。ロロは逆手に握っていたダガーナイフを手の中で順手に戻し、参戦のタイミングを探る。

広場の中央で、ジャックは両腕を胸の前に突き出している。カルルを押し潰すべく、両手のひらはぴったりと閉じているが、その動きに呼応する巨大な手と手の間には隙間《すきま》があって、カルルが左右から挟む力に抵抗している。ぐぐぐ、と力を込めるもなかなか押し潰すことができない。

「ぬううううっ！」

こめかみに青筋を浮かべたカルルは両肘《りょうひじ》を立てて、巨大な手の圧力に耐えている。その身体《からだ》は巨漢とはいえ、邪神の手と比べれば、人の手に弄《もてあそ》ばれるネズミくらいのサイズ感だ。だがそのネズミが異様にしぶとい。

とんがり帽子のつばで陰るジャックの表情にも、イラ立ちが窺えた。

「……何なの。早く死んでくれませんかっ」

しかもカルルは、右肘《ひじ》から先を焼き菓子に変えられているのだ。茶色く乾いたその太い腕は、圧《お》されてパラパラと崩れはするが、まだ砕けてはいない。ぐぐ、とさらに押し込まれ、カルルは顔のそばにまで近づいた右手を横目に見た。なるほど見た目は焼き菓子だ。ならばその味は？　好奇心に駆られたカルルは、巨大な手の圧力に抗いながらも大口を開け、自身の親指へと噛《か》みついた。バリ、ボリと口の中で指を噛み砕く。

「っ……！」

驚いたのは、その様子を正面から目の当たりにしたジャックだ。まさか自分で自分の指を食うとは。片頬《かたほお》を膨《ふく》らませ、自身の親指を堪能するカルルを、嫌悪感たっぷりに見つめる。

「なるほど味も焼き菓子だ。混ぜた覚えのない砂糖が利いている。甘いな！」

カルルは何がおかしいのか、舌なめずりをしてから歯を剝《む》いた。

ジャックはその奇異な笑顔に鳥肌を立たせた。戦況は優勢なはずなのに、気圧《けお》される。

――この人、怖い。

「……ううう、ぐうっ」

ジャックは歯を食いしばり、湧き上がる恐怖を力で抑え込む。もっと、もっとと力を込めて両手のひらをギュッと合わせた。それにともない邪神の両手は、いよいよカルルの身体《からだ》全体をその手の中に押し潰した――が、ギュッと握り合わせて持ち上げた、大きな親指の付け根辺りから、カルルの首だけがはみ出ている。

しぶとい。カルルは身体を潰されながらも目玉を剥いて、口をすぼめている。

「すぅぅぅうっ……」

冷たい夜の森の空気を吸い込み、肺を満たす。

巨大な手で押し潰された身体が、膨らんでいく。

「この人……ホントに怪物ですか。どうやったら死ぬの？」

ジャックは腕を前に突き出したまま、巨大な手を通してカルルを押さえ続けている。

膨張したカルルの身体は発熱し、焼かれた巨大な手の隙間《すきま》から濛々《もうもう》と煙が上がり始めた。頬を膨らませて口を結び、息を止めたカルルの顔は真っ赤に温度発光し始めている。

「……まずい」

ロロは肩掛けカバンを捨てて足を踏み込んだ。ダガーナイフを手に、全速力で広場を駆ける。あの男の魔法は単純明快だ。〝火の球《ファイアー・ボール》〟と〝火の鞭《ファイアー・ウイップ》〟、そして〝火の拳《ファイアー・パンチ》〟と見てきたのだから、顔を真っ赤にしたカルルの仕草から、次に繰り出される魔法名が予想できる。

「離れてください、ジャック！　たぶん〝火の息吹《ファイアー・ブレス》〟だ」

カルルは両頬を膨らませたまま、ギロリとジャックを見下ろした。その血走った目玉に、怯《ひる》んだジャックの顔が映る。ジャックは、カルルを押さえておかなくてはという思いに囚《とら》われ、両腕を胸の前で合わせたまま——動けずにいた。

「ぶふゎっ……——」

カルルが息を吹いた途端に、放たれる灼熱《しゃくねつ》。夜を真っ赤に照らす火炎放射が、ジャックの正面に吐かれた、瞬間。ジャンプしたロロが、巨大な手の上に——カルルの首の後ろに着地した。カルルの頭の天辺を鷲掴《わしづか》みすると同時にうなじへと当てたナイフの刃を軸にして、その首を上に向かせる。

正面からの熱にジャックの顔面は火照《ほて》り、赤い髪がそよぐ。とんがり帽子の表面が少し焦げたが、炎はジャックを焼くギリギリのところで上を向いた。

ロロは次にカルルの喉《のど》を、横一線にかっ切る。首が太すぎて切り離すことはできない。だからナイフを切り返し、炎を吐き続けるそのうなじへと今一度刃の根元を当てた。思いっきりナイフを食い込ませ、頭を引っ張る。

首を切り離した直後、邪神の手に挟まれていた胴体から、鮮血が噴き出した。

高温の熱い鮮血だった。ロロはその血を浴びながら、まだ火を吐き続ける首を夜空に向けて炎を散らす。それから火炎放射は数秒間続き、夜空を明るく照らした。

「ゴオォォォオ……——」

「はあ……はあ……。いったいどこから来るんだ、この生命力は……」

炎が完全に消えてから、ロロは生首を手に持ったまま、地面へ飛び降りた。瞬間——。

「熱っ……」

今しがたまで炎を吐いていたカルルの首は、その頭の天辺まで熱くなっていた。穴という穴から煙を吹き上げているその首を、ロロは地面へと放り捨てた。

6

「先生っ！　しっかりしてください、アビゲイル先生！」

ロロがアビゲイルのそばを離れたのを見て、エイミーは松明《たいまつ》を捨てて走った。血だまりの中、うつ伏せに倒れたアビゲイルの元へと駆け寄り、その身体《からだ》を起こして胸に抱く。

まだ体温を感じるが、喉元《のどもと》や腹部からは大量の血が流れ出ている。身体を起こした拍子に木炭紙の束がその懐《ふところ》から零《こぼ》れ、血だまりに浸った。

魔法陣の描かれた、召喚のための木炭紙だ。まだ使われていないが、術者がいないためもう意味を成さない。アビゲイルの薄く開かれた瞳は光を失っていて、確かに絶命しているのだった。花売りの少女から買った小さな花がコルセットに差し込まれていて、白い花びらが血で赤く染まっている。

「先生っ……」

エイミーは木炭紙に混じって地面に落ちた、一枚のスケッチに目を留めた。エイドルホルンへ向かう馬車の中で、アビゲイルがリオ・ロンドの肖像を――〝キャンパスフェローの猟犬〟の顔を描いたものである。エイミーは血で汚れたその顔を、ぐしゃりと握り締めた。


「リお……りお」

地面から生えたように置かれたカルルの生首が、口を開いた。

ロロはギョッとしてその首を見る。顔は茹《ゆ》でられたタコのように真っ赤で、開いた両目の焦点はどちらもそっぽを向いており、合っていない。身体《からだ》から切り離され、声帯さえあるのかわからない状態なのに、カルルは口内から血を溢《あふ》れさせながらロロに話し掛ける。

「私の冒険は、ドオっだ。楽しめてルカ……？」

信じられない。生首のまま、なぜ動いている？　ただロロの正体に気付いてはいないようだった。ぱくぱくと口を動かし、白い歯を剝《む》く。

「これカラモッと、たのしく――」

と、言葉の途中でカルルの頭部はパンッと弾け、茶色のパサパサとした質感に変わった。焼き菓子に変えられたのだ。見ればジャックがその頭に人差し指を向けている。彼女のそばに浮かぶ巨大な手もまた、ジャックの指の形を真似てカルルを指差しているのだった。

それからジャックは手を広げ、目の前の空間をはたくように、下へ振る。同時に巨大な手も指を広げ、ジャックの前に転がるカルルの首を、手のひらで粉々に潰した。

「……お菓子にしたのに、食べないのですね」

「食べたかったですか？」

ジャックは赤茶色の瞳にロロの姿を映す。その顔は無表情だ。

「……いえ」

ロロは小さく首を振った。

「改めて初めまして、〝お菓子の魔女〟ジャック・エイドルホルン」

ロロは羽根付き帽子を脱いで、頭を下げた。

「私は〈火と鉄の国キャンパスフェロー〉のグレース家に仕える者で――」

と、顔を上げたロロへ、ジャックは正面から小さく指を差している。そのそばに浮かぶ巨大な手もまた、ロロを指差して牽制《けんせい》していた。うまくジャックを救う形にはなったものの、まだ信用してもらえてはいないようだ。ロロは敵意がないことを示して、ダガーナイフと帽子を地面に放った。両腕を軽く上げ、両手のひらを示す。

ジャックは無表情のままだ。警戒している。

「あなたは魔術師ですか？」

「いいえ、私は魔術師ではありません。魔術師の敵です。そして魔女を集める者です」

「…………」

ジャックは迷っていた。確かにこの優男《やさおとこ》は、先ほど自分を助けてくれた。

神父アントンの仇《かたき》である、忌《い》まわしきカルルの首を斬《き》ったのもこの男だ。

「……憐れな人っ。何て憐れな人なの！」

悲痛に喚《わめ》く声を聞き、ジャックは視線を滑らせた。オレンジ色の髪の修道女《シスター》が、倒れた魔術師《ウィザード》を胸に抱いてこちらを睨《にら》みつけている。正確にはジャックではなく、その近くに立つロロ・デュベルを。

「魔術師殺しは大罪だわ。信じられない。アビゲイル先生があなたに何をしたと言うの？　カルル様はっ。魔女を恐れる村人たちのため、その厄災《やくさい》を払おうと戦っていたのに！」

エイミーは涙で濡れた瞳でロロを睨《ね》めつけ、道を外れた憐れな罪人へ神道を説く。

「私たちを騙《だま》し、魔女を利用しようとするその悪心には、怖気《おぞけ》が立ちます。残念ながらあなたはもう、救えない。思い知るべきです。報いを受けるべきです。残酷な仕打ちには、残酷な罰が下ると。あなたには、絶対に罰が下りますっ！」

「………………」

「あの人は、魔術師ですか？」

ジャックはエイミーを指差して、ロロに尋ねた。

「彼女は……――」

一度目を伏せ、少しだけ間を置いて。ロロは顔を上げた。エイミーを見据《す》える。

「魔術師です。我々の敵です」

瞬間、アビゲイルの遺体を抱くエイミーの左腕がパンッと弾けた。

「きゃっ」

堪《たま》らずエイミーは立ち上がった。ロロとジャックに背を向ける。

踵《きびす》を返して向かう先は森だ。

アビゲイルを広場に置いて、エイミーは真っ暗な森の中へと逃げ込んだ。

「……憐れな人、憐れな人！　救えないっ」

溢《あふ》れる涙で視界が滲《にじ》む。どこまで行っても暗がりの中、木々の並ぶ光景が続く。夜の森を、エイミーは取り憑《つ》かれたように走り続ける。悔しくて、虚しくて、やり切れない。尖《とが》った枝葉に頬《ほお》や手を裂かれたが、胸に渦巻く感情に気を取られ、痛みを感じる余裕さえなかった。

エイミーは修道服の袖口《そでぐち》で目元を拭った。その右手には、〝猟犬〟の顔がスケッチされた木炭紙が握り締められていた。

「騙して！　バカにして！　あの人、裏で嘲笑《あざわら》ってたんだ」

敵だった。リオ・ロンドは宮廷詩人ではなかった。〝お菓子の魔女〟について調べていたのも、女王の命令で物語を編纂《へんさん》するためではなかった。彼は敵国の暗殺者《アサシン》だ。自分たち異端尋問官に近づいてきたのは、魔女を奪うためだったのだ。そんな人間と自分は一日中共に行動し、共に魔女の情報を集めていたのだ。

「はっ、はっ……はっ！」

顔に掛かる葉を右腕で払い退《の》ける。お菓子に変えられた左腕は、肘《ひじ》を曲げた状態で固定されたまま動かない。触れる感覚も、痛みもない。この腕は元に戻るのだろうか。それとも最後はお菓子と化して潰されたカルルのように、崩れてしまうのだろうか。状態を確かめたいが、怖くて視線を落とせない。

梢《こずえ》の向こうに見えていた月が、雲で陰って辺りがより一層暗くなる。エイミーは森の黒々とした闇を睨《にら》みながら、ただ真《ま》っ直《す》ぐに走り続ける。どこかで野犬が鳴いていた。野鳥の声や虫の音はやまない。森の中はどこもかしこも何かしらの気配があって、怯《おび》えるエイミーを嘲笑《あざわら》うかのように、葉音がさわさわと揺れていた。

エイミーに森を歩く技術はない。闇雲に駆けても遭難する可能性が高い。だが立ち止まるわけにはいかなかった。あの暗殺者に、自分まで殺されるわけにはいかなかった。

「はっ。はっ。はっ……帰らなきゃ」

町に。リッカ＝ミランダに。生き残り、事の顛末《てんまつ》を教会に伝えなくてはならない。〈火と鉄の国キャンパスフェロー〉は王国アメリアの属国となったが、滅ぼされたはずのグレース家はまだ諦めていない。その残党は未だ魔女集めを継続し、国の奪還を画策している。

猟犬は〝鏡の魔女〟を連れている。そして〝お菓子の魔女〟も奪われたかもしれない。魔女は厄災《やくさい》だ。厄災を集めている犬は、王国アメリアの脅威だ。報告して、対策を取ってもらわなくては——と、不意にエイミーは左肩に激痛を受けてつんのめった。

「かはっ⁉」

暗がりの中に転倒し、思わず左腕を前に出す。地面についた左腕はエイミーの身体《からだ》を支えられずに、肘から先が修道服の袖ごと砕け、取れてしまった。

「っ……！」

上半身を起こしたエイミーの前に転がるのは、腕の形をした焼き菓子だ。落ちた衝撃で指が割れ、欠片《かけら》や粉クズが地面に散らばっている。痛みはある。けれどこれは腕が取れたことによる痛みではない。エイミーは涙で濡れる視線を左肩へと移す。肩口に、ダガーナイフが突き刺さっている。激痛の正体はこれだ。〝猟犬〟がアビゲイルの喉《のど》を裂いたのに使用したダガーナイフだ。

その人物は、エイミーの背後にある草むらの影から、音もなく現れた。

走るエイミーを追い掛けてきたはずなのに、息の一つも切らしていない。

「もう少し、水面下に居ておきたい。まだ集めるべき魔女がいるからね。教会に邪魔をされたくないのです。だから君を、生かして帰すわけにはいかない」

「ハッ……ハッ……、カハッ……！」

息がうまく吸えない。自然と歯が打ち鳴らされて、言葉が出ない。

それでもエイミーは振り返り、〝猟犬〟を——ロロを見た。

「悔いっ、改めなさい！　神なる竜は、竜は、争いを憎みます。あなたの行為を絶対に許さない！　神の怒りを買えば罰が……。あなたは必ず報いを受ける。必ず……報いをっ」

「………」

雲が動いて、ロロの顔を月明かりが照らす。あご髭《ひげ》の消えたその顔には、やはりまだ少年のような幼い印象が残っている。暗殺者ロロ・デュベルは怨嗟《えんさ》にも似たエイミーの説教を受けながら、それでもほとんど無表情のままエイミーを見つめ返していた。

「……報いを受ける、か。どうやって？」

つぶやきながら、ベルトの背中部分に隠していた二本目のナイフを取り出した。

「見る見るうちに暗雲が立ちこめて、ここに雷でも落としますか？　それとも大地が何の脈絡もなく割れて、竜が顔を出す？　いいよ。神の怒りなんて、どうだっていい。その神が俺たちの故郷を奪ったんだ。ならば戦うまでだ。相手が神だろうが、竜だろうが。俺たちキャンパスフェローの民はどんなに汚い手を使ってでも――」

やはりロロは一切の恐れを見せず。ダガーナイフを鞘《さや》から抜いた。

「君の神様を倒すよ」

「………」

それから一歩、エイミーに近づく。

「君たちの神様は、神父アントンを見捨てた。君のことは護《まも》ってくれるだろうか？」

「ふっ……ふっ……。当然です。当然」

エイミーは地面に尻を擦りながらも、ロロから距離を取ろうとして下がる。

「アントンさんは、見捨てられて当然なんです。だってあの人は……魔女を教会に隠して育ててた。性別を偽ってまで！　何か、良からぬことを企んでいたに違いないです。魔女を連れて森へ逃げるなんて。命を張って、厄災《やくさい》を護るなんて！　だから罰を受けたのっ」

ロロは足を止めた。

「……魔女は厄災。そんな想いに囚《とら》われているから、気付かない」

「気付かない？　何を……」

「どうして性別を偽ってまで、あの子を教会で育てていたのか。どうして命を賭《と》してでも、二人はあの子を護ろうとしたのか。それはあの子が、魔女だからじゃない」

「……？　わからない。じゃあ何で」

「照らし合わせるべきは年齢だ。一日中掛けて聞き集め、書字板《ディプテイク》にメモした数字。覚えているか？　神父アントンが初めて村を訪れた時、フランツィスカは十二歳だった。独居房に閉じ込められていた彼女を救い出したアントン氏は、長い監禁生活で弱った彼女を〈煉瓦《れんが》の町リッカ＝ミランダ〉の病院へと連れて行った」

「………」

「その三年後、神父アントンはリッカ＝ミランダの孤児院から、孤児ジャックを引き取った。

本当は女子であった孤児を、男子と偽ってまで、教会に置いた。その時のジャックの年齢は、三歳だ。生まれたのは、フランツィスカが病院へ連れて行かれた年」

「……まさか、子供？　ジャックは、フランツィスカの娘だっていうんですか？　水車小屋に閉じ込められていたフランツィスカは、妊娠していたと……？」

ロロは頷《うなず》いた。

「そう考えれば合点がいく。性別を偽るというリスクを負ってまで、ジャックを村に迎え入れた理由も。フランツィスカがあの子を庇《かば》って、魔女として焼かれた理由も。母と娘だったからと考えれば、それほどの献身も理解できる。そして何より君も見ただろう。あの子の、フランツィスカ譲りの赤い髪を」

「でも……誰との子？　アントンさん？」

「違う。彼が村を訪れた時、すでに妊娠していたのなら、相手は神父アントンではない」

「じゃあ、誰！」

「そこまで探る時間はなかった。けど少なくとも、彼女と暮らしていたミュラー氏は、彼女の妊娠を知っていただろうな。だから人目に付かぬよう、独居房に隠した」

「まさか……ミュラー氏が、ジャックの父親？　あり得ません。だって……ミュラー氏は、フランツィスカの父親なのに！」

「だが血は繋《つな》がっていない。彼にして見れば、フランツィスカは再婚相手の連れ子だ」

「それでもあり得ないですっ。だって独居房から救われたフランツィスカは、リッカ＝ミランダの病院を出たあと、また村に……エイドルホルンの水車小屋に戻ってます。病気になって、床《とこ》に伏しがちだったミュラー氏を支えて、粉挽きの仕事まで手伝っている。もしもミュラー氏がフランツィスカを乱暴した相手だったんだとしたら、そこまで献身的になれるはずがない。……もしも、私だったら、殺したいほど憎む相手を看病するなんて……絶対に無理」

エイミーは俯《うつむ》き、つぶやいた。その言葉には、そんな悲劇は認めたくないという願いが感じられた。この世界の善意をまだ、信じていたいという想いが。

「ふむ……ミュラー氏もフランツィスカも、そして神父アントンさえも死んでしまった今、ジャックの父親が誰だったのか、確かなことはわからない。だが少なくとも、アントンはジャックの父になろうとしていた」

ジャックが村へやって来たのは、三歳の時。フランツィスカは十五歳だった。

「母子の関係を隠すため、教会に暮らすジャックの髪は染められていた。最も染めやすい黒にな。当時フランツィスカは家でミュラー氏の粉挽きを手伝ったあと、毎日のように教会へ通い、ジャックの面倒を甲斐甲斐《かいがい》しく見ている。ご飯を食べさせてあげたり、湯浴《ゆあ》みをさせてあげたり。まるでおままごとのようだとグリーン氏は言ったが」

「……でも本当の、親子だった？」

「そうだ。神父アントンがジャックを孤児院から引き取ったのは、ジャックが魔女だったからじゃない。フランツィスカの子供だったからだ。それが不幸なことに、魔女だったんだ」

だが神なる竜は魔女の存在を赦《ゆる》さない。ジャックが邪神を召喚する魔女と知られれば、子供であっても容赦なく火刑に処されてしまうだろう。

「だから神父アントンは、規則を破ってまでジャックを教会に匿《かくま》った。フランツィスカは娘の代わりに魔女に成りすまし、火刑に処された。二人は祈るのをやめて、神や魔術師《ウィザード》を相手に戦ったんだ。愛する娘を護《まも》るために」

その覚悟が神を欺き、魔術師を出し抜いた。

二人は死んだが、それでもジャックは生き残った。

エイミーは目を伏せる。それではまるで、神に背いた彼らの勝ちみたいではないか。

――何してんの、神様。

「ふー……ふー……」

震える歯牙を噛《か》みしめて、息を落ち着かせる。死にたくない。ここで終わりたくない。

――けどたぶん神様は、エイミーを護ってはくれない。

雷鳴は轟《とどろ》かないし、地鳴りは起きない。死んだ後に救いがあるのかもしれないが、少なくとも今は、死ぬのだ。そう思うと再び涙が溢《あふ》れる。自分がいったい何をしたのだ。何て理不尽な世の中だろう。そう思うと、ふつふつと怒りが込み上げてきた。

――ああ。悔しい。

「それが今回の魔女騒動の真相。これから死ぬ君には、野暮《やぼ》な話だったかもしれないが」

ロロはエイミーに向かって、再び歩きだす。

これから行うのは戦闘ではなく、暗殺。得意分野だ。歩みながらあごの下を指先でなぞった。そこには少年時代、愛犬を殺せと命じた祖父に抗うために、自ら首を裂いた時の傷跡が残っているはずだった。言わば冷酷な暗殺者になることを、自ら拒否したという象徴。それが今や、初めからなかったかのように消えている。

〈港町サウロ〉で〝海の魔女〟に回復魔法をかけてもらった際に、ロロの身体《からだ》の傷はそのすべてが完治していた。くっつけた右腕の傷跡はもちろん、首の古傷さえも消えてなくなっている。

「我が祖父に言わせてみれば、『暗殺者は慟哭《どうこく》より生まれる』――」

甘さがゆえ、暗殺者になり切れなかった自分はもういない。今のロロは、甘さがどれほどの悲劇を生むのかを知っている。慟哭を知っている。

――だから大丈夫。殺せる。

地べたに座るエイミーの前で立ち止まり、ダガーナイフを握り直す。首を横一線。手早く速やかに、せめて与える痛みは最小限に。腕を動かそうとした――その時。

「………」

ロロの動きが止まった。

対峙《たいじ》しているのはエイミーであるはずだった。これから、首を裂いて殺そうとしたのは。だが月明かりの照らす長い髪は、いつの間にかオレンジ色から小麦色に変わっている。見下ろした顔は若い修道女《シスター》ではなく、中年男性のものだ。肌は生気のない土気色で、痩《こ》けた頬《ほお》には無精髭《ぶしょうひげ》が生えていて、瞳は虚ろに開かれている。

それでもロロはその男が、かつて不条理に挑む英気を湛《たた》えていたことを知っている。

身体《からだ》は修道女のままなのに、ロロを見上げるその顔は、エイミーの魔法によって〈火と鉄の国キャンパスフェロー〉を統治していたグレース家領主バド・グレースのものに変化していた。

だがそのディテールは歪《いびつ》だ。瞳の色はエイミーのものであるオレンジ色のままだし、レーヴェの広場に晒《さら》された首しか見ていないエイミーは、生きたバド・グレースの表情を知らない。だからその顔色は死んだ時のまま、土気色をしていた。どんな表情を作っていいのか正解がわからず、ぎこちない顔でロロを見上げている。

「……ふっ。ははっ」

その不格好さにロロは思わず、吹きだしてしまった。

「……何を、笑うの」

土気色のバド・グレースは――エイミーは、ロロがまた自分を蔑《さげす》んでいるのだと思い、憎々しげに睨《にら》み返した。だがロロはもう、エイミーを軽んじてはいなかった。これが修道女エイミーの戦い方なのだ。彼女は神に縋《すが》るのをやめて、戦おうとしているのだ。歪でも、不格好でも、自分にできる最大限の手段を使って。

「祈るのはもうやめたのか?」

「……やめてませんが?　ただ、これから私を殺すあなたに、最大限の嫌がらせがしたいと思ったら、自然とこんな顔になっただけです」

「ふふ、そうだな。……俺を憎んでいるのは、きっと神様じゃない。怒りを覚えているのは。悔しさを感じているのは。罰を与えたいと願っているのは、神様じゃなく、君自身だ」

ロロは一度ダガーナイフを宙に放り、キャッチして浅く持ち直す。

「それに気付いたのなら、君は俺が思っていたよりも、アホな子ではなかったのかもしれないな」

「ふっ……ふぅっ……」

「何か、言い残したい言葉はあるか」

その問いにエイミーはバド・グレースの顔のまま、泣き腫《は》らした瞳でロロを睨み上げた。

そして吐き出す言葉に、あらん限りの憎しみを込める。

「……地獄へ落ちろっ、クソ犬」

ロロは笑った。そしてダガーナイフを振りかぶり、眼前の修道女へと投擲《とうてき》した。

第四章

さようなら、ジャック

1

友だち同士でケンカになれば、自然と「バカ」だとか「とんま」だとか、相手を罵る言葉が口をついた。けれどジャックがそんな汚い言葉を使うたび、フランツィスカは「いけないよ」と注意する。

——バカと笑われたら悲しいでしょう？　そんなことを言ってくる子は、〝嫌な子〟だなって思うでしょ？　あなたも同じ言葉を使えば、あなたも同じ〝嫌な子〟になってしまうわ。

「フランツィスカは、ジャックにそんな子になって欲しくないの」

ほら、またほっぺが固くなってる。フランツィスカはそう言って、ムスッと膨《ふく》れたジャックの口の端を、人差し指で吊り上げる——笑って、ジャック。

「フランツィスカは、ジャックの笑う顔が好きよ」

いつもニコニコと笑っている人だった。フランツィスカは人の悪口を言わない。けれど村の人たちはフランツィスカと違って、〝嫌な子〟ばかりだった。彼らはフランツィスカや神父アントンに隠れ、コソコソと陰口を叩く。明らかにフランツィスカを仲間外れにしていた。

そういう人たちはフランツィスカのことが怖いんだと、神父アントンが教えてくれた。どんなに無視しようと努めても、人々は彼女の弾けるような笑顔や、赤い髪に目を惹《ひ》かれてしまう。自身の意思とは関係なしに、彼女を意識してしまう。彼らはそれが怖いんだと。そう聞くとジャックは、フランツィスカが、何だか特別な人のように思えた。

　確かにフランツィスカはよく目立つ。彼女が村のどこにいても、ジャックはその姿を見つけ出すことができた。人目を引く赤い髪を、フランツィスカはとんがり帽子で隠していたが、その特徴的なシルエットは、赤い髪以上に目立つように思えた。ジャックはいじわるを言ったつもりでそう指摘したのに、フランツィスカはどうしてか、嬉《うれ》しそうに笑う。

「だめだめ、もう脱げないわ！　だってこれ、最初は髪を隠すために被《かぶ》っていた帽子だけど、今はフランツィスカの宝物になっちゃんだもの！」

　フランツィスカは毎日教会へやってきた。いつも裸足《はだし》で、少し変なお姉さんだ。けれどジャックの一番の友だちだった。毎朝二人で水を汲《く》み、花壇の赤い花に水をあげた。二人で机を並べ、神父アントンの授業を受けた。

　読み書きの勉強が終わったら、教会裏の共同墓地で〝ウサギ食べごっこ〟をして遊んだ。ジャックがウサギ役となり、フランツィスカが野犬役となってそれを追い掛ける。森では二人して木の実を拾い、野草を摘《つ》んで、アントンのために夕ご飯を作ってあげた。三人で同じ食卓を囲み、まずいまずいと笑い合いながらご飯を食べた。

　教会で暮らす孤児ジャックには、村の他の子たちと違って両親がいない。フランツィスカに何の気なしに、どうしてと尋ねたことがあった。するとフランツィスカは声を潜め、誰にも喋っちゃいけないとびきり大切な秘密だと言って人差し指を立てた。

「……実はね、フランツィスカがジャックのお母さんなんだよ」

じゃあお父さんは？　と質問を重ねると、はにかみながら「アントンさん」と答える。その言葉がどこまで本当なのかはわからない。けれどジャックは、そうだといいなと思った。そうであって欲しいなと願った。

優しいアントンはジャックのために、薪《まき》を彫って木像を作ってくれた。どんな動物が好きかと尋ねられて、すかさず「ウサギ！」と声を上げる。お尻を床につけて座るウサギの木像を、ジャックは肌身離さず持ち歩いていた。フランツィスカが、アントンからもらったとんがり帽子をずっと被《かぶ》っていたように。


時々フランツィスカは、ジャックの短い髪を黒く染めた。ヘナや、ホソバタイセイの葉を粉末状にして混ぜ合わせた染料は、アントンの手作りだ。フランツィスカがそれをジャックの頭に塗り込んでいく。これは人に見られてはいけない秘密の作業であったため、教会の仮眠室で誰もいないときに行われた。

窓から光の差し込む部屋の真ん中にイスを二つ前後に並べて、腰掛けたジャックの後ろにフランツィスカが座る。指先でジャックの毛髪に染料を塗り込みながら、フランツィスカはよく歌を歌った。染髪が終わるまでじっとしていなくてはならなかったが、ジャックはこの時間が大好きだった。足をぶらぶらとさせながら、遊び歌に声を揃《そろ》える。

——〝もっともっと私を見て。こんなに美味《おい》しく実ったの〟

——〝お腹が空いてしまったなら〟〝そら、もぎ取って食べてごらんっ！〟

2

ジャックが〝ジャック〟と呼ばれるようになったのは、三歳の頃だった。

それまで暮らしていた〈煉瓦《れんが》の町リッカ＝ミランダ〉の孤児院が全焼し、住む場所を失った直後である。多くの子供たちが焼け死んだその火事の原因は、放火だった。孤児院に火を放ったのは、その施設で院長を務める女である。

——モズトルが私の子供たちを食べようとしたのよ！

捕らえられた院長は、声高にそう訴えた。放火の動機を、孤児院が〝堕ちた農耕神モズトル〟に支配されてしまったからだと証言したのだ。異教の邪神を炙《あぶ》り出すために、私は火を放ったのだと。その供述は支離滅裂《しりめつれつ》で、彼女は激務による精神衰弱によって錯乱してしまったのだと診断された。

孤児院が火事に見舞われたと聞いて、神父アントンは心配するフランツィスカを連れて町へ向かった。三年前にフランツィスカが人知れず生んだ子供——後のジャックは、火災を生き残った数少ない子供のうちの一人だった。

火災発生からそう何日も経《た》たないうちに、アントンは負傷した子供たちの入院する病院を突き止めた。だが見舞いが禁じられていたために、アントンは夜中にこっそりフランツィスカを連れて、ジャックの眠る病室へと忍び込んだ。フランツィスカがジャックの顔を見たのは、これが初めてのことだった。

孤児が眠るには上等な部屋で、開いた窓にはカーテンが垂れていた。夜空には丸い月が浮かんでいる。深夜のためロウソクは灯《とも》されていなかったが、窓からの柔らかな月明かりが、すやすやと眠るジャックの顔を照らしていた。おやつを食べながら寝入ってしまったのか、涎《よだれ》でふやけたビスケットを手に握っている。

フランツィスカは、ジャックが眠るリネンのベッドに腰掛けた。

胸をわずかに上下させ、静かな寝息を立てる我が子を見つめる。ジャックはその時、孤児院から女の子の名前を与えられていたが、孤児院における集団生活の中で洗髪の手間を減らすためか、その髪は短く刈られていた。

恐る恐る手を伸ばし、その頭に手を触れる。

「……可愛《かわい》い」

自分と同じ赤い髪。色は同じなのに触ってみると、柔らかい。薄い唇に、丸い鼻。短いまつげに、小さな耳。どこを見ても愛しく、触れたら壊れてしまいそうなほど繊細なこの生き物が、村で虐げられている自身の身体《からだ》の中から出てきたということが、とても信じられない。

「抱っこしてみては？」

ベッドのそばに立つアントンが提案して、フランツィスカは驚いた顔で振り返った。

「いいの……!?」

「もちろん。むしろタイミングは、今しかないかも」

ジャックの出生は秘密だ。孤児院では実の親との面会が禁じられていたため、余計な詮索を避けてアントンは、これまでフランツィスカを孤児院へ連れて行くことはしなかった。だが火事を生き延びた我が子を抱き締めることくらい、神様も許してくださるだろうと思ったのだ。

フランツィスカはスカートで手のひらを拭いて、眠るジャックを抱き起こした。三歳ともなれば結構重たい。それでもそっと身体を持ち上げて、ぎこちないながらも膝《ひざ》の上に抱く。

「にゃむにゃむ……」と夢心地のジャックを、ゆりかごのように揺らした。

「ふふ。フランツィスカ、お母さんみたいねえ」

「…………」

「ねえアントンさん」

ジャックの寝顔に優しい眼差《まなざ》しを落としながら、フランツィスカは尋ねた。

「この子はどうなるの」

「町の孤児院は焼けてしまいましたから……。きっと新しい施設へ移されるでしょう。この町からは離れることになる」

「村に連れて帰っちゃ、いけない？」

その提案は、ある程度予想できていた。アントンは首を横に振る。

「ダメです。村の教会には置いてはおけません。僕は妻帯者ではないからね。前も言ったけれど、独身男性が女の子を引き取ることはできないのです」

「奥さんがいたらいいの？　じゃあフランツィスカがアントンさんのお嫁さんになるわ」

「無茶を言わないで。君はまだ十五歳でしょう」

「…………」

フランツィスカはジャックを見つめたまま、その柔らかな頬《ほお》を曲げた人差し指で摩《さす》った。

「……でも置いていけないわ。この子を、一人ぼっちにはさせられない」

その声はわずかに震えている。

フランツィスカは顔を上げ、アントンを見返した。

「赤い髪でも大丈夫かな？　仲間外れにされない？　傷付けられない？　ねえアントンさん。フランツィスカはこの子が泣いているとき、そばにいてあげたいよ。この子の味方をしてあげられるのは、フランツィスカたちだけなのよ？」

いつもニコニコと笑っているフランツィスカが、赤茶色の瞳を濡らしている。

鼻がしらを赤くして、唇を震わせて。悲痛な面持ちでアントンに訴える。

「ねえ、アントンさん。お願い」

窓からの夜風にカーテンが膨《ふく》らむ。音もなく差し込んだ月明かりが、フランツィスカの頬を伝う一筋の涙を光らせた。アントンはその光景に慈愛を見る。唯一の肉親であった母親に先立たれ、寂しさに耐えながら生きてきたフランツィスカの境遇を思うと胸が詰まった。

「………………」

「お母さんは子供を見捨てちゃいけないんだよ。絶対に」

そう言ってフランツィスカは、我が子を強く抱き締めた。

「絶対に、絶対に――」

「フランツィスカ……」

その時、緩く握り締められたジャックの手の中から、ぽろりとビスケットがこぼれ落ちた。

瞬間、転がったビスケットを中心にして、床に円形の魔法陣が浮かび上がる。ベッドの下やベッド脇の台にまで伸びる大きな魔法陣だ。複雑な模様と古い文字で構成された魔法陣は発光し、とぷんっと食べかけのビスケットを飲み込んだ。

「何……？　これ、アントンさん！」

「魔法陣でしょうか。これはいったい……」

直後、ジャックを抱くフランツィスカの頭上で空間が歪《ゆが》む。キリキリと捻《ねじ》れた渦が二つ。フランツィスカはベッドに腰掛けたまま、ジャックを胸に背中を丸めた。どこからか風が起こり、窓際のカーテンが大きく翻る。「きゃあっ」と叫んだフランツィスカにアントンが覆い被《かぶ》さる。

程なくして、辺りは静けさを取り戻した——が。

「……うおっ」

身体《からだ》を起こしたアントンは、びくりとして身を屈めた。先ほどまで渦巻いていた空間に、二つの巨大な手首が浮かんでいたのだ。明らかな異様。間違いなく、魔法だ。アントンの脳裏に過《よぎ》ったのは、孤児院に火を放った院長の言葉だった。

——モズトルが私の子供たちを食べようとしたのよ！

かつて魔術師《ウィザード》になりたかったアントンは、多くの魔術に関する文献や神話本に目を通している。そうやって得た知識の中に、〝堕ちた農耕神モズトル〟に関するものもあった。自身の息子を果実に変えて食べてしまい、両手首を切り落とした異教の邪神モズトル。孤児院に火を放った院長の言葉を信じるなら、ジャックが召喚したこの両手は——。

「……モズトルの、斬《き》り落とされた手首？」

両腕はただ宙で静かに揺れるだけ。動こうとしない。顔を上げて驚くフランツィスカの胸の中で、ジャックは手首が揺れるのと同じリズムで胸を上下させ、眠り続けていた。


町に滞在して二日目に、アントンはフランツィスカの子を病院から連れ出した。

孤児院でつけられた名前ではなく、新たに〝ジャック〟という男性名を与える。赤い髪は黒く染めて、フランツィスカとの親子関係を隠し、男の子として育てることにしたのだ。それは無論、ルーシー教の神道に反することだった。

村へ戻る途中、荷馬車の荷台に揺られながら、アントンは肌身離さず首から提げている、白き竜のペンダントを握り締めた。懺悔《ざんげ》の気持ちを込めながら。

「……僕は神父失格だな」

孤児ジャックには魔法の才能がある。神父としては、この事実を速やかに教会へ報告するべきだったのかもしれない。だが呼び出すのは異教の邪神であり、その魔法は洗礼なく使用されて孤児院の院長をくるわせた。リッカ＝ミランダの孤児院は、ルーシー教教会とも深い関わりのある施設である。そんな宗教施設の、多くの子供たちが犠牲となった火災の原因であるとすれば、魔女認定される恐れは充分にあった。一度魔女と判決が下されてしまえば覆すことは難しい。火事を生き残ったフランツィスカの子を、火刑場に送りたくはなかった。

「でもきっと、いいお父さんになるわ」

そばに座るフランツィスカは、アントンの不安を吹き飛ばすように、欠けた歯を覗《のぞ》かせて笑う。その太ももを枕にして、ジャックがすやすやと眠っていた。

かつて神父アントンには夢があった。魔術師となり、困っている人々を奇跡たる魔法で助けたかった。しかし神なる竜は、アントンに魔法の才能をくださらなかった。寝る間も惜しんで努力したのに。知識では誰にも負けない自信があるのに。神は研鑽《けんさん》に励む自分にではなく、誰か別の適当な者に才能を与える。いい加減に。曖昧《あいまい》に。

そしてアントンは、寒村の神父を務めるに至った。

努力は報われない。神は見てくださらない。なら何を信じればいい？

——もしかして僕は、神に失望してしまっているのかもしれない。

多くの人を助けることは叶《かな》わない。ならばこの手の届く人だけでも。自分を慕うフランツィスカや、その子供ジャックだけでも幸せにしたい。

「あと三年経《た》ったら、派遣神父の任期が終わって僕は町へ戻されます。そうしたら満期報賞が出る。それを貰《もら》って僕は、神父を辞めようと思います」

「え？　辞めてどうするの？」

「さあ、どうしよう。どこか遠くへ旅に出ましょうか？　ジャックも連れて三人で」

「フランツィスカたちも行っていいの⁉」

「もちろん。ジャックにいつまでも男の子の振りをさせておくわけにはいかないしね。報賞が貰えれば何とかなるでしょう。あと三年……ジャックが六歳になったら、一緒に村を出よう」

「うん。ジャックが六歳になったら」

フランツィスカは、寝ているジャックを抱き寄せる。そうしてアントンの肩に、頭をもたれた。今だって充分に幸せなのに、三人で旅をしたらきっともっと楽しい。何よりアントンの描く未来に、自分やジャックがいることが嬉《うれ》しかった。

だがその計画は実らない。待ちに待った三年後。ジャックが六歳を迎えた年に、〈灰の村エイドルホルン〉を飢饉《ききん》が襲った。

3

それは神父アントンが任務を満了する直前に起きた。

後に〝ワラの十三か月〟と呼ばれるようになる飢饉が辺り一帯を襲い、人々は飢えに苦しんでいた。教会の食糧事情もまた逼迫《ひっぱく》していた。町からの配給は滞り、小麦も底を突いて、野草や木の根を噛《か》んで飢えを凌《しの》ぐ日々が続いた。村には栄養失調で倒れる者も現れて、為《な》す術《すべ》をなくした人々は連日教会を訪れ、神なる竜に祈りを捧げる。

そんな時だ。ジャックの行方がわからなくなったのは。

野草を千切って乾パンと煮て、量ばかりを増やしたパン粥《がゆ》を食べた後、ジャックは姿をくらました。調理場で彼と一緒に食器を洗っていたフランツィスカは、目を離した隙《すき》にいつの間にかいなくなったと言って青ざめた。責任を感じていた。夕食時、たった一杯のパン粥だけでは足りないと駄々をこねて、アントンやフランツィスカを困らせたばかりだったから、ジャックはもしかして何か食べるものを探しに行ったのかもしれない。

「森へ入っていなければいいのですが……」

つぶやいたアントンの顔を、フランツィスカが泣きそうな表情で見つめる。

二人は手分けして村を駆け回った。空が赤く、夜が差し迫っていた。

ジャックがエイダ夫婦の所有する家畜小屋で見つかったのは、日が沈みきったあとのことだった。


ランタンを手に森の近くを捜索していたアントンは、通りすがりの村人からジャックの発見を聞かされた。どうやら彼は村の家畜小屋で倒れていて、フランツィスカもそこにいるという。

アントンが駆けつけた時、小屋の周りにはたくさんの村人たちが集まっていた。吐息が口元に白く滲《にじ》む寒さの中、人々はランタンを手に家畜小屋を遠巻きに見つめている。

アントンは人垣を割り、村人たちを押《お》し退けて小屋へと近づいていく。すれ違いざま、口々に交わされる会話が耳に入ってくる。「可哀想《かわいそう》に」「齧《かじ》られているらしいわ」「死んだのか？」「中は酷《ひど》い有り様なんだって」「見ないほうがいい」――。

表情を歪《ゆが》ませ、声を潜めて。誰も彼もが家畜小屋で起きた惨劇《さんげき》に怯《おび》えていた。

「やっぱりあの〝惚《ほう》け〟め、魔女だったんだ」

その言葉にアントンは顔をしかめる。〝惚け〟とは、フランツィスカを差す蔑称である。

――フランツィスカが、魔女？

そのフランツィスカがちょうど村の男たちに先導され、小屋から出てきた。

小屋のそばに立つブナの木が枝葉を広げていて、紅葉を散らしている。赤や黄色の落ち葉が舞い散る中を、フランツィスカが歩いていく。つばの広いとんがり帽子に赤い髪。手首には麻縄が巻かれていた。いつも着ているワンピースや素足が、鮮やかなピンク色の液体に染まっている。

「フランツィスカ……！」

フランツィスカは村人たちに促されるまま呆然《ぼうぜん》として歩いていたが、駆け寄ってくるアントンの声を聞いて顔を上げた。その口元も、べったりとピンク色に濡れていた。

走ってくるアントンと視線を合わせたフランツィスカは、小さく首を振った。近づいて来ないでと、赤茶色の瞳がそう訴えていることに気付き、アントンは足を止めた。

フランツィスカは、背後の家畜小屋へと目配せをする。

「…………」

アントンは足早に小屋へと向かった。止める男たちの声を背中に聞いたが、無視をして扉を開き、中へ入る。血と糞尿の混じった臭いに、甘ったるい香り。薄暗い小屋の中には異臭が漂っていて、アントンは眉根《まゆね》を寄せた。

確かに酷い有り様だ。辺り一面に飛び散ったピンク色の液体には粘度があって、壁や天井から粘り気を帯びて垂れている。ピンク色の血だまりに倒れた仔ヤギには首がない。下半身が千切れ、内臓を剝《む》き出しにした親ヤギはまだ生きていて、耳をつんざく鳴き声を上げながら、立ち上がろうとしている。

「エエエエエエエッ……！」

アントンは鶏小屋の裏に、横になった子供の足先を見つけた。駆け寄ると、ピンクの血に塗れたジャックが仰向けに寝かされている。その小さな身体《からだ》を隠すように、ワラが覆い被《かぶ》せられていた。そのそばには、いつも抱いていた木彫りのウサギが転がっている。

「ジャックっ……！」

耳をその鼻先に近づける。息をしている。胸も上下している。頰《ほお》が赤く上気していて、首に触れると熱かったが、それでもジャックは死んでいなかった。手足に触れてみても、歯形や外傷を負った様子はない。ジャックの身体についたピンク色の血は、ジャックのものではない。フランツィスカによって塗られたものだった。

「…………」

いったいどういう現象なのか。指先についた液体を嗅《か》ぐと、甘い香りがする。これは――。

「水飴……？」

アントンは立ち上がり、改めて小屋の様子を眺めた。床に転んで死んでいる三羽の雌鶏《めんどり》は身体が茶色く変色し、焼き菓子と化している。親ヤギの零《こぼ》れた腸はプレッツェル。零れた内臓にはまるでワッフルのような編み目がある。お菓子だ。家畜たちは生きたまま菓子に変えられ、齧《かじ》られたのだ。ヤギは懸命に足を動かし続ける。表面をこんがり焼いた、細長いバゲットのような脚を。

「ゲェェェエエエエエッ！」

アントンは振り返り、眠り続けるジャックを見下ろす。

「ジャック、君は……。魔法を使ってしまったのですか？」

三年前に村へ連れてきた当初から、アントンはジャックに、魔法を使わない教育を行ってきた。食べ物をシェアすることがモズトル召喚の方法であることを突き止め、ジャックにそれを禁じていた。その甲斐《かい》あってこれまでに、ジャックが人前で魔法を使用したことはなかった。教育は成功していたのだ。そして魔法とは離れた環境に置くことで、このまま魔法を忘れてしまえばいいと思っていた。それなのに。

憎むべきは、ジャックに我を忘れさせた飢餓か。異教の神か。あるいは神なる竜がアントンの悪心を見抜き、試練を与えているのかと邪推した。

4

フランツィスカは、ジャックを庇《かば》って魔女のフリをしたのだ。

アントンは小屋へ入ってきたエイダの夫にジャックの容態を尋ねられ、すでに絶命していると伝えた。ヤギや雌鶏《めんどり》と同じように、身体《からだ》の一部をお菓子に変えられて、齧《かじ》られてしまっているると。家畜たちの見るも無惨な姿を目の当たりにした後に、あえてジャックの遺体を確認しようとする者はいなかった。

アントンは眠り続けるジャックの身体を、小屋にあったシーツで包み込み、教会へと連れ帰った。ジャックを仮眠室のベッドに眠らせ、子供用の棺を用意する。そして共同墓地に杭《くい》を打ち、簡易的なジャックの墓を拵《こしら》えた。

魔女災害が発生したとなると、遅かれ早かれ村に異端尋問官がやって来るだろう。詳しく調べられれば、ジャックの性別も出生の秘密も、白日の下に晒《さら》されてしまうかもしれない。当然三年前の孤児院での火災も関連を疑われ、追及を受けることになるだろう。異端尋問官たちは、六歳の子供にも容赦はしないはずだ。捕まれば火刑は免れない。

そして魔女ジャックを産み、庇《かば》ったフランツィスカにも罰が科されるかもしれなかった。ならば二人を護《まも》るために、ジャックはこのまま死んだことにして、人々の関心を逸《そ》らしておきたい。そうしてフランツィスカを連れだし、一刻も早く村を離れるのだ。

掘った穴に空の棺を埋めたアントンは、村を出る準備を始めた。買い集めた魔術書の中から、召喚魔法や農耕神モズトルに関する書籍を選んで肩掛けカバンに入れる。

夜明け前になり、ふと窓の外を見た。薄明かりの空に、黒煙が立ち上っていた。

川の水面が炎を映し、テラテラと光り輝いている。

村人たちが川沿いの水車小屋へと集まっていた。火の粉を散らして燃え上がる、離れの独居房を取り囲んでいる。その最前で松明《たいまつ》を掲げているのは主に若者たちである。「死ね」だとか「ざまあ見ろ」だとか、中に閉じ込められたフランツィスカに向かって、口々に汚い言葉を投げ掛けていた。

駆けつけたアントンは、その光景に目眩《めまい》を覚えた。フランツィスカは、長年ともに過ごした村の仲間ではなかったのか？　なぜこうも簡単に閉じ込め、火を放てる。なぜこうも簡単に殺そうとすることができる。

若者たちを先導していたのは、背が高くてガタイのいいハンサムな男だった。男らしい眉《まゆ》と太いもみあげ。この寒さに相応《ふさわ》しくない薄手のシャツが、厚い胸板に張っている。領主の息子イサクである。彼は燃える松明を掲げ、声高に叫んだ。

「観念しろ、魔女め。俺様の勝ちだ！」

アントンはイサクを背後から通り越し、燃える独居房に駆け寄った。

真実を確かめようともせず、閉じ込めた牢にただ火を放って何が勝利か。彼らは愚かだ。彼らは弱い。それが無性に悲しかった。隣人を愛せず、他者を信じられず、傷付けられるのが怖くて、傷付ける。そのくせ自分は可愛《かわい》くて、愛して、赦《ゆる》してと神に縋《すが》るのだ。

何と浅はかで、何と無様で、何と憐れな者たちだろうか。

「おい神父！　何のつもりだ！」

独居房のカンヌキを抜いた直後、イサクに肩を摑《つか》まれて、扉の前から引き離される。

「それに触るな。領主命令だ！」

「あなたたちにはっ！」

振り返ったアントンの手元を見て、イサクが「おおっと」と距離を開ける。辺りからもわっと声が上がった。アントンが手に握っていたのは、護身用に持ってきたナイフだ。

アントンは、ナイフの切っ先をイサクへと向けている。その目は涙で滲《にじ》んでいた。これは彼らを憐れむ涙だ。神父としては赦《ゆる》すのが職務。だが彼らに対しては、諦めが勝って赦せない。愚かすぎて救いようがない。これは神父としての決別の涙だ。

「あなたたちには、人の心がないのですか。彼女は昔からこの村に住む、村人の一人では？あなただって彼女のことを知っている。なのに慈悲もなしに焼くのですか」

「焼くさ。村を穢《けが》した魔女だ」

「ですが〝フランツィスカ〟です。意思は通じる。言葉も交わせる。魔女は厄災《やくさい》ではなく、人間です」

「はははは っ」

白い歯を剝《む》いて笑うイサクの横顔を、炎の灯りが照らしている。

「あんた神父失格だな？　じゃあどうしろっつうんだよ、あの女」

「私に一任していただけませんか？　馬を一頭お譲りください。彼女を連れて村を出ます」

飢饉《ききん》の最中である。飢えは村にいる馬をも痩せ衰えさせ、この時まともに走れる馬は、領主の館に数頭しかいなかった。

「魔女は私が責任を持って引き取り、二度とこの村へは戻ってこないと誓いましょう。この災害を内々に処理できれば、魔女を生んだという風評被害からも免れる。穏便に終わらせることが村にとっても最善かと」

燃える炎を映してアントンの瞳が揺れている。

イサクはニヤニヤと笑いながら、探るような目でアントンを見た。

「お前が事を治めるってのか？　育てた孤児を食われてんのに、なぜあの女を庇《かば》う？」

「…………」

「まさか、惚《ほ》れてんのか？」

野暮《やぼ》な質問に失笑する。答えは〝だから何だ〟である。

応えないアントンに、イサクは肩を竦《すく》めた。

「気持ち悪ぃ」と地面に唾《つば》を吐く。

「いいだろう。このイサクが神父さん、あんたに慈悲をくれてやるよ。だがな、大事な馬をお前なんかには渡さない。魔女と、それを庇うお前には罰を与えなきゃならない。普通に逃がすわけにはいかんだろう。そこでだ」

イサクが指差した先は村の出入り口ではなく、その反対方向。黒々とした木々のそびえ立つ、森だった。薄明かりの空に枝葉を広げた禍々《まがまが》しいシルエットが、朝風に騒がしく揺れている。

「お前らが追放される先は町じゃなく、森だ。普通なら野犬に食われるか、森の主に首を飾られるか……。だが魔女ならあるいは、生き延びることもできるんじゃねえか？」

薄ら笑いを浮かべながら、イサクは試すように尋ねる。

朝風は独居房を焼く炎を大きくした。火の粉が舞い上がり、人々がわっと声を上げる。

「……感謝します」

アントンは抜いたカンヌキを手に燃える独居房へと向かい、その扉を開いた。

フランツィスカは、牢のほとんど真ん中で手首を縛られたまま、目を閉じて座っていた。

扉が開いて風が吹き込み、壁を伝う炎がいっそう大きく燃え上がる。

顔を上げたフランツィスカは、入ってきたのがアントンだと気付いて首を振った。このまま独居房の中で、魔女のフリをしたまま焼け死ぬつもりでいるのだ。自身が孤児や家畜を襲った魔女として死ねば、ジャックへの追及を回避できると、そう考えて。

「だめ、アントンさん。帰って」

アントンはカンヌキを手放し、一歩牢へ足を踏み入れた。当然、彼女は無実だ。もしもアントンが何もしなければ、神なる竜は無実のまま焼かれようとするフラツィスカを助けていただろうか？　今のアントンなら、自信を持って言える。答えは、否だ。

――神は、何もしてくれない。

「危ないから、帰って」

フランツィスカの前に膝《ひざ》をつき、持っていたナイフで手首に巻かれた縄を断ち切る。

義理の父に虐げられ、村八分にされたフランツィスカを、神は助けなかった。今もあの時も同じだ。六年前。初めてフランツィスカと出会ったのは、この独居房の中だった。あの時、僅か十二歳だった彼女をここから救い出したのも神ではなく、アントンだった。

フランツィスカの手首を解放したアントンは、その身体《からだ》を抱き締めた。

「帰って。もう帰って、アントンさん、アントンさん」

言いながらもフランツィスカは、アントンの背中に腕を回した。

その声が――痩せ細った身体が震えている。

死への恐怖に抗いながら、我が子を護《まも》ろうとする献身を、アントンは美しいと思う。

「……村を出ましょう。フランツィスカ」

神への不信。人間への不信。アントンの胸に渦巻く迷いが、フランツィスカの抱擁で晴れていく。何だ、簡単なことじゃないか――信じるべきは、この美しさだ。この美しい人を焼こうとする者がいるのなら、そのすべてが悪だ。

立ち上がったアントンは、フランツィスカの手を引いて牢を出る。

――神なる竜よ。どうか私たちを、放っておいてください。

そうして首から提げた竜のペンダントを握り締め、力強く引き千切った。


「本格的な冬が訪れる前に、森を抜けましょう」

アントンとフランツィスカは、昼でも薄暗い森の中を歩き続けた。

二人は馬を得られなかったが、教会で飼っていたヤギを一匹だけ連れていた。眠るジャックの小さな身体《からだ》は、村を出るまでヤギの背中に載せる荷物として紛れ込ませた。森の中を行く今は、アントンが負ぶっている。農耕神モズトルの召喚でよほど体力を消耗してしまったのか、ジャックは災害発生から一晩が経《た》ってもまだ眠り続けていた。

ヤギのリードは、フランツィスカが握っていた。食糧不足の不安は尽きないが、幸いにもこのヤギはまだ少し乳が出る。森の中には小川もあるし、野犬に気をつけながら歩き続けることができたなら、森を抜けることも不可能ではないとアントンは考えていた。

「森を抜けたら、〈花咲く島国オズ〉へ渡りましょう。そこはルーシー教圏外ですから、僕たちのことを知る者はいない。リッカ＝ミランダよりも、ずっと安全に暮らすことができるはずです」

木々の隙間《すきま》から朝日が差し込む。辺りは小鳥の鳴き声に満ちている。アントンは昇る太陽の方向を見て、西へ西へと進んでいく。不安を払拭するように、歩きながら彼は喋り続ける。

「オズ。一度行ってみたかったんです。色鮮やかな花々が咲き誇る、美しい国なのだそうですよ。しかも大陸じゃ見られない物珍しいアイテムがたくさんあるんだって。小さな文字を大きくするレンズだとか、食べても美味《おい》しい煙だとか。あと、空に浮かぶ不思議なバスケット！　それに乗って空中散歩を楽しんだという旅人の話を聞いたことがあります。フランツィスカは、そういうの好きそうですよね」

「魔法？」

ややや後ろを歩いてついてくるフランツィスカが顔を上げる。

アントンはその顔を横目に見る。

「いいえ、魔法じゃありません。〝科学〟だそうです」

「うそだ。絶対うそ」

「行って確かめてみましょう。正直なところ、私も信じられません」

朗らかに笑い合う二人だが、話題がなくなり沈黙が続けば要《い》らぬことを考えて、モヤモヤと気持ちが重たくなる。フランツィスカは草を踏む足音に、そっと言葉を重ねた。

「アントンさん、ごめんね」

「いったい何の謝罪ですか？　ジャックの魔法のこと？　ジャックの代わりに、独居房で焼け死のうとしたこと？　それとも、村を出なきゃいけなくなったことでしょうか」

「ぜんぶ」

「ぜんぶ、君が謝ることではないよ、フランツィスカ。ジャックは魔法使いになりたくてなったわけではないし、そんなあの子を庇《かば》おうとした君の気持ちを、私は尊重したい。私は今、君やジャックを護《まも》ることができて安心しているのです」

「……ありがとう。アントンさん」

「よろしい。感謝の意なら受け取りましょう」

アントンは「よいしょ」とジャックを背負い直した。そしてふと、すうすうと寝息を立てていたジャックの呼吸が、荒くなっていることに気付く。ジャックの負ぶさる背中が熱い。

すぐにその場でしゃがみ込み、ジャックを前に抱き直す。

「……いけない。発熱している」

フランツィスカも目の前に屈んだ。ジャックの赤く上気した頬《ほお》に触れる。

「熱？　どうしよう、アントンさん」

「とにかく……どこかで休みましょう。寒さを凌《しの》げるような場所があればいいけれど」

するとフランツィスカが声を上げた。

「小屋があるわ！　森の中に」

「炭焼き職人たちの使う小屋ですか？　確かに今の時期なら使われていないだろうけど……。どこにあるかわかりません。この広い森の中を運に任せて彷徨《さまよ》い歩いても……」

そう言うアントンに、フランツィスカはあらぬ方向を指し示した。

「私、わかる。森の道には、印がちゃんとついているのよ」

フランツィスカが指差したのは、とある木の幹だ。よく見ると、そこには人為的に傷がつけられていた。

「道、ちゃんとわかるの。印を辿《たど》って何度か行ったことあるもの。昔ね」

「何度か？　どうして」

「だってフランツィスカ、友だちがいないじゃない？　一人でよく森に入って、遭難ごっこして遊んでいたから」

「遭難ごっこ……何と危険な遊び」

褒《ほ》めたわけではなかったが、フランツィスカは「えへへ」とはにかんだ。

森の中に設けられた小屋は、思いのほか使えた。木組みの屋根や壁は丈夫で、暖炉《だんろ》があって寒さが凌げた。ワラのベッドでジャックを休ませてあげることもできたし、隣接する調理場にはカマドまで設置されている。

小屋に辿り着いたその日の夜。魔女災害から一日が経《た》ってようやくジャックは目を覚ました。自分がどうして知らない小屋に寝かされているのか不思議がっていたが、アントンとフランツィスカの顔を見て安心し、砕いた木の実を少し食べてまた眠った。

フランツィスカは、ジャックを胸に抱き締めた。

「お腹が空いても、人を襲わなかったジャックは偉いよ」

そう耳元に囁いて、黒く染めた短い髪を撫《な》でる。

「ジャックはちゃんと人間だよ。大丈夫。フランツィスカたちが、ずっとそばにいるからね」

ジャックもフランツィスカも、そしてアントンも疲れ切っていた。身体《からだ》も心も落ち着かせて休みたい。まだ時間はたっぷりあるはずだと、アントンはそう考えていた。

今回発生してしまったこの魔女災害を、内々に収めようとイサクには提案したが、辺境の村とはいえ、村民たちが目の当たりにした大騒動を、秘密にし続けることは難しいだろう。他人の不幸は娯楽だ。そのショッキングな事件は好奇心を伴って人から人へと伝わり、噂話となって近いうち、リッカ＝ミランダへと届くはず。そして魔女関連の事件となれば、異端尋問官が動きだす。

だが彼らが村へやって来るまでには、まだ猶予がある。

その間に、小屋で体力を回復させておきたい。このまま冬となり雪が降れば、環境はより過酷なものになるが、それは追跡者を諦めさせる要因にもなり得る。雪が積もれば、むしろ有利だ。小屋は村から孤立し、尋問官たちの追跡を阻むだろう。森を彷徨《さまよ》いながら冬を迎えるよりも、このまま小屋で春を待って出発したほうが、リスクは小さいように思えた。

翌日になり、元気を取り戻したジャックはフランツィスカと木の実を拾い、小川で水を汲《く》んできた。食べられるものは少ない。ひもじさは村にいた頃と変わらない。だがそれでもここは村と違って、人目を気にしなくてもいい自由があった。小屋の前の広場を走り回るジャックと、それを追い掛けて笑うフランツィスカの姿を、アントンはテラスに立って眺めていた。

彼女たちのいる日常を見ていると、つい緊張の糸が緩んでしまう。こんな日々が続けばいいと願う。ささやかながら、幸せな暮らしが。

だがアントンは神なる竜の執拗《しつよう》さを侮っていた。まだ時間はあったはずなのに。異端尋問官たちが小屋を訪れたのは、アントンたちがここに暮らし始めてからわずか六日目のことだった。

5

ドンドンと二度、ドアは叩かれた。殴るような重たいノックだった。

早すぎる。窓に垂らした羊皮紙の向こうに、法衣を着た魔術師《ウィザード》たちの姿を確認し、アントンは狼狽《ろうばい》した。魔女災害発生の情報は、早くもリッカ＝ミランダにまで届いていたというのか。

町から村までの距離は、馬を走らせても二晩は掛かる。そう考えれば、魔女災害が発生してからたった七日で異端尋問官たちがここまで辿《たど》り着いたのは、異様な早さである。

アントンの知る限り、異端尋問官とは噂一つで動くような機動の軽い組織ではない。魔女災害発生の確固たる情報を与え、要請でもしない限り――と、ここでアントンは気付いた。簡単なことだ。自分たちが森へ入った直後に、イサクが早馬を町へ出して要請したのだ。魔女災害を公にし、事の顚末《てんまつ》を教会に伝えて、正式に魔女討伐を依頼したのだ。イサクはフランツィスカを見逃すと言ったが、その言葉は信じるに値しなかった。最後に人を信じてしまった、自分の甘さが悔やまれる。

異端尋問官たちの後ろには、丸い帽子を被《かぶ》った炭焼き職人ゲオーグの姿があった。森歩きに慣れていない尋問官たちを、この小屋まで案内したのだろう。村人たちすべてが敵だ。誰も彼もがフランツィスカを焼こうとする。アントンはその姿を睨《にら》み、奥歯を噛《か》みしめる。

「アントンさん……」

ハッとして振り返ると、暖炉《だんろ》のそばにフランツィスカとジャックが立っていた。

不安そうに手を繋《つな》ぐ二人の姿を、ゆらゆらと揺れる暖炉の炎が照らしている。アントンは努めて笑みを浮かべた。ただそれはキツく唇の結ばれた、酷《ひど》くぎこちないものとなった。

「私が時間を稼ぎます。二人は調理場の裏戸から逃げてください」

唇を濡らし、乱れた髪を手ぐしで整えながら息を整える。

ドンドン、と重たいノックが繰り返された。

「神父アントン。中にいますね？」

ドアの向こうから聞こえる声は、まるで怪物の唸《うな》り声のように低く臓腑《ぞうふ》に響いた。アントンはドアノブを掴《つか》む。向こうから押し開かれないように。そして、すぐに開けて出られるように。

「今出ます」

短く答えて振り返り、今一度フランツィスカに目配せをした。早く向こうへ行ってくれと。

「……行こう、ジャック」

フランツィスカは神妙な面持ちで頷《うなず》き、ジャックの肩を抱いた。彼女たちの姿が調理場の奥へと消えた直後に、アントンはドアを少しだけ開いた。

「君が神父アントンか。なるほど……信心深い顔立ちをしている」

低く轟《とどろ》く訪問者の声を、フランツィスカは背中で聞いた。ジャックの手を引いて、調理場の裏戸から外へ出ようと試みる。ところがカマドのそばにある窓の向こうに、法衣を着た男が見えて足を止めた。

男は剣身に布をグルグルと巻いた、大きな剣を胸に抱いている。キョロキョロと辺りを見回しながら、明らかに小屋から出てくる者がいないか、見張っている様子だった。

「どうしよ、どうしよ……」

戸棚はあまりにも狭く、カマドには運悪く火がくべられていて身を隠す場所が見当たらない。慌《あわ》てるフランツィスカのそばで、状況の理解できないジャックは戸惑っていた。

窓の向こうの男が裏戸へ近づいて来たので、フランツィスカはジャックを自分の前に引き寄せた。窓外からの視線を避けて壁際に後退《あとずさ》りする。アントンのいる隣の居間と、調理場とを隔てる壁だ。扉のない調理場の、出入り口のすぐそばである。居間からは死角となるその場所で息を殺し、ジャックの背後から腕を回して抱き寄せる。

「フラン……ツィスカ……？」

ジャックはフランツィスカを見上げた。

「しー……。静かにしていれば、大丈夫」

フランツィスカは人差し指を唇の前に立て、微笑《ほほえ》む。笑うのが上手なフランツィスカらしく、アントンのそれと比べれば滑らかな笑顔だ。だがつばの広いとんがり帽子で、その顔は陰っている。

「愛とは何だ！」

居間から聞こえた異端尋問官の声に、フランツィスカはびくりと肩を跳ねさせた。

アントンと尋問官の会話が続いている。

「……我々聖職者は、愛を過大評価しすぎているのではないか？ 私が思うに。愛とは〝厄介《やっかい》極まりないもの〟だ。あれは時に人をくるわす。生きるのに邪魔な幻想だ。新たな友人アントンよ。君の見解も聞きたい。君にとって愛とは、何だ」

「愛とは……。愛とはつまり、隣人を想い、寄り添う心です。他者を尊び、慈しむ心です。思い遣ることで自発的に行われる無償の献身。これこそ、愚かな人間のために神なる竜が――」

「黙れ、この腐れ外道《げどう》がッ！ その耳障りな説教をやめろッ！」

尋問官の怒号にジャックが怯《おび》え、フランツィスカに抱きつく。

フランツィスカは震える小さな肩を撫《な》でた。

「大丈夫よ。大丈夫だから。フランツィスカたちが護《まも》ってあげるから……」

愛とは何か。二人は隣の居間で、そんな不毛とも思える会話を繰り広げていた。

「私は説教が聞きたいのか？　違うだろう、神父アントン。いや、ここは敢《あ》えてただのアントンと呼ばせてくれ。一人の友人としての個人的な意見を聞きたいんだ。君にとっての愛とは、何か」

少しだけ間があって、アントンの答える声を聞いた。

「私にとっての愛とは……〝生きる意味〟です」

「ほう」

「愛とは、何ものにも替えがたい……命を賭《と》して護る価値のあるものです」

「…………」

「それ以外のものは、たぶん……全部、クソだ」

「……なるほど、クソか」

直後にコトンと、コップの倒れる音がした。カルルがミルクの入ったコップを、テーブルの上に倒してしまったのだ。次いでイスを引く音がする。

「何か拭くものをお持ちします」

アントンが言って、歩きだす。この調理場へとやって来る。

アントンは壁際に背をつけるフランツィスカとジャックに気付かず、その脇を通り過ぎた。

調理場の中央にはキッチンテーブルがあって、その上に乾いた布巾が畳まれていた。アントンは布巾を手に取り、足元に置かれた木桶《おけ》のそばに膝《ひざ》を曲げる。コップを洗うために溜められた水に布巾を浸した。

フランツィスカは気配を消したまま、その丸めた背中を見つめる。

「……我が友人アントンよ。見解が食い違ったな」

隣の居間から尋問官の声がする。まだ会話を続けるつもりなのか。

「愛とは〝厄介《やっかい》極まりないもの〟か、あるいは〝生きる意味〟か。果たしてそのどちらであろうな?」

アントンは布巾を絞って立ち上がった。その背に質問が重ねられた。

「もう一つ、尋ねてもいいかな」

「何でしょう」

応えてアントンが振り返ったその瞬間、壁際のフランツィスカと目が合った。アントンはこの時になって初めて、二人がまだ小屋から脱出していないことを知った。目を見開き、さっとその視線は隣の居間に立つ尋問官に移される。だが視線の端にフランツィスカとジャックの存在を感じている。アントンの硬直は不自然に見えた。

「──村で暴れた残酷な魔女は、若い派遣神父にとって〝生きる意味〟に成り得るのか?」

「…………」

緊張のあまり質問が耳に届いていないのか、アントンは答えない。それどころか振り返り、裏戸のそばにある窓の外を確認した。そこに辺りを警戒する男の姿を見て、この小屋がすでに包囲されていることを察した様子だった。

「どうした？　窓の外が気になるか」

「いえ……」とアントンは居間へと向き直る。

「すまない、まどろっこしい言い回しだったな？　言い方を変えようか、我が友アントンよ。答えてくれ。君が村から魔女を連れ出したのは、愛のためか？」

「……魔女を、連れ出したのは」

アントンは笑みを浮かべた。下手くそなぎこちない笑みを。そして尋問官の待つ居間へ移動しようとする。フランツィスカたちの隠れるこの調理場へ、彼を入れるわけにはいかない。

だが――「動かないでくれ」

尋問官に制され、アントンは調理場の出入り口前で足を止めた。

「あるいは動くなと、強めに言ったほうがいいか？」

「…………」

「そこに、いるんだな？」

壁に背をつけるフランツィスカは、アントンの横顔を見つめる。真っ直《ま》ぐ《す》に居間へ視線を注ぎながら、額に脂汗を浮かべ、目に見えて動揺している。

「子供を食い殺した魔女を……アントン、君は赦《ゆる》せるのか？　聞けば君は人々に愛された、立派な神父だったそうじゃないか。誰よりも信心深く、信者たちの模範として相応《ふさわ》しい君ほどの男がなぜ、魔女と共に堕ちる？」

隣の居間で床板がギッと軋《きし》んだ。異端尋問官がこちらへと近づいて来ている。

「お話し、しましょう。せっ……席に、お戻りください」

「なぜだ？　愛ゆえか？　君は先ほど、愛とは〝生きる意味〟だと……それ以外のものはクソだと言ったな？　じゃあ私はクソか？　答えろ、アントン」

「……待って、ください。来ないでっ！」

――もうダメだ。見つかる。

フランツィスカは観念し、屈み込んだ。ジャックは眉根《まゆね》を寄せて、今にも泣き出しそうな不安な顔でこちらを見つめていた。もう六歳だ。状況は理解できなくとも、張り詰めた空気やフランツィスカの焦燥は伝わっているのだ。

「……ごめんね」

フランツィスカはその小さな身体《からだ》を胸に抱き締めた。耳元に囁く。

「これからきっと、たくさんの辛いことがあなたの身に起きる。悲しいことが起きる。けれど忘れないで、ジャック。あなたは死なない。あなたはフランツィスカが護《まも》るから」

「フランツィスカ……？　どっか行くの？」

フランツィスカは、ジャックを身体から離した。ジャックは、涙で濡れた瞳をしばたたかせる。その目尻に指先を触れて、フランツィスカは涙を拭う。

「うん。でもどうか泣かないで、笑っていて。生きるのって大変だけど、悲しみはなくならないけれど。世の中って結構、〝嫌な子〟ばかりじゃない。フランツィスカがアントンさんと出会えたみたいに、あなたにもきっと、助けてくれる人が現れるから」

そう言ってフランツィスカはいつものように、人差し指でジャックの口の端を押し上げる。そして自身も欠けた歯を覗《のぞ》かせて、イタズラっぽく笑った。

「だから、ね。笑って。フランツィスカは、ジャックの笑う顔が好きよ」

「いや、いやだ。どこにも行かないで」

ジャックはフランツィスカの指を払うようにして首を振った。

その黒く短い髪に手を回し、フランツィスカは今一度ジャックを胸に抱き締める。

「あなたの本当の髪は燃えるような赤。その瞳は私と同じ赤茶色。どうか誇って。あなたは村のみんなが恐れた〝とんがり帽子のフランツィスカ〟の娘。そして忘れないで。フランツィスカがあなたを愛していること。ずっとずっと、あなたのそばにいるからね」

「……いやだあ。置いてかないで、フランツィスカ」

身体を離してジャックの手を握る。そしてフランツィスカは、声を殺して涙するジャックの額にキスをした。──さようなら、ジャック。

「ああ……あなたと出会えて、フランツィスカの人生は幸せだったな」

それからつばの広いとんがり帽子を脱いで、ジャックの小さな頭に被《かぶ》せ、立ち上がった。

アントンは尋問官の侵入を防ぐべく、前に出ようと足を踏み出したが、その直後——。

「魔女ならここよ。魔術師様」

赤い髪をなびかせて、フランツィスカは尋問官の前に姿を現した。

アントンに背を向けて、尋問官の立つ隣の居間へと歩いていく。

「……魔女が神父を庇《かば》って出てくるとは。君も愛にくるっていたか」

尋問官は近づいて来たフランツィスカを迎え入れるように両腕を広げた。怪物のような低い声の持ち主は、髭《ひげ》もじゃの見上げるような大男だった。そしてその身体《からだ》に、異様な熱を帯びていた。特に左腕の肘《ひじ》から先が真っ赤に熱せられている。

フランツィスカは、大男の熱き抱擁を黙って受け入れた。アントンの目の前で、背中が男の左腕に焼かれる。熱さを伴う激痛に顔をしかめ、フランツィスカは身体を仰《の》け反《ぞ》らせたが、悲痛な声は必死に噛《か》み殺した。壁の向こうに隠れるジャックに不安を与えないために。

「んっ……。ああっ……」

皮膚《ひふ》の焼けるニオイが鼻をつく。

「ほら、な？　私の言ったとおりじゃないか、アントン——」

男は背中を丸めて身長差を補い、フランツィスカを抱き締めたまま、右手の指でその赤い髪を撫《な》でた。大男の黒々とした瞳が、フランツィスカの肩越しにアントンを見つめる。

「愛とは極めて、厄介《やっかい》なものだろう？」

6

ジャックは、キッチンの隅で膝《ひざ》を抱くようにして座っていた。とんがり帽子のつばを両手で摑《つか》み、深く被って頭を覆う。大きすぎる帽子は、涙で滲《にじ》むジャックの視界をほとんど遮った。

恐怖を押し殺すようにして、ジャックは帽子のつば越しに耳を塞《ふさ》ぐ。

つばの向こうに、調理場の床に崩れ落ちたアントンの足が見えた。

「……待って。待ってくれ。行かないでくれ」

そんな言葉が、ジャックの耳にこもって聞こえた。そしてアントンは弾かれるように立ち上がり、調理場を出ていく。隣の居間で乱暴に扉が開かれる音がして、アントンはテラスを駆け下りていった。

ジャックはじっと調理場の隅にうずくまったまま。外でアントンが何かを叫んでいたが、その内容までは聞き取れなかった。ただただ怖くて、とんがり帽子を深く被り続ける。

「……早く戻ってきて、フランツィスカ」

唇を嚙んで涙を耐えながら、じっと二人が戻ってくるのを待ち続けた。

異端尋問官カルルとジャックとの熱き戦闘が終わると、森の中に切り開かれた広場は、常時《とも》の温度を取り戻した。ぐっと冷え込んだ春の夜に、浮かぶ月は輝きを潜め、ぼんやりと白く灯っている。

広場のほとんど中央辺りでは、激しい戦闘を物語るように至るところで地面がえぐれていた。そこには首のないカルルの身体《からだ》が転がっており、少し離れたところに、血だまりに浸るアビゲイルの死体があった。

〝お菓子の家〟は入り口のあった壁一面が半壊し、部屋のベッドや暖炉《だんろ》が外からも見えている。その半壊した小屋の裏側に、教会の共同墓地にもあった墓とはまた別の、グレーテルの墓がジャックの手によって設けられていた。

「おお……。グレーテル」

均《なら》された土の上に大きな石が置かれていて、それが墓石の代わりとなっていた。

炭焼き職人ゲオーグは、丸い帽子を脱いで膝《ひざ》をつく。石の前には麻紐《あさひも》で編んだブレスレットが供えられていた。噛《か》まれて細くなったそれは、キラキラのブレスレットをねだったグレーテルのために、心優しき兄ヘンゼルが編んだものだ。ゲオーグは見覚えのあるブレスレットを両手に強く握り締め、額へと当てた。

「この辺りには、野犬が出ます。この時期は特に」

とんがり帽子を被《かぶ》ったジャックは、ゲオーグの後ろに立っていた。半壊した小屋から持ってきたランタンを手に提げている。

「腹を空かせた野犬はジャックの家にも来ます。ジャックを食べようとしてです。けどそれはジャックにとってもご馳走に有りつけるチャンスなのです。肉は栄養たっぷりですから」

毎年春になると、野犬とジャックによる食うか食われるかの戦闘が行われる。これまでのところジャックの全勝。邪神を召喚する魔女に野犬が勝てる由もなかった。

「そのうちの一匹が、そのブレスレットをした腕を咥《くわ》えていました。他の犬の腹を裂けば、他の部分も。ジャックは胃の中のものは食べないので、捨てるついでに埋葬したのです」

ジャックは抑揚なく淡々《たんたん》と、グレーテルの最期《さいご》をその父ゲオーグに伝えた。

ジャックのそばには、羽根付き帽子を被ったロロが立っていた。衣装はリオ・ロンドのままだが、付け髭《ひげ》は剥《は》がしている。ロロはジャックのほうを向いて肩を竦《すく》めた。

「グレーテルさんは、野犬に襲われたのですね。僕たちはてっきり、あなたが鍋で煮て食べてしまったのかと」

するとジャックは、ムッとしてロロを見る。

「ジャックは人なんて食べません。それではまるで、魔女じゃないですか」

「……ですね」

いやあなた魔女じゃないですか、と出かかった言葉を喉元《のどもと》で飲み込む。六歳からの四年間をこの森の中の小屋でたった一人過ごしていたジャックは、自分が魔女と呼ばれていることを知らなかった。ロロはどう伝えていいかわからず、頬《ほお》を掻《か》く。

グレーテルの墓の前には、木彫りの置物が置かれていた。カルルと小屋に入った時に見た、本棚に数多く並べられていた動物の置物だ。削り方が荒々しく、角張っている。地面に尻をつけて座る特徴的なポーズは、神父アントンからもらった木彫りのウサギを参考にしたのだろう。ただ頭のてっぺんから突き出た二本の耳が短く、ウサギには見えない。

「あの供えられた置物は……あなたが彫ったものですか?」

「はい。一番うまく彫れたものをあげました」

「とても上手ですね。可愛《かわい》らしい……イタチだ」

「ウサギです」

「ウサギだ。……作り方はアントン氏に教わったのですか?」

その名前を出した途端、ジャックは目を見開いてロロを見る。

「アントンを知っているのですか?」

「ええ。と言っても人づてにですが……。ハンサムで、とても優しい神父さんだったとか」

グレーテルの墓のそばには、もう一つ大きな墓石が置かれていた。辺りの雑草は抜かれ、よく手入れがされている。神父アントンの墓石である。

墓の前には、五つの木彫りの置物が供えられていた。毎年供える置物を増やしているのか、一番端の置物は最も古く、雨風に晒《さら》されてボロボロになっている。その傷み具合が、ジャックが小屋で過ごしてきた年月を思わせる。

ここにある墓はグレーテルのものと合わせて二つだけだ。フランツィスカのものはない。

「〝とんがり帽子のフランツィスカ〟のことも、知っています」

ロロの言葉に、ジャックはハッとして身体《からだ》を向けた。

「ホントですか。会ったのですか？　フランツィスカは、元気なのでしょうか」

「いえ、フランツィスカは……」

真実を伝えることを、少しだけ躊躇《ためら》った。だがここで言わなくては、この子はずっと待ち続けることになる。帰ってくるはずのない、大切な人を。

「フランツィスカは、リッカ＝ミランダの広場で、魔女として火刑に処されました」

「…………」

息を呑《の》む気配がした。だがとんがり帽子のつばに陰るその表情は、無だ。

「そうですか」

ジャックは何度か目をしばたたかせて、意外にもあっさりと頷《うなず》く。

「最期《さいご》の様子を知りたいですか？」

「はい」

ロロはアビゲイルから聞いた火刑の様子を語った。

〈煉瓦《れんが》の町リッカ＝ミランダ〉の広場に立てられた杭《くい》に括《くく》りつけられたフランツィスカは、生きたまま炎に巻かれながら、集まった民衆たちを見渡して笑った。唾《つば》を吐き、悪態をついて、実におどろおどろしい魔女らしく。

「〝その顔を覚えたぞ。その声を覚えたぞ〟〝お前たちを殺してやる〟〝お前たちの大切な者を、お菓子に変えて食べてやる〟〝齧《かじ》って砕いて、飲み込んでやる〟——」

ロロは覚えている限りの言葉をジャックに伝えた。

フランツィスカが死に際に吐いた、最期《さいご》の言葉を。

「〝ああ、お腹が空いた。お腹が空いた〟〝私はまだまだ食べ足りないぞ！〟……」

最期の最期まで、フランツィスカは魔女であろうとした。

疎《うと》まれ、蔑《さげす》まれ、民衆たちの厭気《いやき》を一身に浴びながら、残酷な魔女を演じきった。

我が子への疑いを逸《そ》らし、魔女を焼かんとする神の手から護《まも》るために。

「人々はフランツィスカの言葉に戦慄《せんりつ》し、リッカ＝ミランダの広場はしんと静まり返ったそうです。あなたの母親は、とても恐ろしい人だったのですね」

「………………」

「そして、とても強い人だった」

ジャックは俯《うつむ》き、グレーテルの墓へと向き直った。

「……そうですか。それじゃあ、お墓をもうイッコ作らなきゃですね」

ロロはその横顔を窺うが、帽子のつばに隠れて表情は見えない。

「泣かないのですね」

「フランツィスカは……」

言ってずず、と洟《はな》をすする。

「ジャックに、泣いて欲しくないと言いました。笑っていてと」

「泣いてもいいと、思いますよ。だってあなたは子供を食う魔女じゃない。本当はちゃんと悲しみを感じられる、人間なのですから」

フランツィスカとアントンは、ジャックをそんな人間として育てたのだから。

「……死んでいるかもとは、思っていました。いつまで経《た》っても帰ってこないから。だってフランツィスカは、ジャックを愛しているから。生きているなら、絶対に帰ってくるから。でも、どれだけ待っても来ないから。もしかしてって、思っては、いました。でも——」

フランツィスカは毎日教会にやって来た。いつも裸足《はだし》で、とんがり帽子を被《かぶ》っていて。毎朝二人で水を汲《く》み、花壇の赤い花に水をあげた。二人で机を並べ、神父アントンの授業を受けた。ジャックの記憶にあるフランツィスカは、いつだって幸せそうに笑っていた。

教会裏の共同墓地で〝ウサギ食べごっこ〟をした。森に入っては木の実を拾い、野草を摘《つ》んで一緒に夕ご飯を作った。アントンと三人で同じ食卓を囲み、まずいまずいと笑い合いながらご飯を食べた。ジャックも幸せだった。こんな日がずっと続けばいいと思った。

二人のことを想うと、胸がキツく締めつけられる。

瞳が潤《うる》み、涙がぽろぽろと頬《ほお》をこぼれ落ちる。

教会の仮眠室でイスを並べ、ジャックの短い髪を黒く染めながら、フランツィスカは歌う。ジャックは足をぶらぶらとさせて、調子外れの歌声に声を重ねる。大好きだった時間はもう二度と戻ってこない。大好きだった人たちは、もうこの世にはいない。

寂しくて、悲しくて、大粒の涙が溢《あふ》れる。ジャックは泣いた。「うああ」と声を上げて泣いた。頬を上気させ、唇を震わせて。フランツィスカやアントンと過ごした三年間が、魔女として焼かれる運命にあったジャックを人間にしたのだ。

「……最後にもう一度、会いたかったです。ジャックも幸せだったって、言いたかったです」

手に提げるランタンが、鼻がしらの赤くなったその顔を照らした。

ロロはジャックのそばに立ってはいるが、涙をこぼす彼女に何と言葉を掛けてやればいいのかわからない。涙を拭くものでも差し出してやればいいのか、抱き締めてやればいいのか。殺しの方法ばかり学んできたロロは、泣いている子の慰め方を知らない。

だからせめてと羽根付き帽子を脱いで、共に〝お菓子の魔女〟の母を偲《しの》んだ。

魔女と猫犬

Witch and Hound

– Gluttonous hands –

終章

フランツィスカの赤い花

1

「——改めまして、ジャック・エイドルホルン様。どうか私たちキャンパスフェローの民に、力を貸していただけませんか」

素性を明かしたロロは、今一度、自分がこの村へやって来た理由をジャックに説明した。王国アメリアに国を奪われてしまったグレース家は、まだ再建を諦めていない。亡き領主バド・グレースの無念を晴らすべく、彼の猟犬は魔女を集めている。力を貸していただきたいと懇願する。

ジャックは拍子抜けするくらい簡単に「いいですよ」と頷《うなず》いた。

「他に行くところもないですし」と続けてから振り返る。今にも崩れ落ちそうな〝お菓子の家〟が、月明かりを浴びて建っている。確かに、半壊したこの小屋に住み続けるのは難しそうだ。そしてフランツィスカが戻って来ないと知った今、ジャックにここで待ち続ける理由はなくなった。

「一つだけ、訊いてもいいですか？」

王国アメリアの侵攻や、キャンパスフェローの再建に関しては何の質問もしなかったジャックだったが、ロロの呼び名に対してだけは関心を持った。

「あなたは〝猟犬〟なのですね。つまりあなたは、犬なのですか？」

「はい。一度嚙《か》み付いたら放しません。たとえ竜が相手だとしても」

「…………」

フランツィスカは別れ際、とんがり帽子を被《かぶ》せる前にジャックに言った。世の中は〝嫌な子〟ばかりではない。自分が神父アントンと出会えたように、ジャックにもきっと助けてくれる人が現れると。まさかそれが、犬だとは思わなかったが。

「……まあいっか」

「……？」

何がいいのかわからずに、小首を傾《かし》げるロロ。

ジャックはその顔を見つめ、無表情をわずかに綻ばせた。

「竜はジャックも嫌いですから」


ロロとジャックは、炭焼き職人ゲオーグの先導で森を歩き、村へと戻った。

森を行く間に夜は明け、枝葉を広げた木々のシルエットが朝焼けに揺れる。

村へ到着すると、ゲオーグが町へ向かうための荷馬車を用意しようと言ってくれた。辺境の村である〈灰の村エイドルホルン〉から外界へ出るには、〈煉瓦《れんが》の町リッカ＝ミランダ〉を経由する必要がある。しかしこの最も近い町でさえ、向かうには馬を走らせて二晩を要する。馬車は必須だ。

午後までには用意するというゲオーグの言葉に甘え、ロロはエイドルホルンを歩くことにした。町で待ってくれているはずの魔女と女騎士が、どうしたことかこの村にいる。合流しておきたかった。

ジャックはローブの裾《すそ》を引きずりながら、ロロの後に付いて来た。人目を引くとんがり帽子は折りたたみ、肩に提げたカバンの中に入れている。そしてローブのフードを深く被《かぶ》り、赤い髪を隠していた。ロロが促して、そうさせた。もしも赤い髪にとんがり帽子を被ったジャックの姿を見れば、村人たちは死んだはずのフランツィスカが再来したと、腰を抜かして悲鳴を上げるかもしれない。ロロはその様を想像して少し愉快な気持ちになったが、ここで余計な騒ぎを起こす必要はない。

二人は沿道に木々の並ぶ小道を歩いた。どこかの家畜小屋からヤギの鳴く声が聞こえているが、朝早くから農民たちは畑仕事へ出ているのか、人の気配はない。昨日エイミーと歩いた時と同じような、のどかな村の風景が続く。

長年住んでいた小屋を捨てて旅に出ようというのに、ジャックの荷物は驚くほど少なかった。今も提げている肩掛けカバンが一つだけだ。ジャックは帽子をカバンにしまうついでに、一体の木像を取り出した。

ロロが今まで見てきたものと同じように、膝《ひざ》を抱えて座ったポーズではあるが、小屋の棚やお墓に供えられていたものとはクオリティが違っていた。それは小鬼《インプ》ともキツネとも見間違うことはない。明らかなウサギだ。

「それは……神父アントンの作ったものですか」

「はい。これだけは持ってきました」

ジャックは前を向いて歩きながら、ウサギを両手に抱き締める。

「宝物ですから」

ロロはその横顔を一瞥《いちべつ》した。ジャックは四年前もこうして木像を胸に抱き、この道を歩いていたのかもしれない。とんがり帽子を被ったフランツィスカと一緒に。

「ジャック様にとっては、四年ぶりの村ですね。変わりはありませんか？」

「さあ。あの頃はたったの六歳だったので、あまりよく覚えてません」

ジャックは素気なく答える。その顔はやはり無表情だ。村での暮らしに思い入れはないのか、懐かしむ様子を見せない。そんなジャックが足を止めたのは、村の教会の前だった。三歳から六歳まで、フランツィスカや神父アントンと過ごした教会だ。

ジャックは塗装の剝《は》げた外壁を見上げ、しばし沈黙する。

「……近くで見てもいいですか？」と振り返って尋ねるので、ロロは「もちろん」と答えた。

ジャックは教会の正面入り口に向かって歩く。ロロはその後に続いた。

「今住んでいる神父はご高齢で、管理するのが難しいそうです。村の農婦たちがお手伝いさんとして訪れて、掃除や修繕を行っているのだとか」

「ふうん。汚くなってます。フランツィスカの花も枯れてる」

ジャックは煉瓦《れんが》の組まれた花壇の前で立ち止まった。花壇からはみ出さんばかりの大量の枯れ草が、土くれの上で放置されていた。毎朝フランツィスカと水をあげ、大切に育てていた花は、誰もその世話を引き継いではくれなかったようだ。

「この時期なら、赤い花が咲いているはずなのに」

「ここにずらりと赤い花が並んでいたと思うと、見映えがしそうですね」

「うん。フランツィスカの髪みたいに、綺麗《きれい》な花。ちょうどジャックが生まれた年に植えたから、ジャックと同じ年齢の花だったんです。つぼみの液は身体《からだ》にも良くて。フランツィスカはそれでお薬を作って、よくお父さんのところに持ってってってました」

「お父さん……？　ミュラー氏のことでしょうか」

ジャックを生んでから村へと戻ったフランツィスカは、このミュラーに虐待されていたにもかかわらず、献身的に彼の看病をしていた。その甲斐《かい》あってかミュラーは身体を壊しながらも飢饉《ききん》で亡くなるまでの六年間、粉を引き続けていたという。病に伏していた彼を、再び仕事ができるまで回復させた薬草ならば、旅にも重宝するかもしれない。

ロロは花壇から、枯れて茶色くなったつぼみを一つ摘《つま》み取った。

「どこかで役立つかもしれませんね。種子でも取れれば……」

と摘んだつぼみを観察して、ロロはこの植物の正体に気付く。

「これを……ミュラー氏に？　一つ、確認してもよろしいですか、ジャック様。床《とこ》に伏していたミュラー氏の症状はどのようなものか……ご存じですか」

「ご存じです。フランツィスカから聞きました。すごく疲れていて、ずーっと寝込んでたって。吐いたり、胸を掻《か》きむしったり。あ、でも急に歌いだしたり。何だか〝惚《ほう》け〟みたいになったって」

「……なるほど」

ロロは確信した。ミュラーがフランツィスカに乱暴を働き、妊娠させたのではないかという可能性に言及した時、エイミーは絶対にあり得ないと言った。自分を襲った相手を看病なんてできるはずがないと。だがフランツィスカは帰ってきた。自分の村に。ミュラーの元に。その理由は、復讐《ふくしゅう》だ。

ロロは摘んでいたつぼみを手放す。これは薬草などではない。一般的に広く知られているものではないが、武器商人や暗殺家業など、裏の世界に生きる者なら誰もが警戒する危険な植物である。たとえば、嘘か誠か国家転覆を目論《もくろ》む臣下が、王を凋落《ちょうらく》させるのにこれを使用した、などという物語もあるくらいだ。

これは〝植えてはいけない花〟――ケシの花である。ならばフランツィスカがそのつぼみから抽出し、ミュラーに与えていたのはアヘンであろう。強い多幸感と倦怠《けんたい》感を与え、やがて精神錯乱を伴う衰弱状態に陥れる薬物だ。

もしもミュラーをすぐに殺してしまえば、粉挽き職人の跡継ぎが必要になるが、女子であるフランツィスカにその役目が回ってきたとは思えない。水車小屋には、新たな粉挽き職人がやって来るだろう。そうなれば、フランツィスカは住処《すみか》を追い出されることになる。だから生かさず殺さず弱らせて、ミュラーには粉挽き職人として働き続けてもらうのが都合よかった。収入や住まいを護《まも》るために、薬物に溺れさせるのがちょうどよかった。

彼は病に伏していたのではなく、フランツィスカによって薬漬けにされていたのだ。

「ははっ……」

思わず笑ったロロを見上げて、ジャックは目をしばたたかせた。

「どうかしましたか」

「……いえ、改めてフランツィスカは強い女性だと思いまして」

村人たちはかつて彼女を〝惚《ほう》け〟と呼んで蔑《さげす》んだという。何が〝惚け〟かとロロは思う。彼女は村の誰よりも、したたかで強い。そして本物の魔女に負けず劣らず、恐ろしい人だった。

その時、バタバタと駆ける人々の足音を聞いて、ロロとジャックは振り返った。

村人たちが何人か、何事かを叫びながら教会前の道を横切っていく。

「――〈ハチミツ坂〉で死体が出たって！　尋問官様が死んでるってよ！」

2

ブナの木の立ち並ぶ〈ハチミツ坂〉で、異端尋問官ザミオ・ペンの死体が発見されたのは、今朝のことである。昨日から村を訪れていた尋問官たちが、先に村へやって来ていた男女二人組の旅人に魔女疑惑を抱き、村を捜し回っていたことを人々は知っている。

その尋問官の一人が死体で発見されたのだ。傍らには捕獲器のような武器が転がっており、額には何か鋭利な刃で貫かれたような傷跡があった。明らかに殺されている。やはり尋問官たちの言うとおり、あの旅人は魔女だったのだ。村人たちは怯《おび》えている。森の中だけでなく、この村のどこかにもまた、邪悪な魔女が潜んでいるのかもしれないと――。

ロロとジャックは、一軒の家の前に立っていた。コンコンとドアを叩く。返事がないのでノブを掴《つか》み、ドアを開いた。ロロが村人たちに聞き込みを行い、昨夜、渦中の旅人二人組をこの辺りで目撃したとの情報を得てやって来たのだ。

そこは昨日、教会で情報を提供してくれた農婦グリーンの家だった。

開いたドアの向こうに現れた光景は、秩序なき酒宴の後だ。床には木皿やコップが転がっていて、窓際のテーブルには大量の料理が食べかけのまま散らかっている。薄暗い部屋の隅にある安楽イスを見れば、身体《からだ》の大きいふくよかな農婦、グリーンが気持ちよさそうに眠っている。

テレサリサは、壁際のソファーで横になっていた。開いたドアの向こうにロロの姿を見つけ、気だるさたっぷりに身体《からだ》を起こす。拍子に長い銀髪がはらりと揺れた。

テレサリサは、窓から差し込む朝日に顔をしかめる。

「……あったま痛い」

乱れた長い銀髪を掻《か》き上げて、不機嫌につぶやく。一目見てわかる。二日酔いだ。

「……あの人が、邪悪な魔女ですか」

ジャックがそばに立つロロを見上げた。

「の、はずですけどね」

「失礼」とロロは部屋の中へと足を踏み入れた。ジャックが後に続く。

入り口近くのテーブルには、小太りの中年男性が突っ伏していた。組んだ腕を枕にして頰《ほお》を潰し、大きないびきをかいている。みすぼらしいシャツに似合わない、上品な口髭《くちひげ》。黒檀《こくたん》のステッキがイスの背もたれに掛けられていた。本物の宮廷詩人リオ・ロンドである。

「……なぜ彼がここに」

すると隣の調理場から、ヴィクトリアが顔を出した。

「昨夜遅くに訪れてな。話してみると愉快な男で、話が面白く詩も楽しい。さすがは宮廷詩人だ。おかげでつい飲み過ぎてしまった」

そう言うがこちらはテレサリサと違い、常時と変わらない雰囲気だ。背筋を伸ばした美しい所作で部屋を横切る。その両手にコップを持っていて、一つをテレサリサへと差し出した。

「調理場に水がありました。飲みますか？」

テレサリサはソファーに座ったまま「ありがと」とコップを受け取り、唇を濡らした。

「ってか何であんたそんな元気なの？　私より飲んでなかった？」

「一流の騎士は酒に飲まれたりなどしないのです。一流の魔女はそうでもないみたいですが」

「何、一流の魔女って。やめたいんだけど」

うんざりしたように眉根《まゆね》を寄せるテレサリサを見下ろし、ヴィクトリアは小さく笑う。

なるほど状況から察するに、昨夜は四人で酒盛りを楽しんでいたと見える。

ヴィクトリアが「ところで」とロロを見た。「外が何だか騒がしいな」

「ああそうでした。殺人事件発生です。魔女様もしかして、魔術師と戦いませんでしたか？」

「だってあいつ、問答無用で攻撃してきたのよ。私は何もしてないのに。おかげで酒壺《つぼ》を割ってしまったわ」

「村に来ちゃうからでしょう……。どうしてここにいるんですか」

テレサリサとヴィクトリアは、近隣の町リッカ＝ミランダで待機しているはずだったのに。

ロロが宮廷詩人に扮《ふん》し、魔女討伐に向かう異端尋問官の一団に紛れ込むという作戦は、ロロたち三人が〈港町サウロ〉から〈花咲く島国オズ〉へ向かう道すがら、立ち寄った〈貿易都市トレモロ〉で、蘇《よみがえ》った〝お菓子の魔女〟の噂を聞いたことがきっかけだった。

〝お菓子の魔女〟は、ロロの集めなくてはならない七人の魔女のうちの一人だ。バド・グレースに託された羊皮紙にも、名を連ねている。ならばこれをチャンスと見て、一行はオズ行きを一時取りやめ、〝血塗れ川《ブラッディ・リバー》〟を上る河船へと乗り換えて〈煉瓦《れんが》の町リッカ・ミランダ〉へと辿《たど》り着いた。その宿で見つけたのが、リオ・ロンドである。

羽根付き帽子を被《かぶ》った彼は、カウンターに向かって人目も憚《はばか》らず声を荒らげ、宿の主人を困らせていた。「この僕を誰だと思っているんだ！」だとか「女王の前でも同じことが言えるのか？」だとか。何でも、上等の部屋を自分よりも身分の低い商人に取られてしまったのが不満らしく、駄々をこねているらしい。

「〝お菓子の家〟の調査は女王直々《じきじき》のご命令だぞ！　国民は僕に協力する義務がある！」

その言葉をロビーで聞き、三人は足を止めた。

「……あの男今〝お菓子の家〟と言ったかしら」

「言いましたね。〝お菓子の魔女〟と関係があるのでしょうか。……話を聞いてきます」

言ってロロは、人懐っこい笑顔でリオ・ロンドとの接触を果たした。

そして、酒場でロロを待っていたテレサリサとヴィクトリアの元へ戻ってきた時、ロロはその頭に、あの宮廷詩人のものである羽根付き帽子を被っていたのだった。

「いい考えを思いつきました。〝お菓子の魔女〟の件は、僕に任せてください」

そのあいだ二人には町で待機していて欲しいと言ったが、テレサリサは不満げな顔をした。

「はー？　何でよ。魔女を相手にするんでしょ？　魔法が必要じゃないの？」

「むしろこの作戦上、魔女様がいたら困るのです」

「困るって何？　ついて来いと言ったり来るなと言ったり、勝手なものね」

渋るテレサリサを説得し、ロロはずっと約束していた〝カヌレ食べ放題〟分の金貨をテーブルに置いた。

「この大きな町ならカヌレもあるでしょう。どうぞこれで存分に食べて、観光でもしていてください」

「…………」

まるで厄介払《やっかいばら》いをされているかのよう。だが結局テレサリサは金貨を受け取り、〈煉瓦の町リッカ＝ミランダ〉でロロの帰りを待っている――はずだった。

「……観光には飽きてしまったのですか？」

ロロは窓際のテーブルまで歩き、脱いだ羽根付き帽子をリオ・ロンドの禿《は》げ頭に返した。それから書字板《ディプテイク》や奪った旅の路銀など、彼の荷物がパンパンに入れられた肩掛けカバンをイスのそばに下ろす。

「いいえ、観光は続行中。この村を楽しんでいたわ」

テレサリサとヴィクトリアはロロと別れた後、もらった金貨でバスケット一杯のカヌレを買った。だが問題が生じた。リッカ＝ミランダのカヌレは〈騎士の国レーヴェ〉のそれとは違い、ハチミツがコーティングされていなかったのだ。

甘さを欲したテレサリサは、馬で二晩掛けて行った先に養蜂の盛んな村があるという情報を得る。そこはちょうど詩人に扮《ふん》したロロが向かう予定の〝お菓子の魔女〟ゆかりの村だった。

「ならば行けませんね、鉢合わせしてしまう」とヴィクトリアは言ったが、テレサリサは「いいえ、行きましょう」といじわるな笑みを浮かべたのだった。

ロロはガクリと肩を落とす。魔女をコントロールしようなど、土台無理な話だったのだ。

「正直焦りました。まさか、すでに村に来ていたなんて」

「傷は大丈夫？」

テレサリサの質問に、ロロは「平気です」と左腕を持ち上げる。大鎌で縦に裂かれた傷口には、エイミーのウィンプルが巻かれたままだ。大量の血を見せたかったので動脈を切らせたが、そう深い傷ではない。止血も滞りなく行われている。

「傷付けるつもりはなかったのに。あなたが腕を差し出すから」

「敵を欺くためのカモフラージュには必要な負傷ですよ。ずっと監視役の修道女《シスター》がくっ付いていたし」

「そうだ」とテレサリサはソファーの辺りを見渡し、一枚の書字板《ディプテイク》を手に取って開いた。テレサリサが大鎌を持って迫った時に、ロロが攻撃に見せかけて投げ渡したものだ。開けば、炭焼き職人ゲオーグの証言を纏《まと》めたメモがされている。

「これ、何なの？」

指差したのはそのメモの下にあるスペースだ。〝魔女様へ〟と書かれた後に、箇条書きで単語が連なっていた。〝変形武器〟〝剣じゃない〟〝近づくな〟——そしてその下には、大きなクモが手足を広げ、人に襲い掛かるようなイラストが添えられている。それは、ザミオの剣がキャンパスフェローの変形武器〝クロゴケグモ《ブラック・ウイドウ》〟だと見抜いていたロロによる忠告だった。

あの剣は剣にあらず。騙《だま》し討ちを前提に使用される捕獲器だ。だからザミオと対峙《たいじ》していたテレサリサが捕らわれてしまわないよう、あの場で素早く書き記したのだ。

「注意書きです。お役に立っていればいいのですが」

「……いらないし」

テレサリサは言って書字板をロロに投げる。そう応えはしたものの、ザミオの剣を警戒して精霊エイプリルを前衛に立たせる戦い方をしたのは、このメモがあったからだ。生身のまま近づいていれば、クモの足に搦《から》め捕《と》られ、血を吸われていたのはテレサリサ自身だったのかもしれない。

「何にせよ、無事でよかった」

ロロはキャッチした書字板を開いた。テーブルのナイフを使って蠟《ろう》を均《なら》し、メモを消す。そしてそれをリオ・ロンドのカバンに戻した。

「ふん。〝鏡の魔女〟があんなのにやられるとでも？」

「もちろん、思いませんとも」

「それで？　作戦は成功したの？」

テレサリサはソファーから足を下ろして、ロロに向き直った。興味津々に煌《きら》めく紅い瞳が、ジャックへと向けられる。気圧《けお》されてジャックは、ロロの身体《からだ》に隠れるようにして、一歩後ろに下がった。深く被《かぶ》ったフードに顔を陰らせる。

「その子が〝お菓子の魔女〟？」

「はい。彼女が〝お菓子の家〟に住んでいた、小さな魔女様です」

するとジャックが、控えめにロロの袖口《そでぐち》を引く。

「違う。ジャックの名前は〝ジャック〟です。魔女じゃないです」

「ジャック……」とソファーのそばに立つヴィクトリアがつぶやいた。

テレサリサも男子名であることを不思議に思って小首を傾《かし》げる。

「男の子なの？」

「いいえ、女の子です。事情がありまして……」

ロロが言い淀《よど》み、ジャックは自分が普通ではないのかと不安を覚えた。

「……変ですか？」

ジャックは、物心ついたころからジャックだ。これはフランツィスカと神父アントンが、自分と一緒にいるためにくれた名前。男性名を使う必要がなくなっても、その名前を変えるつもりはない。

「変……ではあると思うけど、気に入っているのならいいんじゃない。あなたの名前は、あなたのものだもの。人のために変える必要はないでしょ。よろしくね、ジャック。私はテレサリサ・メイデン。そしてこっちが——」

と、ソファーに腰掛けたままのテレサリサが腕を持ち上げると、その懐《ふところ》から、銀色の液体が宙に溢《あふ》れた。液体はテレサリサの指先に操られて渦を巻き、人型を形成していく。銀色のメタリックボディにつるりとした顔のない頭部。くびれのある女体は両腕を広げる。すると裸だったその身体が、一瞬にしてドレスを纏《まと》った。テレサリサの着ているものと同じデザインではあるものの、すべてが銀色のドレスである。

「こっちが私の友だち、精霊エイプリル」

エイプリルはスカートの両端を摘《つま》んで、淑女のようにお辞儀をした。こうしてみるとそのシルエットは、身長もスタイルもまんまテレサリサの姿を映したものである。

「彼女が〝鏡の魔女〟様です」

ロロはテレサリサへと手を広げ、指し示した。

エイプリルはどろりとした液体に戻り、テレサリサの懐へと戻っていく。

「ジャック様は魔女様に、尋ねてみたいことがあるんですよね？」

それは先ほど村を歩いていた時、〝鏡の魔女〟に関してジャックから質問されたことだ。ジャックは自分以外の魔女を知らない。村の人々が魔女に対して恐怖心を抱いていたように、ジャックもまた少なからず、魔女に恐れを抱いていた。ロロはジャックの質問を受けたその時、「直接尋ねてみてはいかがでしょう」とはぐらかしたのだった。

怖《お》ず怖《お》ずと前に出たジャックに応え、テレサリサは「何？」と組んだ膝《ひざ》に頬杖《ほおづえ》をつく。

「……子供は、食べますか？」

「食べるかっ」

言ってムッとして身体《からだ》を引いた。

「私のご馳走は……ちょうど良かった。ジャックあなた運がいいわ。分けてあげましょう」

テレサリサは、そばに立つヴィクトリアを見上げる。「まだあるよね？」

「ええ、バスケット一杯に食べきれないほど買いましたから」

頷《うなず》いたヴィクトリアは隣の調理場へと向かった。テレサリサはジャックに尋ねる。

「お菓子は好きでしょ？　何が好き？」

「何も好きではありません。食べ飽きてしまいましたから、お菓子はキライです」

「嘘でしょ？　〝お菓子の魔女〟なのに？　じゃあカヌレは？」

「カヌレ……？」

目を丸くして小首を傾《かし》げるジャック。辺鄙《へんぴ》な村で育ったジャックは、主に貴族の間で食べられるその高級菓子を知らなかった。テレサリサはニヤリと口の端を吊り上げる。

調理場から戻ってきたヴィクトリアは、木皿と陶器の小瓶を手に持っていた。木皿の中央にちょこんと一個載っていたのは、香ばしい焼き色をしたカヌレだ。

ヴィクトリアから小皿を受け取ったテレサリサは、それをジャックに見せつける。

「これがカヌレ。でもまだ完成じゃないの。ちょっと待ってね」

そう言ってヴィクトリアの差し出した陶器の小瓶を、スプーンで搔《か》き混ぜた。

小瓶からすくってカヌレに垂らしたのは、エイドルホルン産のハチミツだ。

「カヌレと同じ時代に生まれながらカヌレを知らないなんて、不幸が過ぎるわ」

「そんなこと……ないですけど」

不幸と言われ、今度はジャックがムッとする。

テレサリサの手元で、琥珀《こはく》色のハチミツが窓からの陽光に光沢を放った。

その輝きはキラキラと、ジャックの赤茶色の瞳をも煌《きら》めかせる。

「……おお」

思わずつぶやいたジャックはフードを脱ぎ、赤い髪を晒《さら》した。

「はい、完成。〝鏡の魔女の食べ放題カヌレ。エイドルホルンのハチミツを添えて〟――どうぞ召し上がれ」

　ジャックはハチミツの垂れたカヌレを手で掴《つか》み取り、前歯で齧《かじ》った。しっとりした食感に、コクのあるハチミツの甘みが口内に広がる。ジャックは舌の上で混ざり合う味のハーモニーに目を見開く。

「……美味《おい》しい、です」

「ほらね！」新たなるカヌレ仲間を見つけ、テレサリサは嬉《うれ》しそうに笑った。

「世界にはまだまだたくさんのお菓子があるわ。あなたの人生は、きっともっと輝いてくよ」

「おや……これはマズいな。人が集まってきた」

　窓の外を見たヴィクトリアがつぶやいた。

　ロロがそのそばに立ち、同じ窓から外を窺う。魔術師《ウィザード》の追っている魔女がこの家にいるという情報が広まったのだろう。男たちを中心に村の者たちが集まって来ている。クワや熊手などの農具を武器として構えている者もあれば、松明《たいまつ》を掲げている者もいた。

　先頭に立っているのは若き村の領主イサクだ。カルルに焼かれた顔の下半分に包帯を巻いていて痛々しい。イサクは松明を振り上げて、「出てこい、魔女！」と声を荒らげていた。

「今にも火を放ちそうな勢いですね」

「家が燃えたところで脱出すればいいが……」と、ヴィクトリアは安楽イスで眠り続ける農婦グリーンへと視線を向ける。「世話になった彼女に迷惑を掛けたくはないな」

　ソファーではジャックが顔を上げ、食べかけのカヌレを手にテレサリサへ尋ねた。

「これ、分けてあげてもいいですか？　ジャックにも友だちがいるのです」

「……友だち？」

家のドアが開き、出てきたのは一人の魔女だった。

赤い髪にはとんがり帽子を被《かぶ》っている。その姿を見た村人たちの誰もが、その少女がかつて教会に住んでいた孤児ジャックだとは気付かない。彼らが連想した魔女——それは。

「フラン……ツィスカだ……」

一人がつぶやくとその恐怖が伝播《でんぱ》するかのように、人々が口々に声を震わせる。

「やっぱり生きていた」「地獄の底から蘇《よみがえ》ったんだ」「逃げろっ」「お菓子に変えられるぞ！」

ジャックはどよめく彼らの前で、手にしていたカヌレを放った。たったそれだけの仕草に怯《おび》え、人々がわっと後退《あとずさ》りする。すると地面に転がるカヌレを中心に、複雑な模様で構成された魔法陣が浮かび上がった。誰も見たことのない、誰も読めない古い文字の書かれた魔法陣だ。

とぷん、とカヌレがその中心に沈む。直後、ジャックの頭上にある空間が二カ所、渦を巻いて捻《ねじ》れていく。その中から現れたのは、左右対称の巨大な両手首だ。

集まった人々は驚愕《きょうがく》し、目を剝《む》いた。いったい何が起きているのか、状況を理解できずに両手を見上げたまま硬直し、辺りはしんと静まり返る。

ジャックは手のひらを前にして、爪を立てた。

〝ウサギ食べごっこ〟をしていた時のフランツィスカみたいに。

「がお」

その動きに呼応して、巨大な両手もジャックの手を真似て爪を立てる。

瞬間、弾かれるようにして踵《きびす》を返した人々が、悲鳴を上げて一斉に駆けだした。クワや熊手などの農具や松明《たいまつ》が、邪神の両手に勝てるはずがない。それぞれ手にした武器を投げ捨てて、絶叫を響かせ駆けていく。押し合いへし合い我先に、まるでクモの子を散らすように。

先頭に立っていたイサクは腰が抜けてしまい、情けない声を上げて尻餅《しりもち》をついた。

「やめて、やめっ！　悪かった、殺さないでくれっ！　お菓子にしないで！」

腰を砕いたまま足をバタつかせ、懸命に命乞いをするイサクの仕草がおかしくて――。

「あははっ」

まるで〝とんがり帽子のフランツィスカ〟のように。ジャックは声を上げて笑った。

3

ルーシー教の総本山〝ティンクル大聖堂〟は王都アメリアに位置している。

天を突く三角錐の屋根が幾つも並び立つ、荘厳華麗で巨大な建造物だ。礼拝堂の収容人数は数千人規模を誇る。今はがらんどうとなった礼拝堂で、一人の修道女《シスター》が、三人の九使徒への謁《えっ》見《けん》を果たしていた。

教会の正面には階段が伸びていて、その上に〝神の子ルーシー〟が鎮座するためのイスが一脚だけ置かれていた。今は空席であるそのイスに向かって、修道女は階段の下で深く頭を下げている。祈るように膝《ひざ》を折り、這《は》いつくばるようにして額を絨毯《じゆうたん》に付けていた。幼く見えるふくよかな頰《ほお》。オレンジ色の髪はウィンプルで覆い隠している。そして彼女の左腕は肘《ひじ》から先が欠けていて、修道服の長袖が垂れていた。

修道女は頭を下げながら、ふるふると震える右腕で折り畳んだ木炭紙を差し出した。それを受け取ったのは、彼女の前に立つ第一の使徒〝枢機卿《カーディナル》〟だ。真っ赤な法衣にカロッタと呼ばれる小さな帽子を被《かぶ》り、顔の片側のみを覆う黄金仮面を嵌《は》めている。

「……〝キャンパスフェローの猟犬〟か。主人を失い野良となってもまだ尚、グレース家の再興を諦めていないとは」

修道女から報告を受けた枢機卿は、木炭紙を開いた。べっとり付着した乾いた血に触れないよう、指先を立てながら。開くとパリパリと音が鳴った。

「忠義に厚い犬ですね」

枢機卿の隣に背の高い男が立った。黒い毛皮のハットを目深《まぶか》に被った第八の使徒〝占い師《フオーチユンテラー》〟──帽子屋である。ステッキを付いて、木炭紙に描かれたスケッチを覗《のぞ》き見る。

「……あるいは駄犬か。竜に吠える愚かさを思えば後者でしょうか」

「そりゃあ後者だろう。駄犬は自分で考えようとせん。誰かが叱ってやらねば」

「えー、可愛《かわい》いお顔！　この子が暗殺者《アサシン》なの？」

するとニ人の間を割って、ふんわりとした長い髪の女性が顔を出した。真っ白な服に、足の付け根が見えてしまいそうなほどの短いスカート。両脇の二人に比べ背が低いため、裸足《はだし》の爪先を立てて木炭紙を見る。第九の使徒〝道化師《アルルカン》〟――プルチネッラだ。

「何歳なの？」

プルチネッラが尋ねると、修道女《シスター》は頭を下げたまま答えた。

「尋ねれば二十代後半だと。でもたぶん嘘です。何もかもが嘘」

「恋人はいらっしゃるのかしら？」

「わかりません。興味がありません」

枢機卿《カーディナル》は木炭紙を折り畳んだ。

「犬など何も恐るるに足らんが、魔女を集めているというのは感心せんな。放ってはおけん」

「エイドルホルンで〝お菓子の魔女〟を仲間にした後、彼らは次にどこへ？」

帽子屋の質問に、修道女は思い返す。リオ・ロンドと交わした幾つもの会話を。

――確か西の島国にもいただろう。最凶最悪と名高い魔女が。

彼はある魔女を話題に上げた。その脅威を探ろうとしていた。

ならば次の彼らの目的地は――。

「……〈花咲く島国オズ〉です。次は〝西の魔女〟を狙っているかと」

枢機卿は腕を組む。

「オズか……ルーシー教圏外だな。厄介《やっかい》なことに、アメリアとは不干渉条約が結ばれておる」

すると「はいはーい」とプルチネッラが挙手をする。

「プルが行って捕まえてくるよー。殺してもいいの？」

「……いや。オズには今、アラジンがいる」

そう言ったのは帽子屋だ。〈港町サウロ〉で別れた〝精霊魔術師《エレメンタラー》〟のアラジンは、〝雪の魔女〟を追い掛けてオズへと向かったはずだ。

「彼に遣いを出しましょう。猟犬と魔女たちを一網打尽《いちもうだじん》にしてもらいます」

「いかん、ダメだ。オズは長らく内戦の続く土地。危なすぎる。むしろ呼び戻せ」

「危なすぎることなど……。彼だって立派な九使徒の一人です」

「誰も奴の心配などしておらん。国交情勢が危ういと言っておるのだ。不干渉条約が結ばれている国で魔法を使い、あらぬ疑いを掛けられても困る。あの島国は〝遊ばせておいてあげて〟とルーシー様も仰っているからな」

枢機卿はプルチネッラへと視線を移し、人差し指を立てて言い聞かせた。

「お前やアラジンでは好き勝手暴れて、この条約を壊しかねん」

「ええー？　プル、そんな暴れないよー？」

「……なるほど確かに。アラジンには難しいか」

帽子屋はあごに指を添えて思い返す。〈港町サウロ〉での暴れっぷりを見れば、アラジンが事を静かに収められるとは思えない。

「オズの情勢に関してはパルミジャーノが明るい。奴に任せよう」

枢機卿《カーディナル》は第六の使徒〝錬金術師《アルケミスト》〟の名前を出した。

すると「やだ！」とプルチネッラが駄々をこねる。

「私だってオズ大好きだもん。私のほうが詳しいかもよ？」

言って両手を後ろ手にし、二人よりも大きく三歩後ろに下がった。

「じゃあ争奪戦ね！　早く殺した人の勝ち。勝った人はルーシー様に褒《ほ》めてもらうの！」

声を跳ねさせたプルチネッラの足元に突如、円形の穴が空いた。プルチネッラの魔法だ。

「じゃあ犬狩り、今からスタートね！」と一方的に宣言して、プルチネッラは足元からその穴に、すっと落ちていく。

慌《あわ》てて帽子屋が声を上げる。

「待って、殺してはいけないよ。生け捕って残党を見つけ出さないと。魔女たちも生かしたまま——」と言い切る間もなく、穴が消えた。

プルチネッラの気配も、穴の形跡も消滅し、辺りはしんと静まり返る。

「……あれは殺しかねんぞ」

「……不安しかありませんね」

　枢機卿はため息をつき、修道女《シスター》へと向き直った。彼女はずっと額を絨毯《じゆうたん》に擦《す》りつけたまま、畏《かしこ》まっている。「頭を上げなさい」と枢機卿は言った。

「凄惨《せいさん》な事件を生き残り、愚かな犬の隠謀をよくぞ報告してくれた。ルーシー様より褒美が与えられることだろう。君の名前は何と言ったかな」

「エイミー・パンプキン＝ペパー」

　エイミーはつぶやくように名乗って、恭《うやうや》しく頭を上げた。

「褒美でしたら願わくは、争奪戦への参加を許していただきたく存じます」

「……争奪戦？　何の」

「犬の。九使徒様が相手でも頑張ります。犬狩りへの参加を許可してください」

　涙で潤《うる》んだオレンジ色の瞳は、復讐《ふくしゆう》のために燃えていた。

「〝キャンパスフェローの猟犬〟は、絶対に私が、殺しますから」――。

あとがき

『魔女と猟犬』一巻のオーディオブックができました。夜眠る前にちょっと軽く確認だけしようと、ハイボール飲みながら聴いていたら面白すぎてべろんべろん。バド・グレースの色気たっぷりな声を聞いていただきたい、ぜひ。

あと、コミカライズが始まります。一巻を単純に漫画一話分ずつくらいの長さで区切ると、最初は国の説明だけで終わってしまう……ヒロインがね、なかなか登場しませんからね。大丈夫かなと心配しましたが、杞憂《きゆう》でございました。物語を面白く組み立て直した新構成。ど派手なアクション。エーデルワイスお前そんな顔をしていたのかという発見。こちらも実に面白く仕上がっておりますので、小説と読み比べてみてくださいませ、ぜひ。

そして続刊。また遅くなってしまいました。ごめんなさい。当初は今巻、二本立ての予定だったのでした。〝お菓子の魔女〟が思いのほか長くなってしまって、この有り様。ネルやハルカリ、カプチノたちも描きたかった……。でもそうするとまたページ数が増えてね、お値段高くなりますから。刊行遅くなりますから。

最近は本の値段も、卵の値段も、マクドナルドも高くなってしまって、じゃあいったいどこで作業すればいいの？　と迷う日々でございます。家か。家だな。でも最近はどうも、ビッグマックを食べないと書けない身体《からだ》になってしまっておりまして。ああもうじゃあ書けないじゃない。それは書けない、仕方ない。五巻は年内に書き上げるつもりですが、もしも、万が一遅れてしまったとしたら、これはもう世界情勢のせいです。くそっ、なぜ人は争いをやめない？

コロナに戦争に物価高騰と、穏やかでない日々が続きますが、いつか経済が好転し、ビッグマックの求めやすくなる未来が来ると信じて、共にこの苦難を乗り越えていきましょう。

次のページに予告がございます。それではまた、ご機嫌よう。

カミツキレイニー

海賊船の帆柱の先に、見張り台が設置されている。カプチノはその欄干から吊《つる》されていた。麻縄で身体《からだ》をグルグルと巻かれ、海風に揺れている。罪状はつまみ食いである。この盗っ人はランチの時、一人一杯と決められたスープを、しれっとおかわりしていたのだった。

「……いいじゃない、少しくらい。私だってねえ、この船に乗りたくて乗ってるわけでもないのにさ。無償でめっちゃ働いて。無償で、だよ？ おかわりくらいしなくちゃ、割に合わないってなもんですよ。リスキーだけどここはやはり、夜の調理場へ忍び込んじゃうか……？」

「悪い顔になってきたなあ、カプ」

反省するどころか、さらなる悪事を画策していたカプチノは、頭上からの声にハッとして顔を上げた。〝雪の魔女〟ネルが大きなタコ足の先端部分をしゃぶりながら、見張り台の欄干に頰杖《ほおづえ》をついていた。

「あっネル様、助けてください！ たったのスプーン一杯なんです。味見程度ですよ？ ちょいとすすってみただけでこの仕打ちは、余りに酷《ひど》いっ。そうは思いませんか、ネル様！」

助けを請い、みの虫のように宙でくねくねと暴れるカプチノ。するとネルのそばにこの船の船長、〝海の魔女〟ハルカリが顔を出した。

「あっ、かしらァ……」カプチノは、にへらっと笑みを浮かべる。

「何がスプーン一杯だ。がっつりコップに注いでいたらしいじゃないか、お前」

荒くれ者たちが共同で生活する船上の規律は厳しい。食事や金銭の絡むルールは特にだ。

「このスープ泥棒め」とハルカリはため息をついた。

「だが運がよかったな。〝花咲く島国〟はもうすぐそこだ。反省したなら下ろしてやるよ」

ハルカリは顔を上げて、海賊船の進む先を見た。太陽光の煌《きら》めく海面の向こうに、ぽつんと島が浮かんでいる。その島はかつて〝花の楽園〟と呼ばれていた。元々は自然を愛するドゥエルグ人たちの住んでいた島だ。大陸から離れた島国であるため、五十年以上前に勃発《ぼっぱつ》し、多くの国々を巻き込んだ〝四獣《しし》戦争〟の戦火からも免れている。自然豊かで、色取り取りの花が咲く島国オズ。穏やかな人々は争いを好まず、木々や花々と調和して生きていたという。

だが船が島に近づき、沿岸の様子が見えてくるにつれ、平和的なイメージは崩れていく。

遠くに見えるは港町だ。煉瓦《れんが》で組まれた建物が並び、多くの漁船が停泊している大きな港である。だがそこに人気《ひとけ》はない。見れば桟橋は破壊され、建物はところどころ崩れ落ちていた。道には瓦礫《がれき》が散乱している。そして町の至るところから、黒煙が立ち上っていた。

「……何か、思っていた楽園とは違うな？」ネルは欄干から肘《ひじ》を放して身体を起こし、タコ足を嚙《か》み切った。「戦《いくさ》の真っ最中か」

タタン、タンと大陸では聞き慣れない銃声が連続して響いている。どこからか空を裂くような風切り音が聞こえ、直後に港にある建物が爆発した。炎が上がり、黒煙が青空を濁らせる。

「ぎゃああっ！」

カプチノは爆発に恐れおののき、身体を揺らした。見張り台のハルカリを見上げる。

「かしらっ、嘘でしょ？　まさかあんな危険な港に上陸するつもりですか？」

ハルカリは、懐《ふところ》からとあるアイテムを取り出し、ネルに渡した。折り畳まれた銀のつるに、二つのレンズが嵌《は》められている。それが何なのかわからず、ネルは小首を傾《かし》げた。

「何だ、これ？」

「〝眼鏡〟という代物だ。この二つのレンズを通してものを見ると、何でもよく見えるようになるらしい。両耳に掛けてみろ、こうやって」と、ハルカリはネルの顔に眼鏡を掛けてやる。

目をぱちくりとさせたネルは、すぐに「ぐわぁっ」と固く目を瞑《つむ》って眼鏡を外した。

「何がよく見えるだっ。目潰しじゃないか！」

目元を乱暴に擦《こす》るネル。ハルカリはその手元から、眼鏡を摘《つま》み取る。

「やっぱお前でも無理か。何でも、これは選ばれし者じゃないと逆効果になるんだとか」

「何だそれは、呪われているのか？　意味がわからんっ」

「わからんよな。けどそれが〝科学〟というものらしい」

ハルカリは言って眼鏡のつるを畳んだ。

「あの島国には、こんな意味のわからない技術が溢《あふ》れている。〝眼鏡〟〝煙草《たばこ》〟〝気球〟……それらの技術は、とある一人の男によって島に持ち込まれたそうだ。だがそいつがいったいどこからやって来たのか、その正体は謎のまま。やがて島を支配し、オズの王となったその男は、自らをこう説明した——……」

ハルカリはネルを横目に見て、まるで冗談を言うかのように薄く笑った。

「自分は、異世界からの転生者だと」

「異世界から、転生……?」

タン、タン、タン、タン――港では銃声が鳴り続く。ハルカリはダガーナイフを取り出した。

「真相はわからないが、少なくとも、男のもたらした技術が島に革命を起こしたのは事実だ。〝火薬〟や〝銃〟や〝大砲〟……そして男は、花咲く楽園に〝戦争〟をもたらしたのさ」

ハルカリはダガーナイフを横にして、欄干に縛り付けられた麻縄を切った。

「え、ぎゃあぁぁぁあっ……!」

縄で胴をぐるぐる巻きにされたまま、カプチノが落下。足をジタバタとさせて絶叫し、その身体《からだ》が甲板に叩きつけられる、直前に――「っと」泣きじゃくるカプチノの身体を抱き留めたのは筋肉隆々の大男、パニーニである。

「はあ! 死んだがどおぼったっ! さすがに死んだがどおぼっだぁぁぁあっ……!」

「不憫《ふびん》だなあ、お前。最近、俺はお前が可哀想《かわいそう》に思えてきたぜ……」

「おおー……」

ネルは欄干から顔を覗《のぞ》かせ眼下を確認した後、ハルカリへと向き直った。

島を見据《す》えるハルカリは、ナイフを手に笑う。カプチノ以上の、悪い顔で。

「さあ、上陸だ。銃を手に入れるぞ――」

GAGAGA
ガガガ文庫

魔女と猟犬4

カミツキレイニー

発行　2023年5月23日　初版第1刷発行

発行人　鳥光 裕

編集人　星野博規

編集　濱田廣幸

発行所　株式会社小学館
〒101-8001 東京都千代田区一ツ橋2-3-1
[編集]03-3230-9343 [販売]03-5281-3556

カバー印刷　株式会社美松堂

印刷・製本　図書印刷株式会社

Printed in Japan ISBN978-4-09-453115-2